황금의 후예

이광복 장편소설

청어

황금의 후예

이광복 장편소설

발행처·도서출판 청어
발행인·이영철
영 업·이동호
홍 보·최윤영
기 획·천성래 | 이용희
편 집·방세화
디자인·김바라 | 서경아
제작부장·공병한
인 쇄·두리터

등 록·1999년 5월 3일
(제321-3210000251001999000063호)

1판 1쇄 발행·2016년 5월 30일
1판 2쇄 발행·2016년 7월 10일

주소·서울특별시 서초구 효령로55길 45-8
대표전화·586-0477
팩시밀리·586-0478

홈페이지·www.chungeobook.com
E-mail·ppi20@hanmail.net
ISBN·979-11-5860-414-1(03810)

이 도서의 국립중앙도서관 출판시도서목록(CIP)은 서지정보유통지원시스템 홈페이지
(http://seoji.nl.go.kr)와 국가자료공동목록시스템(http://www.nl.go.kr/kolisnet)에서
이용하실 수 있습니다.(CIP제어번호: CIP2016008870)

황금의 후예

우리 시대의 슬픈 이야기

세상은 무섭게 변하고 있다. 언제부턴가 너도 나도 돈이라면 눈에 불을 켜고 덤빈다. 돈 앞에서 체면 따위는 아예 안중에도 없다. 염치도 없다. 피도 눈물도 없다. 인간 중심의 따뜻한 사회가 아닌, 물질 중심의 그릇된 가치관이 기승을 부리면서 우리 사회에는 각종 병리 현상이 독버섯처럼 번지고 있다.

인심 또한 날이 갈수록 사나워지고 있다. 남 등치는 것쯤이야 예사로 여긴다. 남의 불행이 곧 자신의 행복이라 여기는 작자들도 넘쳐난다. 오죽하면 남을 짓밟아야 내가 산다는 정글의 법칙과 양심불량이 횡행하는 실정이다.

이에 따라 각종 사회악이 창궐하고 있다. 범죄 또한 점점 더 지능화, 조직화, 흉포화 되고 있다. 돈에 눈먼 사람들은 선량한 사람들을 먹잇감으로 겨냥한다. 따라서 세태에 오염되지 않은 착한 사람들일수록 사악한 무리들에게 짓밟히는 경우가 너무 흔하다.

어쩌다 우리 사회가 이 지경에 이르렀을까. 필자는 오래 전부터 올바른 가치관이 허물어진, 그리하여 피도 눈물도 없는 우리 사회의 각박한 단면을 그려보고자 했다.

이 작품은 살벌하기 짝이 없는, 그야말로 인정사정 볼 것 없는 이 시대의 험악한 사회상에 초점이 맞춰져 있다. 달리 말하자면 이 작품의 서사 구조는 곧 이 시대 우리 모두의 슬픈 이야기일 수도 있다. 아무쪼록 독자 여러분의 따뜻한 성원과 매서운 질정을 기대한다.

이광복

황 금 의 후 예

1

객실은 조용했다. 저 아래로 유장히 흘러가는 한강이 내려다보였다. 둔치에서 연을 날리거나 굴렁쇠 굴리는 아이들의 모습이 깨알처럼 보였다. 골드비전(주) 대표이사 사장 이철수와 전무이사 조진호는 아까부터 이 조용한 객실에서 누군가를 기다리고 있었다. 진호가 철수에게 말했다.

"사장님, 전망이 아주 좋군요."

"그래. 좋군. 조 전무가 방을 아주 잘 정했어."

"사실은 제가 정한 것도 아닙니다. 최 회장님께서 먼저 이쪽으로 나오라고 하시더군요."

'최 회장'이란 바로 이 계통의 대부 최춘식을 의미했다. 그는 바로 오늘날의 철수를 존재하게 만들어준 사부(師父)였다. 이 계통의 모든 사업은 그와 연결돼 있었다. 그는 이 계통에서 단연 타의 추종을 불허하는 황제 중의 황제라고 말할 수 있었다. 철수가 말했다.

"그랬어? 과연 최 회장님은 여러 모로 안목이 특출해. 독보적인 보스는 역시 뭐가 달라도 다르단 말이야."

"그렇습니다. 최 회장님은 우리의 영웅입니다."

"맞았어. 최 회장님이야말로 영웅 중의 영웅이지."

그들이 다소 긴장된 분위기 속에 그런 한담을 나누고 있을 때 출입문의 초인종이 울렸다. 진호는 번개처럼 문간으로 다가가 출입문을 열었다.

그러자 50대 후반의 아주 번듯한 남자가 나타났다. 그가 바로 저 고명한 최춘식 회장이었다. 그는 50대 후반이라는 나이에 어울리지 않을 만큼 젊어 보였다. 겉모습만으로 본다면 그는 40대 중반의 철수보다 훨씬 더 젊고 수려한 용모를 지니고 있었다. 그런 용모라면 일찍이 일류 영화

배우가 되고도 남았을 텐데, 어쩌다 소싯적 이래로 이처럼 어렵고 위험한 사업에 투신했는지 모를 일이었다. 그가 철수에게 악수를 청하며 말했다.

"이 사장, 잘 지냈나?"

"예, 회장님 덕택에 아주 잘 지냈습니다."

"반갑군."

최 회장은 중절모를 벗어 원탁 위에 올려놓았고, 이번에는 진호에게 손을 내밀었다.

"조 전무도 잘 지냈나?"

"예, 잘 지냈습니다. 회장님께서는 어떻게 지내셨는지요?"

진호는 거의 직각으로 허리를 꺾으며 인사했다. 그러자 최 회장은 흡족한 미소를 머금은 채 진호의 어깨를 툭툭 쳐주었다.

"나도 잘 지냈지. 오래 기다렸나?"

"아, 아닙니다. 10분쯤 전에 도착했습니다."

"자, 두 사람 모두 앉지."

철수와 진호는 최 회장의 말이 떨어지기가 바쁘게 그의 좌우에 앉았다. 최 회장의 위엄은 실로 독보적이었다. 빼어난 용모에 천재적인 두뇌회전하며 극도로 세련된 행동 양식이라든가 아무튼 그는 남들이 함부로 범접하지 못할 이 시대의 거인임에 틀림없었다.

그뿐이 아니었다. 그는 만능 스포츠맨이었다. 한창 젊었을 때에는 태권도, 합기도, 유도, 검도, 권투, 레슬링 등 안 해본 운동이 없었고, 사회생활을 시작한 뒤로는 수영, 스키, 골프에 심취해 그 방면에서도 일가를 이룬 터였다. 온갖 운동으로 다져진, 군살 한 점 없는 그의 다부진 몸은 칼로 찌른다 해도 칼끝조차 들어가지 않을 만큼 단단했다. 그를 향해 총을 쏜다 해도 어쩌면 총알이 튕겨져 나올 것이었다.

더욱이 최 회장은 발이 넓어 각계각층의 실력자들과 교분이 두터웠다. 그는 정계, 재계, 법조계 등 소위 힘 있는 고위층 인사들을 자주 만나고 있었다. 금융권에도 모르는 사람이 없었다. 특히 제2금융권에는 수족처럼 움직여 주는 하수인들이 수두룩하였다. 그는 정치, 외교 등 어느 방면으로 나갔어도 크게 성공했을 것이었다.

그런데도 최 회장이 이 계통으로 나선 것을 보면 사람의 운명이랄까 사주팔자는 따로 있는 모양이었다. 그는 이 계통에서 대부 노릇을 하면서도 단 한 번도 법적 제재를 받은 적이 없었다. 소위 법망을 피하는 능력도 탁월하지만, 아무런 근거도 남기지 않는 재주가 비상했다. 그는 어쩌면 이 사업을 위해 태어난 사람인지도 몰랐다. 철수가 그에게 물었다.

"회장님, 건강은 어떠십니까?"

"아주 좋아. 내 건강이야 본래 타고난 건강 아닌가. 허허……. 시간이 없으니까 곧바로 사업 이야기로 들어가지."

"예, 회장님."

진호는 최 회장 앞에서 굽실굽실했다.

"이 사장, 그리고 조 전무. 모든 준비는 잘 됐겠지?"

"예."

"좋아. 모든 일은 완벽해야지. 당신들도 알다시피 난 엉성한 사람과는 일을 안 해."

"잘 알고 있습니다."

"우리 사업엔 신용이 생명이야. 첫째도 신용, 둘째도 신용, 셋째도 신용. 우리 사업은 신용으로 시작해서 신용으로 끝난다 해도 과언이 아니야. 그 다음으로 중요한 것은 보안이지. 신용과 보안 유지, 이 두 가지는 동전의 양면과 같아. 떼려야 뗄 수 없는 철칙이라 이거지. 이 두 가지를 약속할 수 있겠나?"

최 회장은 두 사람에게 골고루 눈길을 나누어 주었다. 그의 눈길은 비단처럼 부드러웠지만, 그 부드러움의 끄트머리에는 뭔지 모를 결연한 의지가 묻어나는 듯했다. 철수와 진호는 그의 눈길에 그만 압도되어 주눅이 들 지경이었다. 정말 어디에서 그런 위엄이 솟아나는지 알 수가 없었다. 철수가 말했다.

"그야 여부가 있겠습니까."

"조심해. 약속을 안 지킨 녀석들은 한결같이 낭패를 보았어. 누군 교도소에 가고 싶어서 가나. 어리석고 서툰 녀석들이나 그런 곳에 들락거리는 거야. 말이 너무 길어졌군. 자, 여길 보게."

최 회장은 안주머니에서 메모지 한 장을 꺼냈다. 거기, '김대현'이라는 이름과 전화번호가 단정한 필치로 적혀 있었다. 그 이름과 전화번호를 보는 순간, 철수와 진호는 군침을 꼴깍 집어삼켰다. 철수가 물었다.

"군 출신입니까?"

"그렇지. 예비역 육군 대령이야. 이 사람이지."

최 회장은 다른 주머니에서 김대현의 인물사진 한 장을 꺼내 철수에게 건네주었다. 여권 사진 크기의 인화지에는 잘 생긴, 고위 장교다운 번듯한 인물이 인화돼 있었다. 그 사진을 뚫어져라 응시한 뒤 철수가 말했다.

"아주 훤칠한 인물이군요."

"그럼. 별을 바라보던 사람이니까. 집안도 괜찮은 편이야. 이 사람 부친은 교육공무원이었어. 충남의 여러 중·고등학교에서 근무하다가 최종적으로는 대전의 한 고등학교에서 교장으로 정년퇴임 했지. 교육자의 자제로 사관학교 출신이라면 어디 내놓아도 손색이 없잖아. 전방에서 수색대대 중대장으로 있던 대위 때 결혼했지. 집안이 별로 빠지지 않는 데다 장래가 촉망되는 육사 출신의 장교니까 결혼도 아주 잘 했어. 이 친구 부인은 보기 드문 미인이구."

"그 부인의 집안도 괜찮겠네요?"

"물론이지. 김대현이 결혼할 당시 그의 장인은 부산에서 운수업을 했지. 화물 트럭을 수십 대 가지고 있었어. 나중에는 사업을 확장해 가지고 택시 회사에다 시내버스까지 굴렸는데, 지금은 그 사업체를 모두 맏아들에게 넘겨줬어. 그 맏아들, 그러니까 김대현의 처남 이름은 박호동⋯⋯. 재벌급은 못 돼도 그런 대로 거부라고 말할 수 있지."

"그렇다면 김대현이 그 처남 회사에 가서 일할 수도 있겠는데요?"

"허허⋯⋯. 이 사장은 하나만 알았지 둘은 모르는군. 바꿔 놓고 생각해 보게. 김대현이란 사람이 누군가. 육사 출신에 대령으로 연대장을 거쳐 여러 요직에 있던 사람이야. 그 사람에겐 자존심이라는 게 있어. 자존심이 밥 먹여 주는 것은 아니지만, 고위 장교 출신이 어찌 처남 회사에 빌붙고 싶겠나. 어떻게 해서든 처가 쪽보다 우위에 서고 싶겠지. 바로 그게 그 사람의 아킬레스건(腱)이야. 우리는 바로 그 아킬레스건을 잘 찔러야 돼."

"역시 회장님다우신 말씀입니다. 제가 뭘 몰랐군요."

"이봐, 이 사장. 내가 일찍이 뭐랬나. 현역이든 예비역이든 군에 오래 근무한 직업군인을 다룰 때는 병법으로 다루라고 했지."

그랬다. 최 회장은 아주 오래 전부터 기회 있을 때마다 철수에게 『육도삼략(六韜三略)』과 『손자병법(孫子兵法)』과 『36계(計)』를 가르쳐 주었다. 젊었을 때 최 회장은 공부보다 운동에 더 열정을 쏟은 것이 사실이었다. 하지만 그는 이 계통에서 산전수전 겪어오는 동안 『육도삼략』과 『손자병법』과 『36계』 등등 각종 병서에 심취해 전략 전술에 관한 한 감히 남들이 모방할 수 없는 경지에 이르러 있었다.

그는 독심술(讀心術)에도 달인이 되어 있었다. 상대방의 아프고 가려운 데를 시원하게 긁어주는 것은 예사였고, 힘 자랑 하는 자를 만나면 말 두어 마디로 일거에 기선을 제압해 버리는 초인적인 능력. 그렇기 때문에 아무리 힘 깨나 쓰는 자라 할지라도 그 앞에서는 자연히 꼬리를 내리게 마련이었다. 철수가 물었다.

"회장님은 언제부터 그런 병법 연구를 시작하셨습니까?"

"연구? 살다 보니까 저절로 되더군. 이 사장이나 조 전무도 사업에서 성공하려면 반드시 병법을 익혀야 돼. 『손자병법』에 이르기를, 병자궤도 (兵者詭道) 즉 '병법은 목적을 달성하기 위한 임기응변'이라고 했지. 어디 그뿐인가. 병이사립(兵以詐立)이라 했어. '병법은 속임수로 성립된다'는 뜻 이야. 목적 달성을 위해서는 임기응변에 능해야 하고, 그때그때 절묘한 속임수를 잘 써야지."

"정말 『손자병법』과 『36계』만 통달하면 못할 일이 없다고 생각합니다."

옛말에는 서당 개 3년이면 풍월을 읊는다고 했지만, 근래에는 식당 개도 3년이면 라면을 삶게 마련이었다. 이발관 개는 3년이면 손님 안마에다 면도까지 척척 해낸다는데, 최 회장을 사부로 모시고 이 계통에서 잔뼈가 굵어, 어느덧 도사의 반열에 오른 철수가 『육도삼략』이나 『손자병법』이며 『36계』를 모를 리 없었다. 그의 뇌리에는 어느 사이엔가 최 회장에게서 배운 병법, 그 중에서도 『36계』가 영화 필름처럼 돌아가고 있었다. 최 회장이 말했다.

"그래. 바로 그거야. 『육도삼략』이나 『손자병법』, 그리고 『36계』를 응용하면 안 되는 일이 없어. 『육도삼략』과 『손자병법』이 우리의 경전(經典)이라고 한다면, 『36계』는 우리의 행동강령이라고 말할 수 있지. 『36계』에는 상대방을 제압하는 모든 비법이 다 담겨 있어."

"그런데 궁금한 것이 있습니다."

"뭔데?"

"김대현이라는 이 사람, 어쩌다 별을 못 달았을까요."

"운이 없었지. 근무경력이나 실력으로 본다면 별을 달고도 남았을 사람인데 운이 따르지 않았어. 별을 달려면 통상 정치적으로 힘을 받아야 하잖아. 그런 힘이 모자랐던 거야. 너무 똑똑하니까 중상모략하는 패거리도 많았구."

"불운 그 자체라고 말할 수 있군요."

"이를테면 그런 셈이지. 그보다 못한 동기생들이 별을 달고 승승장구 잘 나가는 것을 보면 억장이 무너질 걸세. 자, 여기 기초자료가 있네."

최 회장은 A4 용지 두 장으로 된 문서를 꺼내 철수에게 건네주었다. 그 문서에는 예비역 육군 대령 김대현의 주요 인적사항이 적혀 있었다. 그것을 주욱 훑어보고 나서 철수가 말했다.

"집은 강남에 있군요."

"그래. 군인치고는 재운(財運)이 좋았다고 할까. 일찍 강남에 꽤 넓은 아파트를 마련했더군. 남들이 변촌에 아파트를 장만할 때 이 친구는 운 좋게 강남으로 진출했어. 관운이 모자란 반면, 재운은 괜찮았던 셈이지."

"여러 모로 쓸 만한 사람이군요."

"아주 훌륭한 인물이지. 우리 사업에 동참해줄 적격자라고 말할 수 있어."

"전역한 지는 얼마나 됩니까?"

"6개월……. 익을 대로 무르익었어. 지금이 아주 적기야. 내가 그동안 김대현을 점찍어 두었었지. 그는 전역한 뒤로 여기저기 실컷 놀러 다니더군. 이 사람 저 사람 만나 마음껏 골프도 치고……. 하지만 이제는 싫증이 나서 외로워하고 있어. 한편으로는 정서가 불안하겠지. 어중간한 나이에 연금만 가지고는 만족할 수가 없을 테니까. 더욱이 집에서 빈둥빈둥 놀다 보니 가족들한테 면목도 없을 테고……. 뭔가 하기는 해야 할 텐데 마땅한 사업이 없어 고민하겠지. 군대에서 배우고 익힌 게 뭐 있겠나. 군대에서 배운 것 가지고는 사회에 나와서 적응할 수가 없어. 군대에서야 대령이면 제법 끗발이 있지. 하지만 사회에서 누가 군대 계급을 알아주나. 어림도 없지. 이 생각 저 생각으로 밤잠을 설칠 때도 많을 거야. 자기 딴에는 혹시 사기꾼한테 걸려들지나 않을까 걱정도 하겠지. 우리는 그 허점을 집요하게 파고드는 거야. 알겠나? 그래야 그 사람이 우리와 손을 잡을 것 아닌가. 이 사장이나 조 전무는 잘 들어두게. 고위 공직자, 특히 군에서 오래 근무한 중령이나 대령 이상 고위 장교, 교직에서 오래 근무한 사람, 경찰 고위 간부 출신의 공통점이 뭔지 아나? 사회 물정에 대해서 너무 모른다는 사실이야. 그들은 대개 남들 앞에서 우쭐대고 군림하기를 좋아하지. 예를 들어볼게. 군에서 오래 근무한 고위 장교들은 명령이라는 이름으로 시도 때도 없이 계급 낮은 부하들을 부려먹던 사람들이야. 계급이 높을수록 말 한마디면 안 되는 게 없지. 교직에 오래 근무한 사람은 또 어떤가. 뭐든지 학생들을 시키기만 하면 돼. '개똥아, 저기 휴지 떨어졌다. 주워라.' 그러면 개똥이가 그걸 군말 없이 줍지. '쇠똥아, 너 오늘 지각했으니까 변소 청소해.' 그러면 쇠똥이가 찍 소리 못하고 변소 청소하거든. 대학교수는 또 어떤가. 그 작자들이야말로 남의 돈 뜯어 먹는 데 귀신들이야. 무슨 연구네, 무슨 프로젝트네, 뭐네 하고 이것저것 예산을 뜯어다 제 주머니 채우기에 바쁜 작자들이지. 어디 그뿐인가. 석사다, 박사다, 학위를 받으려는 제자들 앞에서 얼마나 목에 힘을 주는지 잘 알 거야. 조교를 제 하인 부리듯 하고 말이야. 경찰공무원도 예외는 아니지.

직급이 높으면 높을수록 명령만 하달하면 무엇이나 다 되거든. 더욱이 계급이 높아질수록 누군가로부터 뭔가를 받아먹을 줄만 알았지, 남에게 베풀 줄을 모르고 살았던 사람들이야. 학교 선생님이 학부모에게 음료수 한 모금 사 주는 것 봤나? 학교 선생님은 학부모로부터 담배 한 갑이라도 받기만 했던 사람들이야. 나, 공직자들을 매도하거나 모독할 마음은 전혀 없어. 공직자들 중에는 청렴강직한 사람도 많아. 사실 새내기 공직자들은 깨끗하지. 처음에는 그런 것을 받을 때 얼굴에 홍조를 띠면서 사양하지. 하지만 한두 번 그런 것을 받아보면 자기도 모르는 사이 타성에 젖어버리는 거야. 그렇다면 정치하는 사람들은 왜 죽자 사자 정치에만 매달리는가. 공짜 돈이 얼마나 달콤한지 그 맛을 알기 때문이야. 생각해 보게. 이 세상에 공짜처럼 좋은 게 어디 있나. 공짜 돈맛을 보면 땀 흘려 일하는 사람들이 도리어 가련하게 보일 걸세. 우리처럼 밤잠을 안 자면서 연구하고, 그것도 모자라 언제 교도소에 갈지 모르는 위험 부담까지 감수해야 하는 사업가들하고는 차원이 다르단 말일세."

그의 말에 철수가 맞장구를 치고 나섰다.

"그렇습니다. 대개 군 출신일수록 단순한 것 같습니다."

"단순하지. 그만큼 순진하다는 뜻도 되고……. 명령과 복종으로 대변되는 군대라는 사회야말로 단순하기 짝이 없지. 하지만 우리 사회는 얼마나 복잡한가. 기는 놈 위에 뛰는 놈, 뛰는 놈 위에 나는 놈, 나는 놈 위에 묻어가는 놈……. 겉으로는 충성을 맹세하고 돌아서서 뒤통수치는 놈. 어디 그뿐인가. 멀쩡하게 착한 사람 세워놓고 사기 치는 놈……. 사회에서 난다 긴다 하는 놈일수록 단수가 보통이 아니지. 고위 공직자들이 닫힌 사회, 자기들만의 폐쇄된 조직에서 몇십 년씩 썩다가 열린 사회, 무한대로 개방된 사회로 나오면 어리둥절할 수밖에 없잖아. 우리는 그 틈새를 잘 겨냥해 고도의 심리전을 펴면서 급소를 찔러야 해. 알겠지?"

"네, 회장님. 명심하겠습니다."

"예컨대 예비역 대령을 마음껏 다루면 곧 장성 실력을 갖추는 거야. 어때? 장성이 되고 싶지 않은가. 그 정도 야망 없이는 성공을 기약할 수가 없어. 부디 성공하길 바라네. 그럼, 곧 사업계획을 세우지."

"예, 잘 알겠습니다. 1주일 안으로 보고 드리겠습니다."

"그래. 그렇게 해."

"여기……."

철수는 옷장 안에서 딱딱한 서류 가방을 꺼내 최 회장에게 건넸다.

"뭔가?"

최 회장은 그 가방이야말로 단순한 서류 가방이 아닌, 돈 가방이라는 것을 잘 알고 있었다. 그러면서도 그는 일부러 능청을 떨었다. 말하자면 자연스럽게 확인절차를 거치려는 계산이었다. 철수가 말했다.

"착수금입니다."

실지로 서류 가방 안에는 현찰 고액권이 가득 들어 있었다. 철수와 진호는 만일에 있을지도 모를 계좌 추적을 피하기 위해 여러 금융기관에서 몇 차례 세탁을 거쳐 그 착수금을 마련한 것이었다. 최 회장이 물었다.

"얼만데?"

"한 장입니다."

'한 장'이란 1억 원을 의미했다. 최 회장은 철수에게 김대현을 소개한 대가로 그 돈을 챙겼다. 손 안 대고 코 푸는 형국이라고나 할까, 그는 간략한 정보 제공만으로 1억 원을 거저먹은 셈이었다.

"한 장? 혹시 근거를 남기지는 않았겠지?"

"회장님, 전 비록 애송이에 불과하지만, 그렇게 어리석은 짓은 하지 않습니다. 충분히 세탁을 했습니다. 일을 엉성하게 했다간 나중에 무슨 봉변을 당할지 모르잖아요?"

"그래. 어떤 경우에라도 근거를 남기지 말아야 해."

"그야 물론이죠. 이번 사업이 성공하면 따로 사례금을 준비하겠습니다. 약소하지만 받아 주십시오."

"알았네."

최 회장은 철수가 건네주는 서류 가방을 받아들었다. 그의 행동은 참으로 여유만만했다. 도대체 그런 노련미는 어디에서 나오는 것일까. 진호가 최 회장에게 물었다.

"주차장까지 들어다 드릴까요?"

"노, 노……. 조 전무는 아직도 철이 덜 들었군. 나는 특별한 경우가 아니면 언제든지 나 혼자 행동하네. 이제부터는 내가 알아서 할 테니까 걱정하지 말고 자네들은 사업계획이나 잘 세우게."

겉으로 보기에는 예사로운 만남 같지만, 최 회장은 지금 미리 정해진 스케줄에 따라 계획적으로 움직이고 있었다. 그는 힐끗 화장대 아래 오디오세트에 장착된 디지털시계를 바라보았다. 시간은 정확히 '15:26'으로 나와 있었다. 지금쯤 그의 승용차는 주차장을 나와 호텔 현관 앞으로 미끄러지고 있을 것이었다. 철수가 그에게 말했다.

"사업계획을 마련하는 즉시 연락드리겠습니다."

"그렇게 하지. 신용과 보안……. 절대 잊지 마."

"예. 끝까지 명심하겠습니다."

철수는 누구보다도 최 회장의 위상을 잘 알고 있었다. 지금까지 그를 배신했다가 쥐도 새도 모르게 죽어간 자가 한둘이 아니었다. 이 계통에서 최 회장에게 찍히면 살아남을 수가 없었다. 최 회장의 말은 곧 법이었고, 그의 법을 거스른다는 것은 곧 죽음을 의미했다. 죽지 않고 살아 남으려면 어느 누구라도 미리 알아서 납작 엎드려 박박 길 수밖에 없었다. 최 회장이 말했다.

"아무쪼록 이번 사업이 크게 성공하길 빌겠네. 어려움이 있을 땐 우리 채 과장을 통해서 즉각 연락하구."

"감사합니다."

철수는 정중히 머리를 조아렸다. 원탁 위에 놓아두었던 중절모를 머리에 얹고, 최 회장은 철수와 진호의 배웅을 받으며 출입문을 나섰다. 뒤도 돌아보지 않은 채 서류 가방을 챙겨들고 엘리베이터 쪽으로 유유히 사라지는 우리 시대 최고의 멋쟁이. 그가 복도에서 완전히 자취를 감추자 철수와 진호는 다시 객실로 들어섰다.

2

철수와 진호가 한강변의 한 호텔 객실에서 최 회장을 만나 사업계획을 논의하던 바로 그 시간, 예비역 육군 대령 김대현은 강남의 자기 아파트에 틀어박혀 애꿎은 담배만 축내고 있었다.

그는 담배 필터를 앞니로 질겅질겅 씹으면서 연신 푸우푸우 연기를 뿜어댔다. 생도 시절은 물론이고 임관 이후 전역할 때까지 입에 대지도 않았던 담배. 그런데 그는 이 근래 말할 수 없는 골초가 되어 있었다. 늦게 배운 도둑질이 날 밝는 줄 모른다던가, 아무튼 울화통을 삭이고 무료함을 달래는 데는 그래도 담배가 그만이었다.

전역한 지 어느덧 여섯 달째. 엊그제까지만 해도 참으로 어떻게 지나갔는지 모를 만큼 즐겁고 바빴다. 군대에 충실히 박혀 있는 동안 만나 보지 못했던 일가친척도 만날 만큼 만났고, 먼저 전역한 선배나 동기들을 만나 필드에 나가 골프도 칠 만큼 쳤다.

신분상으로 본다면 그야말로 움직일 수 없는 백수건달이었지만, 백수가 과로사(過勞死)한다는 말이 실감 날 정도로 그는 여기저기 바쁘게 뛰어다녔다. 오라는 데는 없어도 갈 데는 왜 그렇게도 많은지 일자리를 알아보는 것 따위는 안중에도 없었다. 사업에도 별 관심이 없었다. 군대에 몸담고 있는 동안 자제하고 있던 일을 실컷 해보는 것으로 그저 흡족할 뿐이었다.

전역할 무렵에는 그의 아내 박민정도 아주 협조적이었다. 민정은 푸른 제복을 입고 야전에서 청춘을 바친 남편을 진심으로 위로했다. 남편이 별을 달지 못한 채 예편한 것이 천추의 한이긴 했지만, 엄밀히 따지고 보면 육사를 졸업했다고 해서 전부 대령까지 오르는 것도 아니었다. 똑같은 육사 출신이라 하더라도 사관학교 때의 웅장한 꿈을 펼쳐보지도 못한 채 소위, 중위, 대위 등 초급장교 때 군문을 떠나는 경우가 적지 않았다.

이렇게 본다면, 남편이 대령까지 오른 것도 생각하기에 따라서는 절반의 성공이라고 말할 수 있었다. 더군다나 남편이 남들처럼 멋도 못 내고, 자유로이 놀지도 못하고 군대라는 조직의 틀 속에서 최선을 다하면서 고생해온 것을 생각하면 이제라도 그런 남편을 따뜻이 위로해 주고 싶었다. 별을 달지 못한 아쉬움이야 어디로 갈까마는, 그렇다고 전역하는 그날까지 한눈팔지 않고 최선을 다한 남편을 구박할 수는 없지 않은가. 민정은 그렇게 생각하면서 남편이 현역으로 근무할 때보다도 더 잘 내조해 주려고 마음을 써왔다.

하지만 최근에는 사정이 달라졌다. 남편이 전역할 때의 그 각오와 다짐은 오간 데 없이 사라졌고, 그 대신 방구석에 틀어박혀 담배만 피워대는 그 꼬락서니를 볼라치면 숨통이 막힐 만큼 저절로 천불이 치미는 것이었다. 전역 직후에는 어디를 간다, 누구를 만난다 해서 요란을 떨더니, 요즘에는 무슨 귀신이 붙어 방구석에만 틀어박혀 담배만 피워대는 것일까.

민정은 정말 남편의 그런 꼴을 보고 싶지 않았다. 그녀는 이 근래 종종 볼멘소리를 늘어놓기 시작했고, 대현은 대현대로 그녀의 바가지 긁는 소리가 듣기 싫어 거의 미치고 환장할 지경이었다. 이제 노는 것도 진력이 난 데다 아내의 잔소리를 피하기 위해서라도 뭔가 진로를 찾아야 할 시점인 것 같았다.

지난달 하순께 대현은 강남의 한 호텔 커피숍에서 윤형진 선배를 만나 향후 진로 문제를 의논한 적이 있었다. 그는 사관학교 1년 선배인데 중령 때 전역해 지금은 영등포에서 골프연습장을 운영하고 있었다. 큰돈은 못 벌었지만, 윤 선배야말로 전역한 선배 중에서 사회 적응에 성공한 대표적

모델케이스라고 말할 수 있었다.

　더군다나 그의 골프연습장에는 단골회원이 많았고, 사장인 그는 소자본을 들여 그런 대로 짭짤한 재미를 보고 있었다. 매달 꼬박꼬박 나오는 연금에다 골프연습장에서 나오는 수익금까지 합치면, 그의 소득은 국민소득 평균치보다 훨씬 웃도는 셈이었다. 그가 말했다.

　"여보게, 대현이. 지금 우리 사회에서 가장 심각한 문제가 뭔지 아나?"

　"글쎄요. 신문이나 방송을 보면 양극화 기사가 자주 나오던데요."

　"그래. 맞았어. 부익부, 빈익빈. 부자는 갈수록 점점 더 부자가 되고, 빈자는 갈수록 점점 더 빈자가 되는 세상. 아이엠에프(IMF) 구제 금융을 받게 되었을 때 이미 중산층이 무너졌고, 이제는 부자와 가난뱅이의 격차만 벌어져 있을 뿐이야. 극과 극이지. 잘 사는 사람은 한없이 잘 살고, 못 사는 사람은 한없이 못 사는 세상. 사정이 이렇다 보니, 취업난이 얼마나 심각한지 몰라. 취업난을 패러디한 신조어(新造語)만 해도 한두 가지가 아니야. 대오, 캠퍼스 모라토리엄, 이태백, 삼팔선, 사오정, 오륙도, 육이오 등등……."

　"대오는 뭡니까?"

　"대학 5학년이라는 뜻이야. 대학에 4년을 다니고 졸업하고도 취직이 안 되니까 냉소적으로 비꼬는 말이지."

　"캠퍼스 모라토리엄은 또 뭡니까?"

　"졸업유예라는 뜻이지. 대학을 마치고 캠퍼스를 떠나게 돼도 오갈 데가 없으니까 차라리 졸업이라기보다 유예라고 불러야 한다는 뜻이지. 이태백은 20대 청년 태반이 백수라는 뜻이고, 삼팔선은 38세에 퇴직한다는 뜻이지. 과거 웬만한 직장은 정년까지 보장해 줬어. 하지만 이제는 조퇴, 명퇴 등이 일반화돼서 종래의 정년이라는 개념이 아예 없어졌어."

"사오정은 중국 고전 『서유기(西遊記)』에 나오는 그 인물입니까?"

"정말 사오정 같은 말씀만 하시는군. 사회 물정에 그렇게 어두워서야 원……. 사오정은 45세 정년이라는 뜻으로, 정상적인 정년까지는 아직 멀었는데도 직장에서 미리 내몰리는 40대 직장인의 딱한 처지를 비유하는 말이지."

"허, 참……. 정말 군대에서는 들어보지 못했던 말들이군요. 그렇다면 오륙도와 육이오는 뭡니까?"

"오륙도는 56세까지 직장생활을 하면 도둑놈이라는 뜻이고, 육이오는 62세까지 직장에 붙어 있으면 오적(五賊)에 든다고 비꼬는 말이지. 얼마나 비참하고 서글픈 역설인가. 이제 '평생직장'이라는 말은 없어진 지 오래야. 그 대신 공직자들을 '철밥통'이라 부르지. 신분을 보장받는 공무원. 얼마나 좋은가. 우리 같은 군인들이야 계급정년에 걸리면 옷을 벗어야 하지만 일반 공무원들은 법적으로 정년까지 보장을 받는단 말이야. 사회가 이렇게 변할 줄 알았으면 나도 사관학교 들어갈 실력으로 좀 더 공부해서 행정고시에나 도전하는 건데 그만……. 여보게, 대현이. 내가 사회에 나와 얼마나 고생한지 아나."

"그야……."

"말도 말게. 전역할 당시만 해도 2급 관공서의 비상계획관이나 중소기업체 비상계획실장 정도는 할 수 있으려니 생각했었지. 내 계급이 중령이니까 그 정도는 얼마든지 할 수 있지 않겠어? 중앙부처 비상계획관이나 대기업 비상계획실장은 대령 출신들이 맡는 자리니까 나는 그보다 규모가 작은 2급 관공서나 중소기업을 생각했던 거야. 그런데 사정을 알고보니, 그건 한갓 꿈일 뿐이었어. 허, 참……. 너무 기가 막히데. 꿈을 깨보니, 똑 까놓고 말해서 나를 기다리는 곳은 단 한 군데도 없더군. 현역 시절 대대장으로 있을 때에는 부하만 해도 수백 명을 거느렸는데, 막상 옷 벗고 나와 보니, 나 홀로 외톨이야. 정말 외롭더군. 어디 그뿐인가. 어쩌다 군대 이야기를 하면 '군바리'라고 비아냥대는 거야. 군인이 뭐가 어때서? 말이야 바로 하지만, 군인처럼 깨끗하고 자나 깨나 나라 걱정하는 애국자들이 어디 있나? 사회의 젊은이들이 흥청망청 먹고, 마시고, 신나게 놀아날 때 우리는 밤잠 안 자고 혀 빠지게 고생하면서 이 나라를 지켰어. 그렇건만 사회에서 그렇게 냉대할 줄이야……. 전역한 지 몇 달 동안은 신나게 놀았지. 그런데 6개월 정도 지나니까 정신이 번쩍 들더군. 이거 이대로 놀다가는 안 되겠구나 싶데. 여기저기 알음알음으로 일자리가 있을 만한 곳을 들쑤시고 다녔지만 그게 맘대로 안 되더군. 천신만고 끝에 겨우 얻은 일자리가 아파트 관리소장이야."

"아파트 관리소장도 했습니까?"

"그럼. 강서구 화곡동에서 한 3년쯤 했지. 그때 무슨 일이 있었는지 아나? 내가 군 출신인 줄 알고 사기꾼이 덤비더라구."

"사기꾼이라뇨?"

"어허, 이 친구 아직도 캄캄하군. 세상은 요지경 속이야. 우리처럼 사회 물정 모르는 사람만 등쳐먹고 사는 놈들이 수두룩하다니까. 그놈들은 우리 같은 군 출신을 밥으로 알아. 밥이 뭔지 아나?"

"글쎄요, 잘……."

"저희들 먹잇감으로 안다 이거지."

"고약한 사람들이군요."

"조심해. 그놈들한테 걸려들면 약도 없어. 나보다 먼저 전역한 사람들 가운데 사기꾼한테 농락당한 사람이 얼마나 많은지 알아?"

"전역하기 전, 군에 있을 때에도 그런 이야기는 종종 들었습니다만 저로서는 실감하기 어렵습니다."

"바로 그게 문제야. 고추장인지 된장인지 맛을 봐야 분별하나. 그 빛이 나 생김생김만 보고서도 척척 알아내야 해. 군에서야 열심히 일하고 사고 안 내면 무난하게 넘어갈 수 있지만 사회는 그렇게 단순하지 않아. 도처에 지뢰밭이야. 내가 화곡동에서 아파트 관리소장을 하고 있을 땐데, 어느 날이던가 생면부지의 남자가 갑자기 나를 찾아왔더라구."

정말이었다. 형진이 화곡동의 한 아파트 단지에서 관리소장을 하고 있을 때, 어느 겨울날 하루는 보지도 듣지도 못한 40대의 뚱뚱한 사내가 불쑥 관리사무소를 찾아왔다. 그는 디룩디룩 살이 쪄서 돼지 같은 인상을 하고 있었다. 그는 관리사무소로 들어서자마자 똥 무더기 찾는 똥개처럼 소장실을 기웃기웃하였다. 형진은 상대방을 단순히 무슨 물건 팔러 온 외판원 정도로 가볍게 생각했다. 하지만 사실은 그게 아니었다. 형진이 그에게 물었다.

"무엇을 도와드릴까요?"

"날씨도 추운데 고생 많으십니다. 소장님을 좀 뵐까 하구요……."

"제가 소장입니다만……."

"아, 그러시군요. 이 아파트에 사는 주민인데 인사나 나눌까 하고 잠깐 들렀습니다."

"어쨌든 잘 오셨습니다. 좀 앉으시죠."

형진은 '주민'이라는 말에 깜박 죽는시늉을 하며 상대방을 반갑게 맞아 주었다. 그것은 형진이 사회에 나와 새로 터득한 처세술이기도 했다. 군대에서는 상급자의 명령을 잘 받들고 부하들을 잘 지휘통솔하기만 하면 그만이었지만, 막상 옷을 벗고 사회에 나와 보니 누구라도 친절하게 대하지 않고서는 살아남을 길이 없었다.

때로는 역겨움까지 느껴지기도 했다. 무엇 때문에 필요 이상으로 친절을 베풀어야 하나. 아무한테나 친절을 베푼다는 것이 비굴한 짓 아닌가. 하지만 이 각박한 사회에서 살아남기 위해서는 달리 방법이 없었다.

그래도 형진은 군대가 아닌 민간사회에서 슬기롭게 살아가는 삶의 방식을 일찍 자각한 셈이었다. 어떤 사람들은 괜히 목에 힘을 주고 버티다가 스스로 목뼈를 부러뜨리기도 했다. 그런 사람들에 비한다면 형진은 아주 일찍 군대에서 몸에 밴 행동양식을 벗어나 사회에서의 행동수칙을 터득한 것이었다. 사내가 명함 한 장을 꺼내 자기를 소개했다.

"나는 이런 사람입니다."

그 명함에는 '광성개발주식회사 대표이사 사장 오택한'이라 박혀 있고, 그 밑에는 자잘한 글씨로 회사 주소와 전화번호, 휴대전화 번호, 전자우편 주소, 팩스 번호 등이 찍혀 있었다. 형진이 말했다.

"아, 사장님이시군요."

"사장님은 무슨……. 회사가 법인체이다 보니까 '대표이사 사장'이라고 찍어 가지고는 다닙니다만 회사 자체가 구멍가게밖에 안 됩니다."

"겸손의 말씀이십니다. 어쨌든 잘 오셨습니다. 이건 제 명함입니다. 한 장 받으시죠."

형진도 명함을 꺼내 택한에게 건넸다. 그저 의례적이고 통상적인 인사 교환일 따름이었다. 그런 인사를 나눈 뒤 형진은 여직원에게 부탁해 차를 내오도록 했다. 잠시 후 여직원이 차를 내왔고, 형진은 보지도 듣지도 못했던 초면의 사내 택한과 예정에 없던 한담을 나누게 됐다. 택한이 말했다.

"이 아파트에 산 지 5년이 지났어도 관리사무실에 들어와 보기는 처음입니다. 얼마 전 소장님이 새로 부임하셨다는 말을 전해 듣기는 했습니다만, 축하인사도 못 드리고 이거 죄송하게 됐습니다."

"무슨 말씀을요……. 제가 일일이 찾아뵙고 인사를 드렸어야 하는 건데 그러질 못해서 죄송하기 짝이 없습니다. 혹시 제가 도와 드릴 일이 있으면 말씀하십시오."

"아, 아……. 무슨 민원이 있어서 온 것은 아니구요, 그저 지나가다가 들러 봤습니다. 이렇게 좋은 차 한잔 주시는 것만으로도 만족합니다. 내가 듣기로 군 출신이라고 하던데 맞습니까?"

"네, 그렇습니다."

"그렇군요. 어쨌든 이런 곳에서 관리소장이나 하고 계실 인물은 아닌 것 같은데……."

택한은 형진의 슬슬 아픈 곳을 찌르고 있었다. 꿈과 이상에 넘치던 생도 시절, 형진은 장차 천군만마를 거느리는 최고 지휘관이 되겠다는 야심을 품고 있었다. 그 야심은 소위로 임관되어 전방 군사분계선에서 소대장 근무를 할 때부터 서서히 퇴색되기 시작했지만, 어쨌든 전역 직전까지만 해도 이런 곳에 와서 관리소장을 하게 되리라곤 꿈에도 생각 못한 일이었다. 형진이 말했다.

"저는 큰 욕심 없습니다. 하루하루 열심히 살면 되는 것 아닌가요?"

"그렇죠. 하기야 나 자신 세상을 오래 살지는 못했지만, 인생이 그렇게 단순하지만은 않더라구요. 내 뜻대로 되는 일보다는 그렇지 않은 일이 더 많습디다. 우리 언제 만나 대포나 한잔 합시다. 종종 만나다 보면 뭔가 좋은 일이 있겠죠. 난데없이 불쑥 들러서 괜히 실례했습니다."

택한은 슬그머니 일어났다. 하지만 형진은 일부러 그를 잡지 않았다. 이것저것 처리해야 할 업무도 적잖이 밀려 있었지만, 별로 반갑지 않은 인물의 귀신 씻나락 까먹는 소리를 계속 들어 주기가 껄끄럽기 때문이었다. 그래도 형진은 택한을 문간까지 배웅하고 들어와 자리에 앉아 당일 업무를 처리했다.

그날 그렇게 안면을 튼 이후 택한이 서너 차례 더 찾아왔고, 그 빈도가 점점 더 잦아졌다. 그러는 동안 형진은 택한과 가끔 술잔을 나누는 사이가 되었다. 말하자면 피차 술친구가 된 셈이었다.

주로 택한이 술을 샀지만, 형진은 그와 술을 마실 때마다 뭔가 개운찮은 뒷맛을 안고 돌아서야 했다. 자주 술을 사주는 것은 고마웠지만, 택한의 말투며 매너가 워낙 저질이기 때문이었다. 제 말마따나 아무리 '노가다'라고 하지만, 그래도 일개 건설회사 사장이면 사장답게 놀아야 할 텐데, 택한은 아주 구역질 날 정도로 분별없이 처신했다.

특히 술이 한잔 들어갔다 하면 택한은 시중의 껄렁패가 무색할 정도로 더 거칠어지면서 거들먹거리는 것이었다. 육사 출신이라는 자긍심을 안고 군에서 엘리트 코스만을 밟다가 사회에 나온 형진의 입장에서는 택한의 그런 매너를 도저히 그대로 받아들일 수가 없었다. 말하자면 함량미달의 그 택한이라는 작자가 정서상으로 용납이 안 되는 것이었다.

그래도 형진은 그를 뗄 수가 없었다. 이틀이 멀다 하고 시도 때도 없이 찾아와 술집으로 잡아끌기 때문이었다. 그러던 어느 날이었다. 택한이 불쑥 광성개발주식회사에 전무로 와 달라는 것이었다. 형진은 그 제의를 받고 이만저만 갈등을 겪은 것이 아니었다. 어디 가서 명함 내놓기도 뭣한 아파트 관리소장보다는 건설회사 전무라는 번듯한 직함에 솔깃했기 때문이었다.

하지만 형진은 돌다리도 두드리면서 건넌다는 심정으로 택한의 제의를 미적미적 뒤로 미루기만 했다. 그럴 즈음, 장인어른이 현재의 골프연습장을 소개했고, 형진은 몇날 며칠을 두고 사업성 여부, 즉 수익성을 철저히 검증한 뒤에 그걸 인수하게 된 것이었다. 대현이 형진에게 물었다.

"그럼 골프연습장은 장인어른이 경영하던 겁니까?"

"아니. 장인어른 친구가 경영했었어. 그걸 장인어른이 소개했고, 내가 약간의 권리금을 주고 인수했지."

"아, 그랬군요."

"이것도 사업이라구, 흑자를 내기까지에는 쉽지 않더군. 내가 인수하기 전까지만 해도 우리 골프연습장은 손익분기점에서 깔딱깔딱했었어. 그러던 것을 내가 인수한 뒤 꾸준히 노력해서 흑자로 돌려놨지. 이제는 우리 골프연습장을 이용해 주시는 회원도 많고 해서 그런 대로 잘 굴러가고 있지. 그런데 며칠 전, 신문을 봤더니 오택한이라는 그 작자가 구속됐더라구."

"구속이라니요?"

"전문적인 사기꾼이었다는 거야."

"저런! 선배님도 큰일 날 뻔했군요."

"그 기사를 보는 순간 온몸에 닭살이 돋더군. 만약 그 작자가 전무로 오라고 했을 때 냉큼 뛰어들었더라면 무슨 꼴을 당했을지 모르잖아?"

"그렇군요."

"저어, 나보다 2년 먼저 임관했던 양수종 선배 알지?"

"네, 잘 압니다. 제가 소위로 전방 사단에서 근무할 때 직접 모신 적도 있습니다. 그 선배님도 대령으로 전역해서 어느 회사던가 사장직을 맡았던 걸로 아는데요."

"그랬었지. 그러던 그 선배가 왜 죽었는지 알아? 사기꾼한테 걸려들었다가 빚만 잔뜩 지고 그걸 감당하지 못해서 자살한 거야."

"네에? 자살이라니요?"

대현은 깜짝 놀랐다. 그 멀쩡하던 선배가 어느 날 갑자기 작고했다는 것은 잘 알고 있었지만, 그의 사인이 자살이었다는 것은 그야말로 청천벽력이 아니고 무엇인가. 형진은 아주 담담히 말했다.

"그렇게 됐어."

"저는 심장마비로 돌아가셨다고 들었는데요."

"워낙 갑작스런 죽음이었으니까 사망 당시에는 남들 이목도 있고 해서 그렇게 발표했었지. 하지만 사실은 그게 아니야. 자살이었어. 얼마나 괴로웠으면 스스로 목숨을 끊었겠나. 사기꾼에게 걸려들면 양수종 선배처럼 무슨 변고를 당할지 모른다니까. 정말 사기꾼을 조심해야 돼. 군대에는 기본적으로 사기꾼이 없어. 말썽꾼이나 사고뭉치는 있어도 남을 통째로 벗겨먹는 사기꾼은 없다 이거야. 그러니까 우리 군 출신은 사기꾼에게 약할 수밖에 없지. 군대에서 사기꾼에 대비한 군사 훈련을 하는 것도 아니고……. 병법이 속임수로 성립된다고 하지만 그것은 전쟁에서 아군과 적군이 싸울 때 해당되는 이론일 뿐이잖아. 아무튼 이 사회는 복잡다단해. 군대에도 사단에는 각종 병과가 다 있지만 사회에는 군대에서 보지 못한 온갖 잡동사니가 다 있다니까. 말하자면 이 사회 전체가 사기꾼으로 가득 찼다고나 할까. 정말 도처에 지뢰밭이야. 한 번 잘못 밟았다 하면 헤어날 길이 없지. 처음부터 끝까지 조심해야 돼."

"아무튼 선배님 덕택에 좋은 공부 많이 했습니다. 오늘은 이제 그만 일어나겠습니다."

"그래. 우리 종종 만나 살아가는 이야기나 나누도록 하자구."

대현은 형진과 헤어져 한강 둔치로 나갔다. 한강은 어디론가 유장히 흘러가고 있었다. 한강 둔치에는 몇몇 시민들이 나와 한가로운 시간을 보내고 있었다. 개중에는 아스콘으로 다져진 조깅코스를 따라 달리기를 하는 사람도 있었다. 조깅코스 주변의 화단에는 알록달록한 각양각색의 꽃이 흐드러지게 피어 있어 최소한 겉으로 보기에는 한없이 아름답고 평화로운 정경이었다.

하지만 대현의 속내는 꼬일 때로 꼬여 심사가 여간 괴로운 것이 아니었다. 뭔가 희망의 실마리를 마련해 보려고 큰맘 먹고 형진을 찾아갔건만, 그러나 그 선배가 낙관적인 말보다도 비관적인 말을 더 많이 들려줌으로써 여간 꿀꿀한 것이 아니었다.

대현은 이 생각 저 생각으로 잡념만 키우다가 해가 설핏해질 무렵 강남의 아파트로 돌아왔고, 자기 방으로 들어가 틀어박힌 다음에는 작정한 듯이 애꿎은 담배만 축내고 있었다. 그의 방은 어느 사이엔가 화생방 훈련장을 방불케 할 만큼 독한 연기로 가득 찼다. 창문을 열어놓았지만, 담배연기가 썰물처럼 확확 빠져나가는 것은 아니었다. 자오록한 담배연기. 대현은 금세 질식할 것 같은 그런 뿌연 연기에도 아랑곳없이 계속 담배 필터를 질겅질겅 씹어대고 있었다.

3

대현이 자신의 아파트에서 계속 줄담배만 피우고 있던 그 시간, 호텔 객실에서는 철수와 진호가 싱글벙글 웃으며 치밀한 사업계획을 짜고 있었다. 김대현이라는 상대를 알게 된 이상 이제는 행동에 들어갈 일만 남게 된 셈이었다. 진호가 철수에게 말했다.

"사장님, 이번엔 대박을 터뜨려야 되겠죠."

"그야 물론이지. 김대현이라, 모처럼 좋은 상대가 생겼어."

"기왕 시작한 일, 하려면 한탕 크게 해야죠."

"어허, 조 전무. 한탕이니 뭐니 그런 말 쓰면 안 돼. 전무면 전무답게 품위 있는 말을 써야 할 것 아닌가."

"아, 죄송합니다. 앞으로 조심하겠습니다."

그들이 그런 대화를 나누고 있을 때, 엘리베이터에서 내린 최 회장은 로비를 거쳐 현관 회전문을 나섰다. 아니나 다를까, 현관 앞에 대기하고 있던 외제 고급 승용차의 운전석에서 한 사나이가 비호처럼 뛰어나왔다. 채 과장이었다. 그는 바로 최 회장의 비서에다 경호원 겸 운전기사 노릇까지 하는 심복 중의 심복이었다.

채 과장은 최 회장의 서류 가방을 낚아채듯이 받아들어 승용차 운전석 옆 조수석에 실었다. 그런 다음 그는 얼른 뒷문을 열었고, 최 회장은 빨려들어 가듯이 뒷좌석에 앉았다. 그들의 움직임은 첩보영화에 나오는 공작원들보다도 더 민첩했다. 운전대 앞 시계는 정확히 '15:30'을 나타내고 있었다. 최 회장이 채 과장에게 명령했다.

"가지."

"네, 출발하겠습니다."

그들은 그 어떤 조직에서 볼 수 없을 만큼 철저한, 목숨을 건 상명하복 체제로 결속돼 있었다. 만약 최 회장의 명령이 떨어지기만 하면 채 과장 같은 사람은 살인이나 그보다 더한 일도 감행할 것이었다. 최 회장에게는 명령이 있고, 채 과장에게는 오로지 복종만 있을 따름이었다.

최 회장의 승용차가 호텔 정문을 미끄러져 나간 뒤에도 철수와 진호는 얼마 동안 그대로 객실에 머물러 있었다. 이제 김대현이라는 인물이 외통으로 걸려든 이상 그를 어떻게 이용하느냐 하는 문제만 남아 있었다. 진호가 철수에게 말했다.

"회사로 들어가실까요?"

"아, 아니야. 여기서 잠깐 조 전무에게 당부할 말이 있어. 어떻게 해서든 이번 프로젝트를 성공으로 이끌어야 해. 그동안 우리가 얼마나 고전했나. 최 회장님이 우리를 도와주려고 백방으로 노력했건만 우리는 그 고마음에 조금도 보답하지 못했어. 이번이야말로 우리의 실력을 발휘할 절호의 기회라 생각해. 좁쌀 만 바퀴 굴리나, 호박 한 바퀴 굴리나, 그 거리는 호박이 더 멀리 가게 마련이지."

"그렇습니다. 저는 사장님만 믿습니다."

"좋아. 조 전무가 적극 협조만 해준다면 반드시 성공할 거야. 언제 어디서나 눈치 빠르게 움직여 주게."

"네, 잘 알겠습니다. 그런데 혹시 다른 놈들이 먼저 혓바닥으로 침을 바른 건 아닐까요."

"그럴 리가 있나. 최 회장님이 주신 정보는 틀림없어. 조 전무도 그 분이 누군지 잘 알잖아. 다만, 서둘러야 하는 것만은 분명해. 익을 대로 익었다는 분석. 지금이 적기라는 방향제시. 너무 훌륭하잖아. 자, 우리도 사무실로 가지. 이제 행동에 들어가는 일만 남았어."

그들은 객실에서 나왔고, 주차장까지 내려가서 각각 승용차를 몰고 여의도에 있는 회사, 즉 골드비전 사무실로 신바람 나게 직행했다. 그들은 곧 회사 직원들을 모두 퇴근시킨 뒤 근처 한 대중음식점에서 간단한 저녁식사를 마쳤다.

시간은 곧 금이었다. 철수와 진호는 다시 회사로 돌아와 단둘이 마주 앉아 머리를 맞대고 이번 사업계획을 보다 정밀하게 다듬고 있었다. 완벽한 계획, 빈틈없는 행동개시는 그들이 오늘날까지 예외 없이 준수해온 철칙이었다. 그것은 바로 자타가 공인하는 이 계통의 대부, 그리하여 하늘이 낸 인물로 의심할 나위가 없는 거물 최 회장의 가르침이기도 했다.

정체가 있으나 정체를 알 수 없고, 조직이 있으나 그 조직의 실체를 단한 번도 노출시키지 않은 최 회장. 기껏해야 그의 심복 채 과장 정도만 외부에 알려져 있을 뿐 다른 직원이나 관련자들은 알 길이 없었다. 철수와 진호는 그가 어디에 사는지, 그가 어디에서 그 중요한 정보들을 캐내는지도 알지 못했다.

아무튼 최 회장은 휴대전화 번호뿐만 아니라 자동차까지도 수시로 바꿨다. 그는 신출귀몰했다. 골프장에 나타났는가 하면 허름한 여인숙 뒷골목에서 나오기도 하고, 아침에 부산에서 비즈니스를 하는가 하면 저녁에는 홍콩에서 누군가와 밀담을 나누기도 했다. 동에 번쩍, 서에 번쩍, 그는 남들이 상상할 수 없는 가공할 체력을 바탕으로 국제무대, 아니 지구촌 곳곳을 누비며 탁월한 수완을 발휘함으로써 이 계통 종사자들의 기를 죽여 놓는 것은 물론 콧대를 납작하게 눌러놓고 있었다.

그 이튿날, 진호는 출근하자마자 발 빠르게 김대현의 인적사항을 재확인하는 한편, 그의 소재를 철두철미하게 파악했다. 역시 최 회장의 정보는 귀신이 곡하고도 남을 정도로 정확했다. 철수가 진호에게 물었다.

"김대현이란 그 사람, 우리가 입수한 정보에는 이상 없지?"

"전혀 이상 없습니다. 최 회장님 말씀처럼 지금이 절호의 기회인 것 같습니다."

"그래. 맞았어. 기회란 자주 오는 것이 아니지. 내 경험으로 봐서 최 회장님 말씀만 잘 따르면 반드시 성공하게 돼 있어."

"그야 어련하겠습니까."

"조 전무도 잘 들었지. 최 회장님이 뭐랬나. 현역이든 예비역이든 군에 오래 근무한 직업군인을 다룰 때에는 병법으로 다루라고 했지. 직업군인 출신을 병법으로 다룬다……? 모름지기 직업군인이라면 공부를 했든 안 했든 병법에 그 나름대로 떠르르 할 것 아닌가. 그런 사람들을 도리어 병법으로 다룬다……? 하하하……. 그러니까 '역(逆)'의 역을 치는 거야. 하지만 따지고 보면 그 원리는 간단해. 나무 올라가기 좋아하는 놈이 나무에서 떨어져 죽을 확률, 물에서 놀기 좋아하는 놈이 물에 빠져 죽을 확률이 높은 것과 같은 이치라고 하겠지."

"그렇군요."

"조 전무. 비행기를 타지 않으면 추락할 리가 없겠지?"

"그야 물론이죠."

"결혼하지 않으면 이혼할 일도 없겠지?"

"역시 그렇습니다."

"물속의 물고기가 미끼를 물지 않았으면 낚시에 걸리지도 않겠지?"

"지당하신 말씀입니다."

"바로 그거야. 상대방을 추락시키려면 먼저 비행기를 태워야 하고, 상대방을 이혼하게 하려면 먼저 결혼부터 시켜야 하고, 물속의 물고기를 낚으려면 먼저 미끼를 잘 던지는 것, 그게 바로 기본 아니겠나."

"이제 뭔가 조금 알 것 같습니다."

"조 전무. 병법에 통달한 사람을 병법으로 제압한다……. 이 얼마나 기막힌 전술인가. 우리는 끊임없이 연구해야 돼. 끊임없이 연구하지 않고서는 회사를 더 이상 키울 수가 없어. 우리의 골드비전이 이 상태로 머물 수는 없지 않은가. 나는 우리 골드비전을 세계 초일류 기업으로 만들어 최 회장님의 후계자로 우뚝 서고 싶어. 조 전무는 어떻게 생각하나?"

"그야 당연하죠. 전 사장님을 믿습니다. 제가 볼 때에는 사장님이야말로 최 회장님의 후계자가 되고도 남을, 아니 나중에는 그 어른의 위상을 훨씬 능가할 큰 재목입니다. 하루 빨리 그렇게 되기를 빕니다. 저는 아직 햇병아리에 불과하지만, 사장님이 크게 발전해야 저도 이 계통에서 큰소리 좀 칠 것 아닙니까. 저는 그날을 위해 어떤 일도 감수하겠습니다."

"그래. 아주 좋은 생각이야. 물론 그렇게 돼야지. 하하하……."

철수는 호탕하게 웃었다. 최 회장의 제자답게 철수도 이제는 노련한 연기자가 되어 비장한 결의를 다졌다. 김대현이 사정권으로 들어온 이상 이제 잘 조준하여 방아쇠만 당기는 일만 남아 있었다. 철수는 회심의 미소를 머금은 채 이번에야말로 최 회장을 깜짝 놀라게 해주리라 다짐하고 또 다짐했다.

철수와 진호가 그런 비장한 결의를 다지고 있던 그 시간, 대현은 여전히 방구석에 틀어박혀 뻑뻑 줄담배를 피워대고 있었다. 내가 어쩌다 이렇게 되었을까. 동기생들 중에는 별을 달고 요직에 앉아 꽝꽝 큰소리치는 현역 장성들도 한둘이 아니건만, 별의 문턱에서 턱걸이하다가 대령으로 예편한 내 꼴은 이게 뭔가. 그래도 현역으로 있을 때에는 이렇게 초라하지는 않았었는데 막상 군복을 벗고 사회에 나와 보니 알아주는 사람 하나 없었다.

황금의 후예 37

대현은 앞으로 살아갈 일을 생각하며 몸서리를 쳤다. 환갑이나 지났다면 모를까, 아직 50대인 지금 이대로 주저앉는다는 것은 상상할 수도 없는 일이었다. 군인 신분으로는 현역에서 물러난 것은 사실이지만, 그렇다고 민간인 신분까지 예비역일 수는 없었다. 아직 대학생인 아들 석진이, 여고를 졸업하고 재수하는 딸 석순이의 장래를 생각해서라도 뭔가 하지 않으면 안 되었다. 만약 이 상태로 그냥 주저앉는다면 늙어 쪼그라질 때까지 실업자로 남아 빌빌거리다가 사라질 수밖에 없었다.

하지만 섣불리 나다닐 수도 없는 것이 현실이었다. 전역 직후에는 가고 싶은 곳도 많았고, 가야 할 곳도 많았는데 이제는 사람을 만난다는 자체가 별로 신통찮게 느껴졌다. 밖에 나가 돌아다녀 본들 희망적인 이야기보다는 절망적인 이야기를 더 많이 들어야 했고, 교통비며 뭐며 거마비만 솔찬히 축나게 마련이었다. 그럴 바에는 차라리 당분간 방구석에 틀어박혀 이렇게 후일을 도모하는 것이 상책이라는 생각이 들기도 했다.

그런데 웬일인지 최근 며칠 동안에는 전화 한 통화 걸려오지 않았다. 이상했다. 전역 직후에는 혹간 위로전화, 만나자는 전화, 골프 치자는 전화 등등 잊을 만하면 한두 통화씩 전화가 걸려왔지만 언제부턴가 전화가 딱 끊어지는 것이었다.

현역으로 복무할 때에는 정말 소변 보고 뭐 볼 시간이 없을 정도로 분주하게 지냈었고, 전역 직후만 하더라도 눈코 뜰 새 없이 바빴었는데 이제는 심심해서 못 견딜 지경이었다. 이것이 백수의 비애란 말인가. 치사한 변명 같지만, 그는 백수의 울분과 말할 수 없는 무료함을 달래기 위해서라도 부득이 담배를 피우지 않을 수 없었다.

하지만 아내 민정은 최근 그의 흡연에 대해 아주 신경질적인 반응을 보이곤 했다. 전역 직후만 해도 아내는 대현을 따뜻이 위로해 주었고, 다소 마음에 안 드는 일을 해도 그냥 눈감아 주는 듯했다. 그런데 날이 갈수록 그녀의 말투며 눈초리가 예전 같지 않았다. 그녀는 사소한 문제에도 신경을 곤두세우면서 바가지를 긁어대곤 했다.

며칠 전이었다. 그날도 대현은 방구석에 틀어박혀 애꿎은 담배만 축내고 있었다. 밖에 나가 봤자 별로 신통한 일도 없었으므로 그냥 집에 죽치고 들어앉아 있는 것이 상책이라는 생각 때문이었다. 그가 담배 필터를 질겅질겅 씹으면서 그 독한 연기를 뿜어대고 있을 때 그의 아내 민정이 들어왔다.

"아휴, 담배 냄새. 석진 아빠, 그 담배 좀 작작 피워요."

그녀는 손바닥을 펴서 코끝에 대고 풀럭풀럭 부채질을 해대고 있었다.

"아무리 담배 냄새가 고약하다고 하지만 그럴 수 있어? 백수가 담배라도 피우지 않으면 무엇으로 울분을 삭이겠어."

"이 벽지 좀 보세요. 불과 몇 달 사이에 누렇게 변했어요. 옷장, 화장대, 텔레비전 할 것 없이 아예 담배연기로 코팅을 했다니까요."

"참, 너무하네. 누군 뭐 담배를 피우고 싶어 피우는 줄 알아? 되는 일도 없고, 뭔가 희망도 안 보이고……. 따분하니까 피우는 거야."

"밖에 좀 나가면 안 돼요?"

"나가긴 어딜 나가? 갈 데가 있어야지. 이젠 만날 사람도 없어. 오라는 사람도 없구."

"그 늠름했던 석진 아빠의 모습은 어디로 갔는지 모르겠어요. 아, 참, 집에 틀어박혀 있는 석진 아빠를 보면 갑자기 노인 생각이 나요."

"노인?"

"네. 하릴없는 노인 말이에요."

"내가 불과 몇 달 사이에 벌써 그렇게 늙었단 말인가?"

"그런 뜻은 아니구요……. 하릴없는 노인들이 딱해서 하는 말이에요. 석진 아빠. 혹시 지공 선생이 뭔지 아세요?"

"지공 선생?"

"네. 지공 대사(大師)라고도 한다는군요."

"그게 뭔데? 혹시 지대공(地對空)을 잘못 아는 것 아냐?"

그랬다. 아내 민정이 불쑥 '지공'이라는 말을 꺼냈을 때 대현의 귀에는 그 말이 군대에서 자주 쓰는 '지대공'으로 들려왔다. 땅에서 하늘을 향하는 지대공. 군대에서는 무기와 관련해 '지대공 미사일' 등 '지대공'이라는 용어를 수시로 쓰기 때문에 그 낱말이 귀에 익숙해 있었다. 민정이 짜증스럽게 말했다.

"지대공이 아니고 지공이라니까요."

"지공이라……?"

대현은 혼잣말처럼 중얼거렸다.

"지하철을 공짜로 이용하는 노인 세대를 일컫는 말이래요. 지공 선생, 지공 대사. 하릴없는 노인들이 지하철만은 공짜로 이용할 수 있으니까 온종일 전동열차를 타고 돌아다닌대요. 어떤 노인들은 매일 천안까지 오르내린다는군요. 남아도는 시간을 죽이기 위해서 그런다는 거죠. 석진 아빠를 보면 저절로 그런 노인들이 떠올라요. 얼마나 할 일이 없으면 방에 틀어박혀 담배만 피우겠어요. 석진 아빠는 지난 몇 달 동안 너무 변했어요."

"내가 벌써 노인처럼 됐단 말이야?"

"아뇨. 아직은 젊죠. 하지만 무쇠도 녹일 것 같던 그 용기와 당당함은 어디로 갔는지……. 전역 후에는 너무 변했어요. 어떤 일이 있어도 기죽지 마세요."

"물론이지. 내가 누군데? 어떤 어려움이 있어도 기죽을 사람이 아니지. 이대로 늙어죽을 수는 없잖아? 이렇게 푹 쉬면서 재충전을 하다 보면 뭔가 길이 나타나지 않겠어?"

대현은 일부러 목청을 높여 큰소리를 꽝꽝 쳤다. 내일 당장 어떻게 되는 한이 있더라도 아내 앞에서 결코 나약한 모습을 보이고 싶지 않기 때문이었다. 민정이 말했다.

"저도 그렇게 되리라 믿어요. 하지만 온종일 방에 틀어박혀 있는 것을 보면 너무 안타깝고 속상해요. 다른 동기생들은 별 달고 잘 나가는데, 석진 아빠만 대령에서 물러나다니……. 석진 아빠가 별 단 동기생들보다 못한 것도 없잖아요?"

"그렇게 말하면 죽은 자식 나이 세는 것과 뭐가 달라. 뼈저린 과거지사는 들먹이지 않는 게 좋겠어."

"죄송해요. 석진 아빠의 아픈 곳을 건드린 것 같아서……. 석진 아빠, 우리 부산에 내려가 살면 안 될까요?"

"뭐? 부산?"

"오늘 아침 오빠와 통화했어요. 오빠가 뭐라는지 알아요? 석진 아빠가 부산에 내려올 생각이 있다면 회사에 자리를 마련하겠대요."

"허허……. 당신은 아직도 나에 대해서 잘 모르는군. 내가 누군가? 이래봬도 명예와 자존심을 먹고 살아온 고위 장교 출신이야. 아무리 취직할 곳이 없기로서니 날 보고 처가살이를 하라는 말인가? 천만의 말씀. 예로부터 겉보리 서 말만 있으면 처가살이를 않는다고 했어. 앞으로 그런 얘기는 꺼내지도 마. 나는 당신 친정, 즉 내 처가가 잘 되기를 바래. 하지만 죽으면 죽었지 처가살이는 안 해. 당신 오빠가 나를 얼마나 끔찍이 생각하는지도 잘 알고 있어. 하지만 처가에 빌붙어 살 수는 없어. 나는 지금까지 원리원칙대로 살아왔어. 나는 어디까지나 내 능력으로 살아간다 이거야. 내가 치사하게 처가에 빌붙을 것 같아?"

"왜 빌붙는다고 생각하세요? 처가 쪽 사업을 돕는다고 생각할 수도 있잖아요?"

"그건 당신 생각일 뿐이고, 내가 부산에 내려가 처가 쪽 회사에 취직했다 하면 남들이 뭐라겠어? 죽으면 죽었지, 처가살이는 안 해. 나를 어떻게 보고 그런 말을 하는 거야. 두 번 다시 그런 말 꺼내지도 마. 알았지?"

"참, 석진 아빠 자존심을 건드리려고 일부러 그런 말을 한 건 아니에요. 석진 아빠가 마음먹기에 따라서는 우리 좋고, 부산 오빠네 좋고…… 양쪽 모두 좋은 일 아니겠어요?"

"닥쳐. 다시 한 번 그런 말 꺼냈다간 이혼도 불사하겠어."

대현이 얼마나 단호했던지 민정은 자라목이 되어 슬그머니 꼬리를 내렸다. 민정이야말로 어느 누구보다도 대현의 성격을 잘 알고 있었다. 죽으나 사나 원리원칙만 고집하는 남편. 사실, 대현은 그 자신의 판단기준으로 원리원칙에서 조금이라도 벗어났다 하면 한 치도 양보하지 않았다.

그런 남편에게 더 이상 무슨 이야기를 할 것인가. 민정은 남편의 대쪽 같은 성격을 잘 알고 있었으므로 일촉즉발의 위기 속에서 이내 입을 굳게 다물었다. 만약 계속 부산 이야기를 꺼내면 불화를 키울 것이 뻔하기 때문에 가정의 평화를 지키기 위해서라도 한 걸음 뒤로 물러설 수밖에 없었던 것이다.

그 이튿날이었다. 그날도 대현은 온종일 방구석에 틀어박혀 줄기차게 담배만 피워대고 있었다. 이제 방에 틀어박혀 담배를 피우는 것은 그의 일과라 해도 과언이 아니었다. 그렇게 담배를 피우면서 앞으로 살아나갈 방안을 모색해 보지만, 그러나 아무리 생각해도 뭐 뾰족한 대책이 떠오르지 않았다.

그때 외출에서 돌아온 아내 민정이 그의 방으로 들어섰다. 그런데 이게 웬일일까, 어제까지만 해도 담배 문제를 시작으로, 부산 이야기를 꺼내 남의 오장육부를 발칵 뒤집어놓았던 아내. 그러나 그녀의 얼굴에는 희색이 가득했다. 아무래도 밖에서 뭔가 좋은 일이 있었던 듯했다. 그녀가 말했다.

"석진 아빠, 시간 좀 있으세요?"

"왜? 또, 담배 문제로 시비 붙으려고?"

"아뇨. 기쁜 소식을 전할까 하구요."

"기쁜 소식?"

"네. 사실은……. 친구의 소개로 어느 도사한테 다녀왔어요."

"도사?"

"계룡산에서 하산한 족집게 도사래요. 진짜 우리 집 사정을 훤히 알더라구요. 얼마나 기가 막힌지……."

"정말 한심하군. 겨우 점쟁이한테 찾아가서 우리 집 사정을 털어놓았단 말이야?"

"털어놓긴 누가 털어놔요? 그 도사가 먼저 알고 척척 맞혔다니까요. 석진 아빠, 밑져야 본전이라는 말도 있잖아요? 점을 미신이라고만 몰아붙이지 말고 점괘 이야기 좀 들어보세요."

"들어보나마나 뻔하지 뭐."

말은 그렇게 하면서도 대현은 내심 솔깃하지 않을 수 없었다. 점 따위를 믿고 싶지는 않았지만, 점쟁이가 과연 무슨 말을 어떻게 씨부렸기에 아내가 저렇게 싱글벙글하는 것일까. 민정이 말했다.

"곧 석진 아빠에게 대운이 열린다고 했어요."

"대운? 로또복권이라도 당첨된다 이건가?"

"로또복권은 아니구요……. 서방(西方)에서 젊은 귀인이 나타나 석진 아빠를 돕게 된대요."

"젊은 귀인?"

"네. 서쪽 방향에서 나타나는 그 귀인을 만나면, 그때부터 모든 일이 척척 풀려 빌딩도 지을 수 있게 된대요."

그 말을 들었을 때 대현은 약간의 짜릿함을 맛보았다. 점쟁이의 말을 신뢰하고 싶지는 않았지만, 앞길이 복잡하게 꼬인다는 말보다는 듣기 좋았기 때문이었다. 하지만 대현은 아내 앞에서 의연함을 잃지 않으려고 일부러 콧방귀를 뀌면서 핀잔 비슷이 말했다.

"쓸데없는 소리. 당신이 정녕 점쟁이한테 홀렸군."

"그렇지 않아요. 석진 아빠가 그 점괘를 믿거나 말거나 그건 상관없어요. 하지만 정말로 귀인이 나타난다면 어떻게 하시겠어요?"

"그야……."

대현은 우물쭈물 얼버무렸다. 사실은 꼭 귀인이 아니라도 누군가를 만나야 하기 때문이었다. 금방이라도 질식할 것 같은 이 답답한 생활에서 하루라도 빨리 탈출해 뭔가 돌파구를 마련하려면 일단 누군가 우호적인 사람을 만나야 하지 않을까. 대현은 그런 생각을 하면서 내심 그런 귀인이 나타나 주기를 기대해 보는 것이었다.

바로 그때였다, 난데없이 전화벨이 울린 것은. 지난 며칠 동안 굳게 침묵을 지켜왔던 전화가 시끌짝하게 벨소리를 울려 주었을 때, 대현은 혹시 환청이 아닌가 하고 은근히 귀를 의심했다. 아내의 말처럼 급기야 서방에서 젊은 귀인이 나타난 모양이었다.

4

누굴까. 며칠 동안 잠잠했던 전화기의 침묵을 깨뜨린 사람은 과연 누굴까. 혹시 잘못 걸려온 전화는 아닐까. 아니면, 돈 되는 부동산 재테크 어쩌구 떠들어대는 텔레마케팅 전화이거나 보이스피싱일지도 모르지. 비록 짧은 순간이었지만, 대현은 머릿속으로 여러 가지 가상 시나리오를 써 보면서 송수화기를 들었다.

"여보세요."

"안녕하십니까? 실례합니다. 거기, 혹시 김대현 장군님 댁입니까?"

상대방은 목소리를 낮게 깔고 있었다. 그러면서도 그는 매우 조심스럽게 최대한 예의를 갖추려고 노력했다. 하지만 그는 '장군님'이라는 계급 호칭을 쓰는 것으로 봐서 약간은 잘못된 정보를 가지고 있는 듯했다.

그렇다고 그걸 전혀 근거 없는 망발이라거나 아주 잘못된 일이라고 단정할 수는 없었다. 그 자신 장군으로 진급하기 직전 대령으로 전역했기 때문이었다. 더군다나 평생의 꿈이었던 '장군님'이라는 호칭을 듣게 됨으로써 내심 기분이 좋은 것도 사실이었다.

과거 대령으로 있다가 형식만 갖추어 1계급 특진과 동시에 준장으로 전역한 명목뿐인 똥별이나, 별을 서너 개씩 달았더라도 실력 없는 똥별들이 수두룩한 현실을 돌아볼 때, 누군가가 예비역 대령에 대한 예우 차원에서 '장군님'이란 호칭을 붙여 준다 한들 크게 잘못된 일도 아니었다. 아무튼 그가 미지의 발신자와 통화를 하는 동안 아내 민정은 그 곁에서 귀를 쫑긋 세우고 있었다. 대현이 미지의 발신자에게 말했다.

"장군은 아닙니다만……."

"전 보병 제24사단 수색대대 제3중대 중대장으로 근무하셨던 그 김대현 님을 찾고 있습니다. 혹시 그 어른 댁 아닙니까?"

그 말을 듣는 순간, 대현은 온몸이 쩌릿쩌릿해지는 전율은 느꼈다. 대위 시절 그는 바로 보병 제24사단 수색대대에서 제3중대 중대장으로 근무한 적이 있었다. 대현이 말했다.

"나 자신 아주 오래 전에 제24사단 수색대대 제3중대 중대장으로 근무하긴 했습니다만……."

"아, 그렇습니까? 제가 찾고자 하는 김대현 님께서 최근 전역했다는 소식을 들었거든요. 그럼 약 6개월 전에 전역하신 그 김대현 님 맞습니까?"

"그렇긴 한데……."

"드디어 찾았군요. 충성! 저는 그 당시 제2소대에 근무하던 병장 이철숩니다. 예비역 육군 병장 이철수, 비로소 옛 직속상관을 찾았기에 중대장님께 신고합니다."

그는 마치 곁에 서 있는 현역 사병처럼 우렁차게, 그러면서도 다분히 흥분되고 격앙된 목소리로 신고했다. 흥분된 그의 목소리는 분명 떨리고 있었다. 기상천외한 일이었다. 아닌 밤중에 홍두깨도 분수가 있지, 이름도 기억할 수 없는 20여 년 전의 옛 부하가 전화를 걸어 난데없이 '신고' 어쩌구 하다니 이건 뭐 기절초풍할 일이었다.

특히 '중대장님'이라는 호칭이 귀에 가물가물했다. 그동안 '과장님', '참모님', '대대장님', '처장님', '연대장님'……. 보직에 따라 호칭도 한두 번 바뀐 것이 아니었다. 하지만 '소대장님'이며 '중대장님'이란 호칭은 워낙 오래 전에 들었던 호칭인지라 그만큼 귀에서 멀어져 있었던 것이다. 대현이 물었다.

"당신 성함이 뭐라고 했습니까?"

"이철숩니다, 이철수. 제2소대 제1분대 분대장 이철숩니다."

제2소대 제1분대 이철수라……? 대현은 잊힌 기억을 되살리려고 무진 애를 썼다. 물론 제3중대에 제2소대가 있었고, 제2소대에 제1분대가 있었지만, 그러나 아무리 기억을 더듬어 봐도 분대장 이름까지 떠오르지는 않았다.

어떻게 생각하면 입에서 뱅뱅 도는 이름이기도 했다. 김철수, 이철수, 박철수, 안철수, 강철수, 정철수, 조철수, 황철수……. '철수'라는 이름이 하도 흔해서 그런지는 모르지만 아무튼 이철수라는 이름은 어디에선가 많이 들어본 듯했다. 어느 날 갑자기 밑도 끝도 없이 불쑥 전화를 걸어온 미지의 남자라 해도, 이철수라는 이름만은 어쩐지 생소하게 느껴지지 않았다.

하지만 얼굴은 도무지 기억할 수가 없었다. 휘하에 거느렸던 병사가 어디 한둘인가. 그들을 무슨 재주로 다 기억한단 말인가. 그동안의 당번병이나 운전병, 그리고 아주 톡톡 튀는 독특한 병사들 몇몇은 오래 기억되었다. 하지만 잠깐씩 스쳐 지나간 그 많은 병사들을 어떻게 일일이 기억할 것인가. 세월이 흐르고 흘러 아득한 중대장 시절의 일개 사병을 오늘날까지 기억한다는 것은 사실상 불가능한 일이었다. 대현이 철수에게 말했다.

"어쨌든 반갑습니다. 옛 전우를 만났군요."

그때 철수는 전화기의 저쪽에서 흡족한 미소를 머금고 있었다. 대현의 입에서 흘러나온 말, 즉 '어쨌든 반갑습니다'라는 말이 벌써부터 이번 사업의 성공을 예고하는 듯했다.

여의도에 있는 골드비전 사무실. 철수 곁에서는 진호가 촉각을 곤두세운 채 다른 전화기를 이용해 통화 내용을 엿듣고 있었다. 철수가 진호에게 찡긋 의미 있는 눈짓을 보내자 진호도 알았다는 듯 싱긋 웃어 보였다.

철수가 돌연 음성을 가다듬으면서 차분하게 말했다.

"중대장님, 전우라니요? 저는 중대장님의 영원한 부하일 뿐입니다. 옛 상하 관계를 생각해서라도 말씀 낮추시고, 그냥 이 병장이라고 불러 주십시오. 저로서는 그게 편합니다. 중대장님께서 꼬박꼬박 존댓말을 쓰시니까 정말 몸 둘 바를 모르겠습니다."

"그렇다고 우리가 현역은 아니잖습니까? 민간사회에 나왔으면 민간사회인답게 민간사회의 법칙에 따라야 하겠지요."

"역시 중대장님께서는 여전히 원리원칙을 고수하시는군요. 역시 존경하지 않을 수 없습니다. 저 역시 군대에 갔다 온 이후 오늘날까지 원리원칙에 충실하고자 노력해 왔습니다. 제게는 중대장님이야말로 죽을 때까지 중대장님입니다. 장군이 아니면 뭐 어떻습니까. 제게는 별을 몇 개씩 단 장군이 중요한 게 아닙니다. 오로지 제가 육군 병장 시절부터 가슴 깊이 흠모해 온 중대장님을 찾고 싶었을 뿐입니다. 한 번 중대장님이면 제게는 영원히 중대장님 아닙니까."

철수의 말 한마디 한마디는 마치 연극대사 같았다. 그는 미리 철저하게 짜놓은 각본에 따라 상대방을 밀고 당기는 화법으로 진행했다. 맨 처음 철수가 전화로 '장군님' 운운했을 때, 대현은 상대방이 뭔가 잘못된 정보를 가지고 있는 것으로 판단했다. 하지만 그 내막을 알고 보면, 그것 역시 철수가 짜낸 고도의 연막전술이었다.

철수는 대현의 계급을 훤히 알고 있었다. 하지만 그는 일단 상대방의 기분을 약간 띄워 놓고 그로 하여금 헷갈리게 하기 위해 의도적으로 그렇게 내숭을 떨며 눙친 것이었다. 말하자면 『36계』의 제20계 혼수모어(混水摸魚), 즉 물을 흐려 놓고 고기를 잡는 계책 가운데 그 초보 단계를 적용한 셈이었다. 대현이 되물었다.

"존경이라고 했습니까?"

"그렇습니다. 저는 군 복무를 마치고 사회에 나온 뒤에도 아직까지 중대장님처럼 원리원칙에 충실하신 분을 보지 못했습니다."

그 말을 듣고, 대현은 여간 흡족한 것이 아니었다. 그는 현역으로 근무하는 동안 사관학교에서 배운 그대로 초지일관 원리원칙을 강조했다. 20여 년 전의 부하가 아직도 그걸 기억해 주고 있다니 이만저만 기분 좋은 것이 아니었다. 그의 두뇌에서는 모처럼 엔도르핀이 콸콸 샘솟고 있었다. 대현이 말했다.

"아무튼 반갑습니다."

"그건 제가 드릴 말씀입니다. 그건 그렇고요, 바쁘실 텐데 너무 통화를 오래 하는 것 아닌지 모르겠네요."

철수는 은근슬쩍 상대방의 반응을 떠보려고 일부러 곧 통화를 마칠 듯한 속내를 드러내 보였다. 그러자 대현은 뭔가 아쉬운 듯 재빨리 철수의 말을 가로챘다. 그가 말했다.

"뭐 괜찮습니다. 별로 바쁜 것은 없습니다만……. 이 병장은 지금 무슨 일을 하고 계십니까?"

"여의도에서 그저 조그만 회사를 꾸려가고 있습니다."

"그럼 사장이란 말씀입니까?"

"남들은 그렇게 불러 줍니다만, 우리 회사는 중소기업에 지나지 않습니다. 그래도 밥 먹을 형편은 됩니다. 아무튼 옛 중대장님을 찾게 돼서 이만저만 기쁜 것이 아닙니다. 꿈에도 그리던 중대장님 목소리를 듣고 보니, 그야말로 눈이 허리높이까지 쌓이던 858고지에서 보초 서던 군대 시절이 엊그제 일만 같습니다."

그 대목에 이르러서는 대현도 강원도에서의 중대장 시절을 회상하지 않을 수 없었다. 특히 858고지 일대에는 눈이 엄청나게 쌓였었지. 그때 그 시절 겨울이면 눈을 치우느라 이만저만 고생한 것이 아니었다. 눈사태라도 나면 전투력 손실, 특히 병력 손실을 입을까 봐 가슴 졸이던 시절이기도 했다. 철수가 대현에게 말했다.

"중대장님, 오늘은 이만 줄일까 합니다. 금명간 또 연락드리겠습니다. 시간이 허락한다면 꼭 식사라도 한 끼 모시고 싶은데 괜찮으실지 모르겠네요."

"나야 시간은 얼마든지 낼 수 있습니다만……."

"아, 그러세요? 그럼 내일이나 모레쯤 어떠십니까?"

철수가 조심스럽게 물었다. 그때 대현의 뇌리에 퍼뜩 섬광처럼 스쳐 지나가는 격언이 있었다. '쇠뿔도 단김에 빼라'는 격언이 그것이었다. 그와 동시에 군대에서 자주 쓰던 '속전속결'이라는 말이 떠올랐다. 그를 만날 때까지 궁금증만 증폭시킬 것이 아니라 그를 만나 그가 과연 어떤 사람이기에 불쑥 전화를 걸었는지 궁금증을 푸는 것도 괜찮겠다는 생각이 들었다. 대현이 말했다.

"내일도 괜찮습니다만……."

"잠깐만요, 제 일정표 좀 봐야겠습니다."

철수는 일부러 한 박자쯤 뜸을 들이면서 부시럭부시럭 수첩을 뒤적였다. 꼭 내일 일정을 확인한다기보다는 상대방을 겨냥한, 즉 송화기를 타고 흘러들어 가는 효과음이 필요하기 때문이었다. 곁에서 열심히 통화 내용을 엿듣고 있던 진호가 소리 나지 않게 씨익 웃으면서 철수를 향해 엄지손가락을 치켜들었다. 역시 최고 고수라는 뜻이었다. 대현이 말했다.

"저엉 바쁘시면 취소하구요……."

"아, 아닙니다. 제 일정표를 보니까 작은 약속이 있긴 합니다만 뭐 괜찮습니다. 이 약속은 뒤로 미뤄도 되니까요. 그럼 내일 몇 시쯤이 좋겠습니까?"

"아무 때나 좋습니다."

"저녁도 괜찮으시구요?"

"물론입니다."

"중대장님, 그럼 내일 오후 다섯 시에 시간 내실 수 있겠습니까?"

"괜찮습니다."

"그럼……."

철수는 을지로에 있는 일류 관광호텔 커피숍을 만날 장소로 제의했다. 상대방에서도 그 제의를 선뜻 받아들였고, 마침내 두 사람 사이의 첫 번째 약속이 성사되었다. 철수가 대현과 통화를 마치고 송수화기를 내려놓자 진호가 그에게 말했다.

"사장님은 역시 고수이십니다."

"고수는 무슨 고수. 이제 겨우 시작에 불과할 뿐이야."

"하지만 시작이 반이라고 했잖습니까? 전화 한 통화로 그 인물을 끌어내시다니 정말 놀랍습니다."

"익을 대로 익었으니까."

"네?"

"최 회장님께서 말씀하신 것처럼 익을 대로 익었다 이거야. 말하자면 『36계』에 나오는 진화타겁(趁火打劫) 계책을 쓸 수 있는 절호의 찬스라는 얘기지. 대령으로 전역해서 여섯 달이나 놀았는데 얼마나 무료하고 지루하겠어? 그동안 만나볼 만한 사람은 다 만났고, 골프도 칠 만큼 쳤겠다, 이제는 별로 할 일이 없을 거야. 앞날을 생각하면 불안하겠지. 아무튼 첫 단추는 잘 꿰어진 셈이야. 차근차근 계획을 실천에 옮겨 나가다 보면 뭔가 좋은 일이 있겠지."

여의도 골드비전 사무실에서 철수와 진호가 그런 논의를 하고 있을 때, 강남의 한 아파트에서는 통화를 마친 대현과 그의 아내 민정이 모처럼 낯을 활짝 편 채 즐거운 대화를 나누고 있었다. 대현이 민정에게 말했다.

"꼭 귀신이나 도깨비한테 홀린 기분이군. 중대장 시절의 내 부하가 전화를 걸어왔어. 중대장 시절이면 언젠데. 허, 참, 살다 보니까 별일도 다 있군."

"지금은 뭐하고 산대요?"

"여의도에 회사를 내고 있대."

"여의도에 회사를 내고 있대요? 그렇다면……. 계룡산에서 하산했다는 족집게 도사 말이 맞는가 봐요. 여의도가 여기에서 볼 때는 서방, 즉 서쪽 방향이잖아요. 족집게 도사가 말씀하시기를 서방에서 나타나는 그 젊은 귀인의 도움을 받으면 빌딩도 지을 거라고 했어요."

"당신도 참……. 떡 줄 사람은 생각도 않는데 김칫국부터 마시는 형국이군."

"기대를 해 봐야죠. 중대장 시절의 부하가 석진 아빠를 찾는다면 예삿일이 아니잖아요? 설마 그 사람이 우리를 해코지하려고 찾는 건 아니겠죠? 만약 석진 아빠를 해칠 사람이라면 진작 해쳤겠죠. 20여 년이 지난 지금 일부러 전화한 것을 보면 석진 아빠에게 잊지 못할 사연이 있나 봐요. 아무튼 잘 됐어요. 그 사람을 한번 만나 보세요. 회사 사장이라면, 그 사람이 우리에게 큰 도움을 줄지도 모르잖아요?"

"쓸데없는 소리 그만해. 난 그저 옛 부하를 만나보고 싶을 뿐이야. 그러고 보니까 슬슬 젊었을 때 생각이 나는군. 중대장 시절이면 우리가 막 결혼했을 땐데 말이야. 신혼 때, 당신도 고생 깨나 했지."

"말도 말아요. 강원도 산골에 처음 갔을 때, 나는 우리나라에도 이런 곳이 있었나, 하고 무척 놀랐어요. 보는 것이 모두 낯설기만 했죠. 산들이 얼마나 높은지 정말 보이는 것이라곤 하늘뿐이라는 느낌이었어요. 민간인은 보이지 않고 맨 군인들만 북적거리는데 무섭기도 했구요."

"그래. 그랬을 거야. 어쨌거나 이젠 일이 좀 술술 풀려야 할 텐데."

"잘 풀릴 거예요. 너무 초조하게 생각하지 마세요. 하늘이 무너져도 솟아날 구멍이 있다는데 우리가 이대로 주저앉을 수는 없잖아요? 석진 아빠가 사회에서 크게 성공하면 별을 단 동기생들이 부럽지 않을 거예요. 아니, 별을 달고 군대에 남아 있는 동기생들이 더 부러워할 수도 있겠지요. 전 석진 아빠를 믿어요. 끝까지 힘을 내세요."

"고맙소."

대현은 그런 아내를 뜨겁게 포옹했다. 도대체 얼마만의 포옹인가. 짧막한 연애 시절, 그리고 신혼 시절을 제외하고는 이렇게 포옹한 적이 없는 듯했다. 이제 일이 좀 풀리려나. 하지만 대현은 이 근래의 우울한 기억들을 떨칠 길이 없었다.

정말 이 사회는 그렇게 녹록치 않았다. 예비역 대령이라면 어디서든 쌍수로 환영할 줄 알았지만 그것은 어림도 없는 착각이었다. 며칠 전 윤형진 선배가 들려준 말을 잘 음미해본 결과 그 말은 거의 모두가 사실이었다. 처음에는 그가 겁만 주는 줄 알고 오해도 했지만, 실지로 몇 군데 취직자리를 알아보니 대부분의 상대방은 픽픽 콧방귀나 뀔 뿐 거들떠보지도 않는 것이었다.

이력서를 들고 취직자리를 알아보다가 퇴짜를 맞을 때마다 정말 자존심이 상해 견딜 수가 없었다. 소위로 임관해 대령까지 오르는 동안 온갖 어려움을 슬기롭게 헤쳐 나왔건만 지난 몇 달 동안 사회에서 겪은 수모는 이루 말할 수가 없었다.

그는 일부러 고향에도 가지 않았다. 장군이 되었더라면 성판(星板)이 번쩍이는 승용차를 타고 고향에 내려가 한바탕 잔치라도 벌였겠지만, 장군의 문턱에서 대령으로 주저앉은 터라 조용히 몸을 낮추고 숨을 죽이지 않을 수 없었다. 그 대신 그는 사회의 다른 분야에서 성공을 거두면 언젠가 반드시 금의환향할 수 있으리라 확신했다.

하지만 사회의 장벽은 너무 높았다. 성공은커녕 성공의 발판 자체를 마련하기가 너무 어려웠다. 그는 최근 삶 자체를 비관한 적도 한두 번이 아니었다. 이 사회는 군 출신에 대해 너무 냉소적이었고, 어떤 놈들은 예비역 육군 대령 알기를 장기판의 졸(卒)이나 똥 친 막대기쯤으로 취급하려 들었다.

사관학교를 졸업하고 소위로 임관한 이후 그는 엘리트 중의 엘리트를 자처하며 장교의 길을 걸어왔건만, 막상 푸른 제복을 벗고 나왔을 때 사회의 눈길은 싸늘하기만 했다. 우리 사회처럼 군 장교 출신을 무자비하게 매도하고 푸대접하는 나라는 이 지구상 어디에도 흔치 않을 것이었다.

물론 일부 정치군인들의 원죄가 없었던 것은 아니지만, 그렇다고 모든 직업군인이 군사쿠데타에 가담한 것은 아니었다. 그런데도 직업군인 출신이라면 괜히 색안경을 쓰고 바라보는 눈길이 적지 않았다. 정말 더러웠다. 죽었다 깨어나도 장교가 될 수 없는 함량 미달의 저질들일수록 직업군인, 특히 고위 장교 출신들을 사정없이 헐뜯고 깎아 내리는 것이었다.

하기야 군 내부에도 동료가 잘 되는 것을 배 아파 하는 놈들은 수두룩했다. 누군가가 좀 잘 나간다 싶으면 고자질에다 투서를 비롯한 각종 흑색선전이라든가 수단과 방법을 가리지 않고 발목을 잡는 것이었다. 보안부대 요원들이 끊임없이 장교들의 동태를 파악하여 보고를 올리고 있는데도 경쟁관계에 있는 동기생, 특히 같은 병과(兵科) 동기생들 사이에는 은밀한 견제가 공공연히 자행되었다.

예컨대 진급심사의 계절이 오면 거의 예외 없이 국방부 주차장이나 3군 본부가 있는 계룡대 화장실 같은 곳에 뿌려지는, 유력한 진급 대상자들을 비방하는 일련의 괴문서는 그것을 웅변으로 입증해 주고 있었다. 아무튼 동기생들이나 선후배 사이에 벌어지는 상호 견제는 암투의 차원을 넘어 차라리 생존경쟁의 혈투라 해도 과언이 아니었다.

그동안 대현도 고자질이며 투서로 말미암아 이만저만 피해를 본 것이 아니었다. 대위 때만 해도 그런 일쯤이야 강 건너 불이라고 생각했다. 그 자신 모두가 힘들다고 말하는 수색대대에서 중대장을 거쳤으므로 진급에 이의가 있을 수 없었다. 더군다나 정규 사관학교 출신으로 소령을 다는 것은 크게 문제될 것이 없었다.

그러나 소령에서 중령으로 진급할 때는 상황이 달랐다. 그는 당시 육군대학을 졸업하고 육본 비서실에 근무하고 있었는데, 어느 누가 고자질을 했는지 중령 진급에 제동이 걸린 것이었다. 이상했다. 전임자들이 그랬듯 통상 비서실 근무자들은 진급심사에서 괜찮은 인사고과를 받게 마련인데, 대현은 누군가의 견제와 모함에 의해 1차 진급심사에서 미역국을 먹지 않으면 안 되었던 것이다.

대현은 결코 그렇게 살고 싶지 않았다. 다른 동기생들이 견제를 하건 말건 그는 물 흐르듯이 자연스럽게 살고 싶었다. 동기생들을 견제하고 모함해서 뭘 어쩌자는 것인가. 동기생을 뒤로 밀어내고 자기가 좀 앞서 나간다 한들 그게 뭐 떳떳한 일인가. 대현은 군에 현역으로 몸담고 있는 동안 한 번도 그 따위 어리석은 짓을 하지 않았다.

5

사실 대현은 소대장 시절부터 연대장에 이르기까지 지휘관으로 근무하는 동안 부하들을 끔찍이 아끼고 사랑했다. 이 세상에 부하 없는 지휘관이 어디 있을까. 부하들이 있음으로 해서 지휘관이 존재한다는 진리를 안다면 어느 부하라도 소홀히 대할 수가 없었다.

그는 부하들을 자신의 분신처럼 여겼다. 그 자신 그렇게 부하들을 아끼고 깨끗한 삶을 지키기 위해 안간힘을 쓰며 살아왔는데도 사회에서 군 출신이라 해서 냉대하는 것을 체감할 때는 이만저만 서글픈 것이 아니었다. 군에 있을 때 사병들을 그처럼 아끼고 사랑했으면 사회도 그에게 마땅히 그만한 대접을 해주어야 하련만, 이 사회는 최소한의 대접에도 인색하기 짝이 없었다.

이 사회는 왜 직업군인 출신을 몰라줄까. 남들만큼 공부도 했고, 오랜 군대생활을 통해서 누구 못지않은 관리 능력과 통솔력을 키워 왔건만, 이 사회에서는 직업군인들이 군대에서 쌓은 그 경력마저 부정하려 들었다. 민정이 대현에게 말했다.

"석진 아빠가 너무 민감하게 받아들이는 것 아니에요?"

"그렇지 않아. 이 사회는 문제가 많아."

"군대에 있을 때보다 도리어 사회에 나와 출세한 분들도 많잖아요?"

"그런 사람들이 전혀 없는 것은 아니지만……. 아무튼 이 사회에는 뭔가 견고한 장벽이 있어. 우리 같은 군 출신이 뛰어넘기에는 높은 장벽 말이야. 그러나 나는 그 장벽을 뛰어넘을 자신이 있어."

대현은 옛 부하의 전화 한 통화에 한껏 고무돼 있었다.

"그래요. 석진 아빠는 그 장벽을 뛰어넘고도 남을 거예요."

"그래야지. 이대로 물러설 수는 없지. 그런데 이철수라는 그 병장, 아무리 생각해도 기억이 나질 않는단 말이야."

"그거야 당연하죠. 석진 아빠가 거느렸던 사병이 어디 한둘인가요? 운전병이나 당번병이었다면 몰라도 다른 사병들까지 어떻게 다 기억하겠어요?"

"그래. 당신 말이 맞아. 그래도 운전병이나 당번병은 이따금 기억나는 병사들이 있는데……. 아, 참, 오늘따라 어쩐지 당신이 예뻐 보이는군."

대현과 민정이 그런 대화를 나누고 있을 때, 여의도 골드비전 사무실에서는 철수와 진호가 향후 대책을 긴밀히 논의하고 있었다. 그들은 이 바닥에서 잔뼈가 굵어 적지 않은 노하우를 축적하고 있었지만, 이번 사업을 티끌만한 실수도 없이 완벽한 성공으로 이끌어야 하기 때문에 이만저만 신경 쓰이는 것이 아니었다. 철수가 진호에게 물었다.

"조 전무, 내일 오전 약속은 어떻게 됐나?"

"최 회장님께서 채 과장을 통해 연락 주시겠다고 했습니다."

하지만 철수는 약속 시간과 만날 장소를 묻지 않았다. 그것은 일종의 불문율이기 때문이었다. 최 회장은 항상 약속시간과 만날 장소를 일방적으로 정했고, 철수와 진호는 남의 눈에 띄지 않게 그곳으로 가기만 하면 되었다. 말하자면 공작원의 접선보다도 더 엄격했던 것이다. 철수가 물었다.

"우리 직원들에 대한 교육은 잘 시켰겠지?"

"물론입니다."

"혹시 결정적인 단계에 배신자가 나타나는 것은 아니겠지?"

"염려하지 마십시오. 그들도 동업자 아닙니까?"

"동업자지. 그렇지만 집안 단속부터 잘 해야 돼. 내부의 적이 더 무서운

법이니까. 만약 직원 중에서 배신자가 나타난다면 죽도 밥도 안 되거든. 몇 해 전에 겪었던 시행착오를 되풀이해서는 안 될 거야."

몇 해 전이었다. 철수는 한 직원의 배신으로 일을 송두리째 그르친 적이 있었다. 그때, 말단 여직원이 상대방에게 매수됨으로써 철수와 진호는 사업이고 뭐고 가릴 것 없이 회사 간판을 내리고는 『36계』의 주위상(走爲上) 계책을 써서 어디론가 쥐도 새도 모르게 잠적하지 않으면 안 되었다. 그들은 갖은 우여곡절을 겪으며 경찰의 수사망을 피했지만, 그 과정에서 그들이 겪었던 피해는 이루 말할 수가 없었다. 진호가 말했다.

"이번에는 그럴 염려가 전혀 없습니다. 직원들을 철저하게 점조직으로 운영하고 있으니까요. 더욱이 직원들은 우리가 무슨 일을 하는지조차 모르고 있습니다. 그들에게는 단순 업무만 시키고 있으니까요."

"그래. 위험하다 싶으면 적당한 시점에 직원들을 모두 갈아치워."

"그건 일도 아닙니다. 전부 1년 미만의 계약직으로 되어 있으니까요."

"그 다음, 금융 문제는 어떻게 됐나?"

"그것 역시 걱정하실 필요가 없습니다. 최 회장님의 소개로 몇 군데 금융기관에 벌써 거미줄처럼 선을 대놨습니다. 며칠 안으로 마땅한 변호사도 물색할 계획입니다."

"좋은 생각이군. 내일 오전 최 회장님을 뵙게 되면 내가 직접 사업계획을 잘 설명할 거야. 조 전무는 곁에서 잘 듣기만 해. 절대로 기록 같은 것은 하지 말고. 어떠한 경우라도 근거를 남겨서는 안 되니까 말이야. 근거를 남기면 무슨 후환을 당할지 모르잖아? 우리의 작전은 언제든지 입에서 입으로 끝나는 거야. 최 회장님께서 말씀하셨듯 신용과 보안유지는 우리의 생명이라는 것을 잊지 말게."

"네, 잘 알겠습니다."

58

진호는 비장한 결의를 다졌다. 이번 사업에 성공하기만 하면 일약 팔자를 고칠 수도 있기 때문이었다. 그들은 어쩌면 이 사업을 위해 태어난 인물들인지도 몰랐다. 그들에게는 오직 성공을 향한 부푼 꿈이 넘쳐날 따름이었다.

그 이튿날 오전, 철수와 진호는 명동의 한 호텔 객실에서 만났다. 그들은 서울을 비롯한 전국 각지의 호텔을 좔좔 꿰고 있었다. 그들은 특히 자주 이용하는 호텔의 내부구조, 이를테면 객실의 배치는 물론 심지어 비상탈출구까지 낱낱이 파악하고 있었다.

물론 최 회장도 호텔을 선호했다. 그것도 한 호텔을 단골로 정해 놓은 것이 아니라 이 호텔 저 호텔을 수시로 바꿔가며 은밀히 이용했다. 물론 호텔 이외의 다른 장소를 이용할 때도 있었다. 예컨대 특별한 상황이 발생할 경우 최 회장은 교외의 모텔이나 한적한 야산 같은 곳을 이용하기도 했다. 아니, 어떤 때는 뒷골목 여인숙 같은 곳을 접선장소로 선택해 주위 사람들을 놀라게 한 적도 있었다.

아무튼 최 회장이야말로 하늘이 낸 인물임에 틀림없었다. 만약 그런 인물이 양지에서 일하게 되었다면 역사에 길이 남을 것이었다. 하지만 최 회장은 도리어 남들의 이목을 피해 어느 누구도 알지 못할 이 업계에서 대부 노릇을 하고 있었다.

이 업계는 참으로 아는 사람만 아는, 바로 이 계통 종사자만 아는 극비의 세계였다. 웬만한 사업 같으면 대대적인 홍보를 통해 자기 위상을 높이고 사업영역을 지속적으로 넓혀 나가겠지만, 이 업계에서는 그러한 방식이 통하지 않았다.

어쨌든 객실 안은 조용했다. 오후 시간 같으면 입실·퇴실 하는 투숙객들로 붐비겠지만 시간대가 오전이어서 복도에서도 인기척이 뚝 끊겨 있었다. 철수가 진호에게 물었다.

"그래, 채 과장은 어떻게 지낸대?"

"아주 잘 지낸다고 합니다."

"그렇겠지. 최 회장님 휘하에 있으니까 어련하겠나. 내가 볼 때, 최 회장님이야 하늘이 낸 인물이지만, 채 과장도 보통 사람은 아니야. 최 회장님 같은 어른을 모실 수 있다는 그 자체만으로도 높이 평가해야겠지. 채 과장이야말로 최 회장님의 수족이나 다름없거든."

"그렇습니다. 과묵한 성격, 민첩한 행동. 참 독특한 사람입니다. 그러니까 최 회장님이 그를 오래 데리고 있겠죠."

"바로 그거야. 평소 말 한마디 없는 사람이 행동은 어떻게 빠른지 정말 놀라워. 최 회장님 같은 어른을 모시기에는 적임자가 아닌가 싶어. 조 전무도 알다시피 최 회장님이 얼마나 섬세하고 치밀한 분인데."

그들이 그런 대화를 나누고 있을 때 출입문 쪽의 초인종이 울렸다. 철수는 거의 습관적으로 휴대전화에 나타난 시간을 확인했다. 아니나 다를까, 휴대전화 액정화면에는 정확히 '11:05'로 나와 있었다. 진호가 재빨리 출입문을 열자 최 회장이 유령처럼 나타났다. 언제나 그랬듯 최 회장이 두 사람에게 의례적으로 물었다.

"오래 기다렸나."

"아, 아닙니다."

"아무튼 반갑군. 어서 앉지. 오늘은 시간이 좀 없어. 빨리 대화를 나누었으면 해."

그는 창 쪽의 의자에 앉았다. 원탁을 사이에 두고 철수와 진호도 옷깃을 여미며 조심스럽게 앉았다. 철수는 철저히 연구해서 미리 짜놓은 사업계획을 구두로 주욱 보고했다. 최 회장은 철수가 사업계획을 설명하는 동안 연신 고개를 주억거리고 있었다. 무엇보다도 철저한 준비성이 마음에 들었다. 따로 브리핑 차트를 만든 것도 아니건만 철수의 사업계획 보고는 나무랄 데가 없었다.

하기야 이 바닥에서는 말솜씨가 최대의 무기라고 말할 수 있었다. 아무리 머리가 핑핑 돌아가도 언변이 따라주지 못하면 말짱 헛일이었다. 그 반면, 말을 잘 하면 일단 기술자의 반열에 들어갈 수가 있었다. 그런 점에서 철수는 타고난 일꾼인 셈이었다. 아니, 그는 앞날이 훤히 내다보이는 '준비된 거물'이라 해도 과언이 아니었다.

최 회장은 그런 철수에게 무한한 신뢰를 보내고 있었다. 최 회장의 조직은 방대했다. 그의 휘하에는 예간다 제간다 하는 일꾼이 즐비했다. 서울은 말할 것도 없고 부산, 대구, 대전, 인천, 광주, 울산 등 전국 각지에서 활동하는 일꾼들. 그들은 그들 나름의 하부 조직을 거느리고 저마다 탁월한 재능을 발휘하고 있었다.

그런데 사실 철수만한 일꾼도 흔치 않았다. 철수는 선천적으로 타고난 일꾼이라 해도 과언이 아니었다. 그의 기술은 가위 정상급이었다. 최 회장은 내심 철수에게 적지 않은 신뢰를 보내고 있었다. 그 뛰어난 순발력도 순발력이지만, 초 치고, 된장 풀고, 갖은 양념 다 해가면서 어쩌면 말을 그렇게 번드르르하게 잘 하는지 조금도 흠잡을 데가 없었다.

철수가 조목조목 사업계획을 보고하는 동안 진호는 시종일관 곁에서 침묵을 지키고 있었다. 그 자신 각종 정보를 직접 수집한 핵심 참모였지만, 그러나 철수에 대한 예의를 지키기 위해 입을 굳게 다물고 있었다.

진호가 볼 때에도 철수는 보통 인물이 아니었다. 그런 재능을 가지고 보다 생산적인 계통으로 나갔더라면 아주 대성했을 텐데 이 암흑의 업계로 들어선 것이 못내 아쉽고 안타깝기만 했다. 그러나 철수는 이미 이 계통에 너무 깊이 발을 담갔고, 특별한 이변이 없는 한 직종을 바꾸지 않을 것이었다.

철수는 누가 뭐래도 이 업계에서 대부가 되는 꿈을 꾸고 있었다. 그렇지. 누가 내 앞길을 막을 것인가. 나도 최 회장 같은 거물이 될 거야. 암, 그래야지. 나라고 해서 그런 거물이 되지 말란 법이 어디 있나. 나도 언젠가는 이 업계의 지존(至尊)이 될 거야. 그때까지 착실히 역량을 쌓아야지. 철수는 언제나 그런 야망에 불타고 있었다. 보고를 다 마친 철수가 결론 삼아 말했다.

"지금 현재로선 큰 어려움이 없을 것 같습니다. 오늘 오후 다섯 시 을지로에 있는 호텔에서 김대현 예비역 대령을 만나기로 했습니다."

"잘했군. 내가 생각했던 것보다 진도가 빠른 셈이군. 어쨌든 첫 단추를 잘 꿰어야 해. 너무 덤비지 말고. 내가 입수한 정보에 의하면 김대현은 술을 좋아해. 기회를 봐 가면서 적당히 술을 권해. 그런 다음, 나중에는 미인계(美人計)도 쓰고 말이야."

"원리원칙을 따지는 인물인데 그게 통할까요?"

"이봐, 이 사장은 아직 뭘 모르는군. 이 세상에 여자 싫어하는 남자 있나. 원리원칙 아니라 원리원칙 할애비라 해도 남자라면 여자를 밝히게 돼 있어. 더군다나 군 출신인데 오죽하겠나. 그뿐이 아니야. 그 사람이야말로 옷 벗고 나와서 놀고 지냈잖아. 지금쯤이면 여자 생각도 간절할 때야. 그렇다고 너무 서두르면 안 돼. 오늘은 적당히 분위기만 잡고 그냥 넘어가. 말하자면 탐색전만 하고 끝내라 이거지. 내가 해줄 말은 그게 전부야."

"회장님의 가르침에 따라 정공법으로 나갈 계획입니다."

"정공법이라……?"

"그렇습니다. 초장에는 변칙을 쓰지 않고 가장 초보적인 방법을 쓰겠습니다."

"초보적인 방법?"

"네. 최 회장님께서 가르쳐 주신 공식이 있잖습니까. 그 공식을 그대로 적용할 작정입니다. 물론 상대방이 어떻게 나오느냐에 따라 약간의 변칙과 임기응변을 가미하겠습니다만, 첫 단계에서는 기본공식만 잘 적용해도 큰 무리가 없을 듯합니다."

"음, 거 좋은 생각이군."

"저는 어디까지나 원리원칙대로 할 것입니다."

"원리원칙대로?"

"네, 그렇습니다. 제가 파악한 바에 의하면 김대현은 육사 출신이기 때문에 원리원칙 신봉잡니다. 원리원칙 신봉자를 원리원칙으로 요리하겠다는 뜻입니다."

"하하하……. 원리원칙 신봉자를 원리원칙으로 요리한다……? 그거야말로 절묘한 계책이군. 한데 원리원칙만으로는 안 될 때가 있어."

"저도 잘 압니다."

"원리원칙만 따지는 사람은 대체로 융통성이 없지. 또, 원리원칙만 따지는 사람일수록 변칙에 약해. 기본 전략은 원리원칙으로 하되, 필요에 따라 언제든지 변칙을 구사하란 말이야."

"네, 명심하겠습니다."

"그렇다고 밥보다 고추장이 많아서는 안 되지. 밥이 원리원칙이라고 한다면, 고추장은 융통성과 같은 거야. 밥에다 고추장을 넣는 것이지, 고추장에다 밥을 넣는 것은 아니란 말일세. 무슨 뜻인지 알겠나."

"참 멋진 말씀이십니다."

"비빔밥을 생각해 보게. 밥보다 고추장이 많으면 어떻게 되겠나?"

"짜고 매워서 먹지도 못하고 밥만 버리게 되겠죠."

"바로 그거야. 내가 가르쳐 준 공식 있잖은가. 그 공식에다 상황 변화에 따라 그때그때 융통성을 발휘하란 말일세. 더군다나 상대방은 예비역 고위 장교 출신이야. 녹록한 상대가 아니란 말일세. 언젠가도 일러 주었지만 상대방을 요리하려면 항상 상대방의 머리 위에 있어야 해. 고위 장교 출신을 가지고 논다는 것이 어디 쉽겠나."

"회장님, 전 언제나 회장님의 가르침만을 따르겠습니다."

"그래. 실수가 없어야 해. 우리 사업의 특성상 작은 실수라도 저지르게 되면 큰 낭패를 불러올 수밖에 없어. 병가상사(兵家常事)란 말이 있지. 전쟁에서 이기고 지는 일은 흔히 있는 일임을 일컫는 말이야. 또, 실패하는 일은 흔히 있으므로 낙심할 것이 없다는 말이기도 하지. 하지만 우리에겐 그런 말이 안 통해. 오직 승리, 즉 성공만이 있을 뿐이야. 그러자면 처음부터 끝까지 완벽해야지. 조금이라도 틈이 생기면 안 돼. 우리가 누군가. 오직 머리 하나만으로 사업을 이끌어 가는 사람들이잖아. 항상 머리싸움에서 이겨야 해."

최 회장은 『36계』 중 제1계 만천과해(瞞天過海) 계책을 설명해 주었다. 요컨대 하늘을 가리고 바다를 건너듯 주도면밀하게 행동하라는 뜻이었다. 말하자면 그것은 한 치의 오차도 없이 완전무결한 작전을 펼치라는 지상명령이었다. 철수가 말했다.

"강장(强將) 밑에 약졸(弱卒) 없다 했습니다. 저희들은 최소한 회장님을 스승님으로 모시는 제자들입니다. 회장님이 계시는 한 저희들이 어찌 바보 같은 짓거리를 하겠습니까? 그건 있을 수 없는 일입니다. 회장님의 가르침만 잘 받들면 무슨 일인들 못하겠습니까? 저희들은 자신 있습니다."

"그래. 그런 자신감을 가져야지. 하지만 지나친 자만은 금물이야. 다시 말해 두지만, 상대방은 장성 문턱에까지 갔던 대령 출신이거든. 그런 사람을 가볍게 생각해선 안 돼. 더욱이 김대현은 야전에서 잔뼈가 굵은 정통파 군인이야. 전술, 전략, 작전 등 모든 면에서 그 나름대로 일가를 이루었다고 봐야 돼. 그런 인물을 어설피 다뤘다간 큰코다칠 수 있다 이거야. 알겠어?"

"처음부터 끝까지 조심하겠습니다."

"좋아. 아무튼 오늘부터 본격적인 작전에 돌입한다니까 기대해 보겠어. 아무쪼록 성공하길 빌겠네."

최 회장은 몇 가지 계책을 더 일러 주고는 바람처럼 호텔을 빠져나갔다. 그는 참으로 백 년, 아니 2백 년에 한 번 나올까 말까 한 거물이었다. 철수는 그런 호걸과 인연을 맺은 것만 해도 하느님의 축복이라 믿었다. 철수가 진호의 어깨를 툭 쳤다.

"조 전무."

"네?"

"세부계획에는 차질이 없겠지?"

"사장님께서도 충분히 검토를 하셨잖습니까? 이번 일은 꼭 성공합니다. 예감도 아주 좋습니다. 이제 김대현은 외통으로 걸려들었습니다. 하긴 그가 불쌍하기도 합니다. 별을 달려던 사람이 그 꿈을 이루지 못한 것도 억울한데 우리한테 걸려들었다는 자체가 불행한 일 아닙니까?"

"예끼, 이 사람. 마치 고양이가 쥐 걱정하는 형국이군. 그런 말은 집어치워. 그 값싼 인정에 휘말렸다가 일을 통째로 그르칠 수가 있어. 우리는 지금 장난을 하는 것이 아니라 사업을 하는 거야, 사업. 생각해 보게. 이 세상에 딱지 않은 사람이 어디 있나. 한 사람 한 사람, 그들의 내면을 들여다보면 다 딱해. 그래도 예비역 대령이라면 괜찮은 편이야. 김대현 본인은 별을 달지 못한 것이 천추의 한이겠지만, 대령까지 올라갔으면 누릴 것 다 누렸다 해도 과언이 아니야. 대부분의 남자들이 예비역 육군 병장이지. 예나 지금이나 대령이라면 병장이 우러러 보는 계급이야. 더군다나 그의 처갓집도 뻑적지근하고 말이야. 설령 그가 쪽박을 찬다 한들 굶어죽을 염려는 없어."

"하지만……."

"거 쓸데없는 생각 그만해. 회장님께서 뭐랬나. 모든 작전은 물샐틈없이 완벽하게 진행해야 한댔어. 우리가 3류 쇼를 하는 것도 아니잖아. 우린 지금 사활을 걸고 있어. 이번 사업이 성공할 경우 탄탄대로를 달리게 되지만, 만에 하나 그렇지 못할 경우 우리는 죽어야 해. 더욱이 이번 프로젝트에는 우리 골드비전의 명예와 자존심이 걸려 있어. 내가 누군가. 굳이 말하자면 최 회장님의 수제자인 셈이야. 만약 이번 일이 삐끗할 경우 우리는 최 회장님 앞에 다시 나타날 수가 없어. 최 회장님이 우릴 받아 주리라고 생각해? 천만의 말씀이지. 최 회장님은 냉정한 분이야. 조직의 명예를 실추시킨 얼간이들을 가차 없이 내친단 말일세. 그렇게 되면 우린 설자리를 잃게 돼. 그 반면, 우리의 이번 프로젝트가 성공할 경우 더 큰 일감을 주시겠지. 그때는 우리도 조직 안에서 더 큰 힘을 발휘할 수가 있단 말일세. 아니, 최 회장님의 후계자로 우뚝 설 수 있겠지."

6

그랬다. 철수는 이번 프로젝트에 모든 것을 걸고 있었다. 과거 몇 차례 송사리 같은 잔챙이들을 끌어들여 잔재미를 본 것은 사실이지만, 이번에야말로 월척이 걸려들었기 때문이었다. 사실 월척을 낚기란 쉬운 일이 아니었다. 그런 점에서 철수는 최 회장에게 머리를 조아리지 않을 수 없었다. 바로 최 회장이 아니었더라면 그런 월척을 어떻게 만날 수 있을 것인가. 진호가 말했다.

"어떻게 보면 우리의 사업 자체가 무자비한 것 같기도 해요."

"어허…… 쓸데없는 소리 그만하라니까. 모든 사업은 어차피 게임이야. 게임에서 이기느냐 지느냐에 따라 성패가 달려 있을 뿐이야. 이기면 살고, 지면 죽게 돼 있지. 조 전무, 우리에겐 갈 길이 있어. 바로 오늘 오후에 그 첫발을 내딛는 거야. 본격적인 작전에 앞서서 조 전무가 그런 말을 하면 어떡해? 우린 지금 중대한 기로에 서 있어. 이제는 마음을 확실히 다잡아. 조 전무가 흔들리면 우리 사업은 죽도 밥도 안 돼. 알겠지?"

진호는 파도처럼 밀려오는 고뇌와 번민에 휩싸였다. 이상한 일이었다. 지금까지 철수와 손잡은 이래 그런 적이 없었는데 이번에는 어쩐지 뭔가 께름칙했다. 자꾸만 양심의 한 구석이 켕기는 것이었다.

그는 지난 며칠 동안 대현에 대한 정보를 수집해온 주역이었고, 대현에 대해 알면 알수록 먹잇감으로서는 더없이 좋은 상대라고 느꼈다. 착하디착한 그의 품성에 가족 구조하며 재산 정도라든가 아무튼 진호가 이제까지 보아온 상대 중에서는 단연 최상의 먹잇감이 아닐 수 없었다.

그러나 그렇게 착한 사람을, 더욱이 조국을 지키느라 야전에서 땀과 눈물과 젊음을 다 바쳐온 사람을 희생 제물로 삼아야 한다는 것이 영 마음에 걸렸다. 철수의 말처럼 사업이라는 것이 어차피 게임이라고 하지만, 그러나 골드비전이 펼치고 있는 일련의 사업은 납득하기 어려운 점도 한두 가지가 아니었다.

진호는 입술을 질근질근 씹었다. 이 일을 해야 옳은가, 하지 말아야 옳은가. 그는 참으로 말할 수 없는 갈등과 번민에 휩싸였다. 그러나 아직은 뚜렷한 정답이 없었다. 살기 위해서는 불가피한 선택이라고 하지만, 그렇다고 이제 와서 철수를 배신할 수도 없는 노릇이었다.

만약 철수를 배신하는 날에는 쥐도 새도 모르게 죽어야 할 판이었다. 철수를 배신한다는 것은 곧 최 회장을 배신하는 것이고, 더 나아가 업계 전체를 배신하는 결과로 이어지게 마련이었다. 그럴 경우 조직의 특성으로 미루어 온전히 살아남을 수가 없었다. 지금까지 줄곧 보아온 사실이지만 배신은 곧 죽음을 의미했다.

노골적으로 말해서 최 회장의 손에 죽어간 일꾼들은 한둘이 아니었다. 그들은 멋모르고 조직을 배신했다가 소리 없이 죽어간 것이었다. 사실 이 바닥에서 한두 사람쯤 감쪽같이 해치우는 것은 일도 아니었다. 진호가 말했다.

"아무튼 저는 사장님만 믿습니다."

"그럼. 그래야지. 한 번 동지가 된 이상 살아도 같이 살고, 죽어도 같이 죽어야지. 우리 사업은 교본대로만 하면 돼."

철수는 '교본대로만'이라는 대목에 유난히 힘을 주었다. 그가 강조하는 '교본'이란 사실 잘 짜인 각본을 의미했다. 그들은 이미 대현을 만나 장차 어떻게 요리할 것인가 치밀한 각본을 짜놓고 있었다. 진호가 말했다.

"힘을 내겠습니다."

"암, 그래야지. 운명의 일전을 앞두고 마음이 흔들린대서야 어디 되겠

나. 조 전무, 초심을 잃지 말게. 우리가 당초 골드비전이라는 상호를 정할 때 얼마나 웅대한 미래를 설계했나. 우리는 큰 뜻을 품고 돈을 벌기 위해 골드비전이라는 회사를 차린 거야. 나도 살고, 조 전무도 살고. 이번 일만 제대로 엮으면 우리는 돈방석에 앉아 더 큰 사업으로 뛰어들 수 있어. 우리가 뻗어나갈 길은 거의 무한대라 해도 과언이 아니야."

"잘 알고 있습니다. 사장님께서 강조하신 기본계획대로 움직이겠습니다."

"그래. 바로 그거야. 우리 두 사람은 손발이 척척 맞아야 해. 그것이 바로 성공의 열쇠라고 말할 수 있지. 우리 앞에는 이제 크게 성공하는 일만 남아 있어. 우리가 그동안 기반 조성을 얼마나 철저히 했나. 지금까지 우리가 투자한 시간과 노력, 자본금이 얼만가. 웬만한 놈은 상상도 못할 거야. 말하자면 지금까지는 메인게임을 위한 오픈게임에 불과했지. 우리의 사전에 값싼 인정이란 있을 수가 없어. 우리 골드비전에는 처음부터 끝까지 전진만 있을 뿐이야. 앉아서도 전진, 서서도 전진, 누워서도 전진, 잠을 자면서도 전진. 우리는 오직 앞으로 나아갈 뿐이야. 앞으로 나아가는 사람에게는 잡념이 있을 수 없어. 자칫 한눈팔고 엉뚱한 생각을 하다가 일을 송두리째 망쳐 먹을 수도 있단 말일세. 그 대신 이번 프로젝트가 계획대로 성공하기만 하면 우리 골드비전은 일약 국제무대로 진출할 수 있는 발판을 마련하게 될 거야. 최 회장님도 그걸 바라고 있어. 뉴욕, 엘에이, 홍콩, 싱가포르…… 우리의 무대는 끝이 없어. 세계는 우리의 무대. 우리 이번 일을 꼭 성공시켜 앞으로는 좀 더 넓은 무대에서 놀아보자구."

철수는 막힘없이 말했다. 그 어떤 변사(辯士)나 아나운서를 찜 쪄 먹고도 남을 달변. 그는 찬란하고 화려한 말솜씨로 다소 의기소침해 있는 진호에게 무지갯빛 꿈을 자꾸 불어넣었다. 결전을 앞둔 이 시점에서는 무엇보다도 불타는 전의가 절실했고, 콤비 중의 콤비인 진호와 호흡이 척척 잘 맞아야 하기 때문이었다. 결심을 굳힌 진호가 단호히 말했다.

"저는 끝까지 사장님 결정에 따르겠습니다."

"그래. 나도 조 전무를 믿어."

철수는 수첩 갈피에서 사진 한 장을 꺼내 눈이 빠지도록 들여다보았다. 사진 속에는 대현의 잘 생긴 얼굴이 담겨 있었다. 수많은 장병들을 지휘하던 고위 장교 출신답게 늠름한 모습. 철수는 그의 얼굴을 확인하고 또 확인했다. 그는 최 회장으로부터 그 사진을 넘겨받을 때 이미 그의 용모를 뇌리 깊숙이 각인시켜 놓았지만, 한 번 더 분명하게 확인하는 것이었다. 무엇보다도 그를 대면할 때부터 실수 없이 완벽한 작전을 펼쳐야 하기 때문이었다.

작전에는 작전으로……. 작전의 현장에서 살아온 사람을 그보다 더 탁월한 작전으로 제압하는 비책. 그는 지금 그 비책을 꺼내 마침내 대현을 사정권 안으로 끌어들인 것이었다. 이제 대현을 만나 어떻게 낚아채느냐 하는 문제만 남아 있었다. 진호가 말했다.

"지금쯤 출발하시는 것이 어떻겠습니까."

"그럴 생각이야. 승용차는 준비됐겠지?"

"물론입니다. 오 대리가 끝까지 모실 겁니다. 아까부터 주차장에서 대기하고 있습니다."

진호는 똑똑 부러지게 말했다. 조금 전까지만 해도 말 못할 고뇌와 갈등에 휩싸여 있던, 그리하여 얼굴에 어두운 그림자가 드리워져 있던 진호도 이제는 마음을 고쳐먹은 듯했다. 하기야 이 마당에서 그는 앞뒤를 돌아볼 재간이 없었다. 일이 여기까지 진행된 이상 빼지도 박지도 못할 상황이었던 것이다.

이제는 철수가 말했듯 죽으나 사나 오직 전진만 있을 따름이었다. 성공을 위한 전진. 진호는 내심 이번 일을 완벽한 성공으로 이끌기 위해 굳은 결의를 다졌다. 아니, 성공 이외에는 달리 무슨 방법이 없었고, 성공이 아니면 곧 죽음이 있을 뿐이었다. 이 세상에 성공의 길을 놔두고 죽음을 선택할 얼간이가 어디 있겠는가. 진호는 어떤 일이 있더라도 이번 일을 성공으로 이끌고 말리라 다짐하고 또 다짐했다.

한편, 철수와 진호가 호텔에서 이번 프로젝트의 실행에 앞서 최종 점검을 진행하는 동안 대현은 외출 준비를 서두르고 있었다. 이철수는 도대체 어떤 인물일까. 그는 옛 부하 이철수 병장의 모습을 되살려 보려고 무진 애를 썼지만, 그러나 문제의 이철수는 아직까지도 기억의 필름에서 되살아나지 않고 있었다.

이거 무슨 도깨비나 귀신에게 홀린 것은 아닐까. 대현은 순간적으로 마치 꿈속을 헤매는 듯한 착각을 불러일으켰다. 하지만 다른 한편으로는 철수에 대한 기대가 한없이 부풀어 오르는 것도 사실이었다. 지금까지 수십 년 동안 군대생활을 해왔지만, 난데없이 옛 부하 사병으로부터 전화가 걸려온 것은 처음이었으므로 시간이 흐르면 흐를수록 철수에 대한 궁금증이 더욱 증폭되는 것이었다.

사병 시절의 옛일을 못 잊어 전화까지 한 철수. 그렇다면 철수야말로 의리에 넘치는 사나이 중의 사나이임에 틀림없는 듯했다. 세상이 다 아는 일이지만, 대부분의 사병들은 제대와 동시에 직속상관을 잊게 마련이었다. 군복을 입고 현역으로 있을 때에는 제대 후에도 하늘처럼 모실 듯이 큰소리치던 녀석들도 일단 병영을 떠나면 그것으로 끝날 뿐이었다.

하지만 철수는 달랐다. 중대장 시절의 옛 부하라고 한다면 아주 오래전 일이건만 아직까지 잊지 않고 있다가 전화를 걸어 주다니……. 중대장 때의 부하라고 한다면 철수도 지금쯤 장년의 한복판을 가로지르고 있을 것이었다. 젊었을 때에는 한두 살 차이도 대단하지만 지금쯤이면 함께 늙어간다고 해도 과언이 아니었다. 그렇건만 깍듯한 예의를 갖춰 전화를 하다니 그는 어느 모로 보나 괜찮은 사람인 듯했다.

어디 그뿐인가. 더욱이 철수는 사업을 한다고 말했다. 사업을 하노라면 매우 바쁠 텐데 어떻게 전화를 했을까. 아무튼 철수에 대한 기대는 이만저만 큰 것이 아니었다. 더구나 지금처럼 무료하고 답답한 마당에 불러주는 사람이 있다는 것, 그리하여 모처럼 외출할 명분이 생겼다는 것만으로도 대현은 행복하게 생각했다.

그를 만나 일이 잘 풀리기만 한다면 앞길이 트일 수도 있겠지. 아무튼 대현은 철수에 대한 기대로 가슴이 울렁거림을 느꼈다. 사실 철수가 얼마나 성공했느냐에 따라 일자리 하나쯤은 챙겨줄 수도 있지 않을까. 대현의 귀에는 얼마 전에 만난 윤형진 선배의 말이 메아리처럼 가물가물 들려왔다.

"말도 말게. 전역할 당시만 해도 2급 관공서의 비상계획관이나 중소기업체 비상계획실장 정도는 할 수 있으려니 생각했지. 내 계급이 중령이니까 그 정도는 얼마든지 할 수 있지 않겠어? 중앙부처 비상계획관이나 대기업 비상계획실장은 대령 출신들이 맡는 자리니까 나는 그보다 규모가 작은 2급 관공서나 중소기업을 생각했던 거야. 그런데 사정을 알고 보니, 그건 한갓 꿈일 뿐이었어. 허, 참, 너무 기가 막히데. 꿈을 깨 보니, 똑 까놓고 말해서 나를 기다리는 곳은 단 한 군데도 없더군. 현역 시절 대대장으로 있을 때에는 부하만 해도 수백 명을 거느렸는데, 막상 옷 벗고 나와 보니, 나 홀로 외톨이야. 정말 외롭더군. 어디 그뿐인가. 어쩌다 군대 이야기를 하면 '군바리'라고 비아냥대는 거야. 군인이 뭐가 어때서? 말이야 바로 하지만, 군인처럼 깨끗하고 자나 깨나 나라 걱정하는 애국자들이 어디 있나? 사회의 젊은이들이 흥청망청 먹고, 마시고, 신나게 놀아날 때 우리는 밤잠 안 자고 혀 빠지게 고생하면서 이 나라를 지켰어. 그렇건만 사회에서 그렇게 냉대할 줄이야……. 전역한 지 몇 달 동안은 신나게 놀았지. 그런데 6개월 정도 지나니까 정신이 번쩍 들더군. 이거 이대로 놀다가는 안 되겠구나 싶데. 여기저기 알음알음으로 일자리가 있을 만한 곳을 들쑤시고 다녔지만 그게 맘대로 안 되더군. 천신만고 끝에 겨우 얻은 일자리가 아파트 관리소장이야.”

그 말은 사실이었다. 대현은 전역 직전까지만 해도 일단 옷을 벗으면 사회에 나와서도 뭔가 할 일이 있을 것으로 기대했다. 하지만 이 사회에는 비집고 들어갈 틈이 없었다. 아니, 이 사회에서는 고위 장교 출신이라고 해서 특별히 대우해 주는 것도 없었다. 아무튼 숱한 부하를 거느렸던 현역 시절에 비한다면 지금 이 신세야말로 찬밥이나 다를 바 없었던 것이다.

허무, 허무. 한때 그 많은 병력을 거느렸던 그때를 돌아볼라치면 허무하기 짝이 없었다. 그때는 출입업자 등 부대를 들락거리며 알랑방귀 뀌는 자들도 적지 않았건만 막상 군복을 벗고 나오자 그 사람들은 도리어 언제 보았느냐는 듯이 안면을 몰수해 버리는 것이었다.

사회의 그런 이중성이랄까, 냉정함에 비한다면 철수는 남다른 데가 있었다. 중대장 시절 철수를 위해 별로 해준 것도 없건만, 그리하여 그 이름이나 얼굴조차 생경하기 짝이 없건만 그는 옛정을 잊지 못해 전화까지 걸어준 것이었다. 그런 철수를 만나면 무슨 이야기를 어떻게 해야 할까. 그는 이런저런 생각을 곱씹으며 특별히 외모에 신경을 쓰고 있었다.

그는 눈이 부실 정도로 하얀 와이셔츠에 줄무늬가 들어간 빨간 넥타이를 골라 매고 검정색 양복을 입었다. 비록 지휘봉을 놓고 군문을 떠나왔지만, 예비역 대령의 명예와 자존심을 고려할 때, 그리고 옛 부하를 만난다고 생각할 때 결코 초라한 모습을 보여줄 수는 없었다. 집안에서는 아내한테 볼멘소리나 듣는 신세일지언정 밖에 나가서까지 찬밥 신세가 될 수는 없지 않은가. 그는 정장을 한 뒤 머리까지 깔끔하게 잘 손질했다.

그는 곧 아파트를 나섰다. 하지만 을지로의 호텔까지 갈 교통편이 마땅치 않았다. 집에 승용차가 없는 것은 아니지만, 직접 운전을 한다는 것이 영 마음에 내키지 않았다. 얼마 전까지만 해도 운전병이 운전을 해주었는데, 현역에서 물러난 이후 끈 떨어진 두레박 신세라고나 할까 이럴 때는 참으로 막막하기 짝이 없었다. 물론 골프장에 갈 때에는 직접 운전을 했지만, 왕년의 부하를 만나러 가는 이 마당에 직접 운전을 한다면 그 부하 앞에서 체면이 서지 않을 듯했다.

더군다나 시내 운전에는 은근히 겁나는 것도 사실이었다. 늘 다니던 길 이외에는 도로망을 잘 알지도 못했고, 지난번 강변도로에서 뜻하지 않은 접촉사고를 일으킨 뒤로는 운전대 잡기가 내심 두려운 것이었다. 군대에 있을 때에는 입에서 말만 떨어졌다 하면 모든 것을 부하들이 잘 알아서 척척 처리해 주었건만 막상 군복을 벗고 사회에 나오자 불편한 점 한두 가지가 아니었다.

그는 이 궁리 저 궁리 하다가 결국 택시를 타기로 했다. 택시를 타면 도로 사정이나 주차 문제 같은 것도 걱정할 필요가 없었다. 그는 아파트의 엘리베이터를 타고 내려와 곧장 도로로 나섰고, 정류장에 도열해 있는 택시 가운데 맨 앞에 서 있는 택시에 올랐다.

그때 철수는 휴대전화로 오 대리에게 신호를 보낸 뒤 진호와 함께 호텔 객실에서 나왔다. 그들은 당초 각본대로 로비에서 헤어졌다. 진호는 뒷문으로 사라졌고, 철수는 현관의 회전문으로 나섰다. 아니나 다를까, 정문 앞에 최신형 고급승용차를 대놓고 대기하던 오 대리가 운전석에서 총알처럼 튀어나와 승용차의 뒷문을 열어 주었다.

철수는 재빨리 승용차에 올랐다. 그러자 사뿐하게 문을 닫은 오 대리가 다시 운전석으로 돌아가 자동차의 변속기를 조작하면서 가속페달을 밟았다. 오 대리가 물었다.

"어디로 모실까요?"

"을지로에 있는 그 호텔."

"네. 을지로에 있는 그 호텔로 모시겠습니다."

오 대리가 복창했다. 그는 본래 육군 제34사단 사단장 전속 운전병 출신인데 몸이 여간 민첩하지 않았다. 그뿐 아니라 그는 눈치가 빠르고 입이 무거웠다. 그는 오랜 세월 최 회장을 모셔온 채 과장과 다를 바 없었다. 철수는 그런 오 대리를 거의 무한정 신임했고, 오 대리 또한 철수를 위해 충성을 아끼지 않고 있었다.

오 대리가 운전하는 승용차는 곧장 관광호텔 현관 앞으로 들어섰다. 호텔 앞에는 미끈미끈한 승용차들이 쉴 새 없이 꼬리를 물고 있었다. 철수가 오 대리에게 말했다.

"적당한 곳에서 대기하고 있어."

"네, 대기하고 있겠습니다."

긴 말이 필요 없었다. 오 대리는 철수의 말에 정밀한 기계처럼 빈틈없이 움직이고 있었다. 언제나 그랬듯 오 대리는 운전을 멈추자마자 재빨리 달려 나와 뒷문을 열어 주었고, 철수는 느긋하게 승용차에서 내려 회전문으로 들어섰다. 저쪽 프런트 데스크 뒷면의 벽시계가 4시 45분을 가리키고 있었다. 자로 잰 듯이 한 치의 오차도 없이 정확하게 도착한 것이었다.

철수는 일단 커피숍으로 들어가 여기저기 휘휘 둘러보았다. 아직 대현의 모습은 보이지 않고 있었다. 그는 다시 밖으로 나와 프런트 데스크에서 약간 치우친, 커피숍으로 이어지는 로비 쪽에 서서 출입문 쪽을 응시했다. 말하자면 저격수가 설 만한 위치를 확보하고는 대현이 나타나기를 기다리는 것이었다.

마침 늘씬한, 앞가슴이 터질 듯한 백인 여성들이 그 앞을 지나가고 있었다. 콱 물어뜯고 싶을 만큼 희고 예쁜 얼굴에 보일락 말락 불거진 풍만한 앞가슴이며 쭉쭉 빠진 다리라든가 아무튼 외국 여인들은 여간 선정적인 것이 아니었다. 철수는 젖소부인 같은 그 여인들의 앞가슴을 힐끗힐끗 훔쳐보았고, 잠깐 짜릿한 눈요기를 하면서 긴장을 풀었다.

바로 그때였다, 택시를 탄 대현이 나타난 것은. 그의 용모는 최 회장이 넘겨준 사진 속의 인물, 즉 뇌리에 각인된 그 얼굴과 완벽하게 일치했다. 철수는 재빠른 걸음으로 현관문으로 나갔다. 대현이 택시에서 내려 몸을 곧추 세우고 돌아설 때 철수는 그 앞으로 다가서며 칼바람 소리가 날 정도로 거수경례를 올려붙였다.

"충성! 육군 병장 이철수, 중대장님께 인사드립니다."

철수의 느닷없는 등장과 예기치 못한 인사에 대현은 순간적으로 주춤했다. 그 자신 전역 이후 그런 군대식 인사는 처음 받아보기 때문이었다. 일종의 조건반사라고나 할까, 아니면 철수의 최면에 외통으로 걸렸다고나 할까, 아무튼 대현은 엉겁결에 거수경례로 응대했다. 그가 손을 내밀어 악수를 청하면서 물었다.

"이철수 씨 되십니까?"

"네, 그렇습니다. 제가 바로 전화 드렸던 이철수 병장입니다. 말씀 낮춰하십시오. 전 영원히 중대장님의 부하일 뿐입니다."

그는 최대한 예의를 갖추면서 손을 맞잡았다. 아니나 다를까, 대현의 손에는 무인(武人)다운 특유의 악력(握力)이 남아 있었다. 맞잡은 손을 흔들면서 대현이 말했다.

"아무튼 반갑소."

"자, 안으로 들어가시죠."

철수는 대현을 커피숍으로 안내했다. 그의 예법은 일류 비서를 뺨칠 만큼 세련될 대로 세련돼 있었다. 아니, 그는 마치 조폭의 똘마니가 지존을 모시듯 대현을 극진히 섬겼다. 오죽하면 그는 잘 훈련된 경호원처럼 상대방과 적당한 거리를 유지하고 있었다. 말하자면 상대방의 그림자도 밟지 않으면서 편안히 모시겠다는 아주 겸손하고 조심스런 태도였다. 커피숍에 들어가는 동안 대현은 그런 철수에게 탄복을 아끼지 않았다.

커피숍에 들어선 그들은 창가 쪽의 빈자리에 앉기로 했다. 철수는 대현이 먼저 앉기를 기다렸다가 그 앞에 조용히 앉았다. 아주 예쁘고 미끈하게 빠진 종업원이 다가와 테이블 위에 물이 담긴 컵을 놓아 주었다. 대현은 별 망설임 없이 커피를 주문했고, 철수는 잠시 뜸을 들이는 듯하다가 녹차를 주문했다. 대현이 물었다.

"나를 어떻게 첫눈에 알아보았소?"

"그야 당연한 일이죠. 저는 제대 후 오늘날까지 중대장님을 한 번도 잊은 적이 없으니까요."

"그것 참, 난 중대장 시절 별로 해준 일도 없는 것 같은데……."

대현은 아직도 철수의 정체를 알 수가 없었다. 이 사람이 정말 왕년의 부하 사병이었을까. 글쎄, 그런 것 같기도 하고 아닌 것 같기도 하고 긴가민가해서 뭐가 뭔지 도저히 종잡을 수가 없었던 것이다.

7

철수는 대현 앞에서 깍듯한 예의를 갖추었다. 그는 왕년의 병장으로 돌아가 중대장 앞에 앉아 있는 자세로 일관했다. 아니, 그는 육군 졸병으로서 중대장 앞에서 벌벌 기는 시늉을 하였다. 철수가 명함을 건네며 말했다.

"저는 현재 이런 일을 하고 있습니다."

그의 명함에는 한글과 영문이 조촐하게 새겨져 있었다. 명함을 찬찬히 눈여겨 살펴본 대현이 말했다.

"사장님이시군요?"

"남들은 그렇게 부릅니다만, 중대장님 앞에서는 그저 새까만 옛 부하일 따름입니다. 중대장님까지 제게 '님' 자를 붙여 주시니 몸 둘 바를 모르겠군요. 그냥 '이 병장'이라 불러 주셔도 좋습니다."

"그 뭐…… 직함에다 '님' 자를 붙여 드리는 건 당연한 일 아닙니까. 그런데 골드비전은 주로 무슨 제품을 생산합니까?"

"하하하……. 중대장님은 먼저 제조업을 생각하시는군요. 저희는 제조업보다 몇 수 우위에 있습니다. 제품 생산이 꼭 필요할 때에는 협력업체에 발주하지요. 저희는 공장을 둘 필요가 없습니다. 벤처기업이니까요. 좀 더 정확하게 말씀드리자면 벤처에다 엔지니어링을 결합한 회사라고 할 수도 있지요. 수익이 보장되는 프로젝트라면 무엇이든 합니다. 저희는 플랜트에서 금융에 이르기까지 못하는 사업이 없습니다. 부동산 경매, 금융 컨설팅까지 참여하고 있습니다. 굴뚝 없는 고부가가치 사업이라고 말할 수 있겠습니다. 아마 중대장님께서는 이해하기 어려우실지도 모릅니다. 저희 같은 업종에 대해서는 아직도 생소하게 생각하시는 분들이 많으니까요."

"거, 희한한 사업이군요?"

"사실은 그렇지도 않습니다. 지금 기업 환경은 급변하고 있습니다. 과거에는 좋은 제품을 생산해서 많이 파는 기업이 경제를 리드했습니다만 앞으로는 기술이 기업의 성패를 좌우합니다. 저희는 철저히 기술로 승부합니다. 그러니까 기술 하나만으로 먹고산다 해도 과언이 아닙니다. 저희가 하는 일은 엄청나게 많습니다. 저희 회사는 아직 규모도 작고 홍보도 턱없이 모자란 실정입니다. 하지만 우리 업계에서는 꽤 알려져 있습니다. 아직 일류 기업은 못 되지만 그래도 중간 이상은 갑니다. 저희가 터득한 노하우, 그리고 업계에서 쌓은 실적이 적지 않으니까요. 아마 나중에 차츰 아시게 될 겁니다. 아무튼 중대장님을 다시 뵙게 돼서 이만저만 반가운 것이 아닙니다. 제가 중대장님을 그냥 중대장님으로 부르는 것을 양해해 주십시오. 물론 중대장님께서는 대대장을 거쳐 연대장까지 지내셨고, 장성 진급 문턱에서 전역하셨지만 제가 처음 뵈었을 때에는 어디까지나 중대장님이셨으니까요."

"그야 뭐 좋을 대로 부르십시오. 군대에서의 계급이 사회에서의 계급은 아니니까요."

"그런데 꼭 드릴 말씀이 있습니다."

"뭔데요?"

그때 커피숍 종업원이 커피와 녹차를 내왔다. 대현은, 어디 내놓아도 손색이 없을 정도로 아주 예쁘고 미끈하게 빠진 그 여자 종업원을 힐끗 훔쳐보았다. 예쁘고 미끈하게 빠진 여성에게 저절로 눈길이 간다는 것은 아직 불타는 젊음이 남아 있다는 증거가 아니고 무엇일까. 녹차 한 모금으로 입술을 적신 다음 철수가 말했다.

"중대장님께서 꼬박꼬박 존댓말을 쓰시니까 여간 불편하지 않습니다. 말씀을 낮춰 주셨으면 합니다."

"초면 댓바람에 그럴 수는 없죠."

"아이구, 중대장님. 초면이라니요. 저는 군대생활 할 때 중대장님 부하로 있었는데 무슨 초면입니까. 그렇지 않습니다. 일찍이 중대장님께서는 소대장 시절부터 연대장, 그리고 예편 직전에 이르기까지 워낙 많은 사병들을 거느리셨던 터라 제 얼굴조차 잊으셨던 모양인데요, 저는 처음 뵙던 그날부터 중대장님을 한 번도 잊은 적이 없습니다. 저는 늘 중대장님을 하늘이 보내주신 은인이라 생각하며 살아왔습니다."

철수는 눈썹 하나 까딱하지 않고 희번들하게 늘어놓았다. 언변에 관한 한 철수야말로 둘째 가라면 서러워할 인물이었다. 그는 초장부터 상대방을 압도하고 있었다. 대현이 물었다.

"은인이라 했소?"

"그렇습니다. 제가 차례차례 말씀을 드리면 곧 이해하시게 될 겁니다. 우선 말씀부터 놓으십시오. 그래야만 저도 왜 중대장님께 불쑥 전화를 드렸는지 보고드릴 수 있겠습니다."

철수는 일부러 '보고'라는 낱말을 강조했다. '보고'야말로 군대에서 가장 흔히 쓰는 말이기 때문이었다. 철수는 이렇듯 상대방을 현혹하기 위해 단어 하나까지 세심한 주의를 기울이고 있었다. 아니나 다를까, 대현은 귀에 익은 '보고'라는 표현에 그 나름의 친근감을 맛보았다.

"허허, 참……."

대화가 여기까지 진전되는 동안 대현은 정말 이럴 수도 저럴 수도 없는 심적 갈등에 휘말렸다. 진퇴양난이란 바로 이런 경우를 두고 하는 말인 듯했다. 상대방이 확실한 구면이라면, 아니 상대방이 확실한 옛 부하라면 대번 말을 놓을 수도 있겠지만, 철수의 얼굴을 뜯어보고 또 뜯어보고 아무리 뜯어보아도 긴가민가한 상황인지라 냉큼 말을 놓을 수가 없었다.

정말 눈을 씻고 보아도 기억이 나지 않았다. 이게 무슨 일일까. 아무리 기억력이 쇠퇴했기로서니 이렇게까지 쇠퇴했단 말인가. 왕년의 부하라면 희미하게라도 기억이 되살아나야 할 텐데 상대방의 얼굴은 아주 생소하기만 했다.

그런데 철수의 얼굴은 보면 볼수록 괜찮은 인상으로 다가왔다. 매우 착하게 생긴 용모. 직업적인 관상쟁이는 아니지만, 대현은 지난 세월 많은 부하들을 거느려 봤던 터라 그런 대로 사람을 보는 안목이 있었다. 얼굴에 점 하나 없이 깨끗한 데다 목소리까지 투명한 사람. 대현은 그런 철수에게서 은근히 좋은 예감 같은 것을 느끼고 있었다. 철수가 말했다.

"저도 중대장님의 입장을 모르는 바 아닙니다. 알고도 남습니다. 하지만 아무런 부담 느끼지 마시고 말씀을 낮추십시오. 어차피 저는 중대장님보다 나이가 어리니까요. 옛 부하라 할지라도 아주 오랜만에 만나다 보니 대뜸 말씀을 놓기가 거북하시다면 친동생처럼 여기시면 될 것 아닙니까."

"저엉 그렇다면 말을 놓기로 하지요 뭐."

그렇게 말하면서도 대현은 여전히 어정쩡한 존댓말을 쓰고 있었다. 돌다리도 두드려 보면서 건넌다는 말이 있지만, 대현은 소심하다 싶을 정도로 신중에 신중을 기하고 있었다. 철수가 말했다.

"아주 확 말씀을 놓으세요. 저는 중대장님을 하늘처럼 생각하고 있는데 그렇게 어중간한 입장을 고수하시면 제가 너무 난처하잖습니까."

철수는 아예 반말 사용을 강요하고 있었다. 말하자면 상대방의 고삐를 확실하게 낚아채기 위한 고도의 전술이었다. 대현이 어물어물 말했다.

"정말 난처하네."

"난처하실 것 없습니다. 약주 한 잔 드시면 반드시 반말을 쓰시게 될 겁니다. 제발 제 간청을 들어 주십시오. 저는 지난날의 육군 병장으로 돌아가 부하를 끔찍이 아끼고 사랑하셨던 중대장님의 옛 모습을 되찾고 싶습니다."

철수는 대현을 자유자재로 요리하고 있었다. 철수가 미끼를 던진 낚시꾼이라면 대현은 마치 그의 미끼를 잘못 문 붕어나 쏘가리 같았다. 지난 시절, 그 숱한 병력을 지휘하던 대현이었지만 철수 앞에서는 사실상 쪽을 못 쓰는 것이었다. 대현이 말했다.

"반말이 그렇게도 듣고 싶소?"

"아, 그렇다니까요. 제 입장에서는 중대장님을 다시 뵙고 보니 꿈인지 생시인지 분간할 수조차 없습니다. 그야말로 감격 그 자체입니다. 제가 감히 어떻게 중대장님 같은 분을 다시 만날 수 있었겠습니까. 일찍이 중대장님의 가르침을 받고 그나마 밥술이라도 먹게 되었으니까 이렇듯 중대장님을 다시 모실 수 있게 된 겁니다. 중대장님을 뵙기 위해 전화를 건 사람은 분명 저였습니다. 하지만 엄격히 말해서 오늘 이 자리를 만들어 주신 분은 바로 중대장님이십니다. 만약 제대 후 제가 잘못 풀렸다고 생각해 보십시오. 중대장님께 어찌 전화를 드릴 수 있었겠습니까. 제 입장에서는 다행히 명함이라도 가지고 다닐 형편이 되었으니까 자신만만하게 불쑥 전화를 드렸던 것입니다. 군대 시절 중대장님의 가르침이 아니었으면 저는 지금까지 살아 있지도 못할 겁니다. 따라서 오늘 이 재회의 자리는 바로 중대장님께서 만들어 주셨다 해도 과언이 아닙니다."

이건 또 무슨 말인가. 철수의 입에서 현란한 말들이 술술 튀어나올 때마다 대현은 점점 더 어리둥절해지고 있었다. 정작 대현 자신은 과연 이런 부하가 있었다는 사실조차도 기억하지 못하건만, 상대방인 철수는 입에 침이 마르도록 대현을 공중에 띄우는 것이었다. 대현이 말했다.

"그럼 한 번만 더 확인합시다."

"뭘 확인하시겠다는 겁니까?"

철수는 정색을 하고 대현을 똑바로 처다보았다.

"당신이 정말 내 부하 맞소?"

"어허, 중대장님. 왜 그러십니까. 아무리 세월이 흘렀다 해도, 또 중대장님의 기억력이 그전만 못하다 해도 너무 하시는군요. 저는 전화상으로 중대장님께 신고까지 했잖습니까. 중대장님께서 제24사단 수색대대 제3중대 중대장으로 계실 때 저는 제2소대에서 제1분대 분대장으로 근무했습니다. 제가 꼭 이 자리에서 그 시절의 사진이라도 내놓아야 하겠습니까."

"꼭 그런 건 아니지만……."

대현은 어물어물 얼버무렸다. 사실 면전에서 이것저것 철수의 신분과 전력을 콩콩 캐물어 수사하듯 따지는 것도 상대방에 대한 예의가 아니었다. 더욱이 옛 부하라 자처하면서 현역 못지않은 충성심을 보이고 있는 철수에게 뭘 의심하고 자시고 할 것이 없었다. 설령 상대방이 가짜 부하라 해도 직접적인 거래 관계가 없는 이상 아직까지는 특별히 손해 볼 일도 없었다. 철수가 말했다.

"중대장님. 아무래도 제가 군대생활을 잘 못한 것 같습니다. 만약 군대생활을 잘 했다면, 더 나아가 간첩이라도 잡아 큰 훈장이라도 받았더라면 중대장님께서 확실히 기억해 주실 텐데 그렇지 못한 것이 무척 아쉽습니다. 하긴 저야말로 가장 평범한 사병이었으니까요. 저는 사실 있어도 그만, 없어도 그만인 졸병에 불과했습니다. 졸병 중에도 톡톡 튀는 두드러진 사람들이 더러 있었죠. 유명 연예인 출신이라든가, 아니면 유명 운동선수 출신이라든가, 또는 고위층이나 재벌의 아들 등등……. 졸병들 중에서도 그들은 특별한 대우를 받았었죠. 하지만 저는 참으로 별 볼일 없는 존재였습니다. 뛰어난 것도 없지만, 못하는 것도 없는 그렇고 그런 병장이었죠. 그래도 훈련병 시절부터 제대할 때까지 사고는 치지 않았습니다. 저는 이렇다 할 사고 없이 만기 제대한 것만으로도 무척 다행이라 생각하고 있습니다. 그게 모두 중대장님 덕택이었습니다."

"내가 뭘 어쨌길래?"

대현은 못 이기는 척 하고 슬그머니 말을 놓았다. 그러면서도 다른 한편으로는 여간 떨떠름한 것이 아니었다. 아직도 철수의 얼굴이 기억에서 되살아나지 않기 때문이었다. 그때, 철수가 재빨리 말꼬리를 꿰차고 들었다.

"좋습니다. 그렇게 말씀을 놓으시니까 이제 좀 제 말문이 터지려고 하는군요. 사실 저는 군대생활을 하는 동안 내내 극심한 갈등에 시달렸습니다. 왜 군대에 끌려와 뺑뺑이 돌며 썩어야 하나……. 정말 사고 한 번 크게 치고 싶었죠. 사격장 사선에 들어갈 때 실탄을 지급 받으면 누군가를 향해 쏘고 싶었습니다. 아니, 탄약고 앞에서 불침번을 설 때에는 문득문득 실탄을 훔쳐 어디론가 달아나고 싶었습니다. 하지만 새까만 이등병 일등병 시절에는 고참들이 무서워 꼼짝도 못하다가 상병에서 병장으로 진급할 무렵에는 뭔가 대형 사고를 터뜨리고 싶더군요. 그러면 세상이 시끄러워질 것 아닙니까. 어차피 희망 없는 인생, 그렇게라도 해서 세상의 주목을 받고 싶었습니다."

"쯧쯧……. 아주 위험한 생각이었군."

"그렇습니다. 위험하고말고요. 저는 본래 그런 인간이었습니다. 그런데 저에게는 뜻하지 않은 행운이 찾아왔습니다. 병장으로 진급한 지 얼마 안 되어 중대장님께서 새로 부임해 오셨지 뭡니까. 저는 중대장님을 뵙고 종래의 빗나간 사고방식을 확 뜯어 고쳤습니다. 아, 저렇게 훌륭한 분도 있구나……. 저는 중대장님의 인품에 감화되고 말았습니다. 특히 우리 중대의 대원들을 모아 놓고 하시던 말씀은 지금까지도 귀에 생생합니다.”

“무슨 말이 그렇게도 생생해?”

대현은 아직도 철수의 존재를 반신반의하고 있었다. 이 사람이 과연 옛 부하였을까. 아니야. 부하를 자처하면서 뭔가 미끼를 던지고 있는지도 몰라. 대현은 좀처럼 그런 알쏭달쏭한 의구심에서 벗어날 수가 없었다. 이 사람을 믿어야 하나, 믿지 말아야 하나. 이 사람을 믿는다 해도 밑질 것이 없는 이상 일단 믿고 보자 해도 아직은 확신이 생기지 않는 것이었다. 철수가 말했다.

“중대장님으로부터 들은 교훈적인 말씀을 어떻게 이루 다 설명드릴 수 있겠습니까. 그중에서도 중대장님께서 가르쳐 주신 가장 교훈적인 말씀은 정신전력과 전투의지에 관한 내용이라 하겠습니다. 특히 중대장님께서 자주 말씀하시던 정신전력의 중요성은 비뚤어진 제 생각을 확 바꿔 주었습니다. ‘군인에게는 어떤 경우에라도 싸우고자 하는 전투의지가 가장 중요하다. 아무리 좋은 최신식 무기를 주어도 싸우고자 하는 의지가 없으면 전쟁에서 반드시 패하게 돼 있다. 여러분이 사회에 나가서도 성공하고자 하는 의지를 불태울 때 반드시 성공할 수 있을 것이다. 그 반면, 성공에 대한 확실한 희망과 소신을 갖지 못한 채 흐리멍덩한 생각을 가지고 있으면 실패할 수밖에 없다.’ …… 중대장님께서 해주신 그 말씀은 제 가슴에 그대로 들어와 박혔습니다. 그때부터 저는 마음을 고쳐먹게 되었죠. 제 처지를 비관하며 사고나 쳐서 세상을 떠들썩하게 발칵 뒤집어 놓을 게 아니라 그런 의지로 성공의 길을 개척해 보자……. 저는 그렇게 생각했습니다. 정신전력, 전투의지……. 저는 지금도 성공을 향한 강력한 전투의지에 불타고 있습니다.”

대현은 자기도 모르는 사이 귀가 솔깃해짐을 느끼고 있었다. 그동안 군대생활을 하면서 정신전력에 대한 이야기를 많이 한 것은 움직일 수 없는 사실이었다. 그것은 클라우제비츠의『전쟁론』에 나오는 이론이었다.

사실 정신전력이 얼마나 중요한가에 대해서는 이론의 여지가 있을 수 없었다. 대현은 사관학교 시절 이후 클라우제비츠의『전쟁론』을 비롯해 각종 병서들을 읽었기 때문에 동료와 후배, 그리고 부하들에게 병서에 나오는 이론을 적절히 써먹곤 했던 것이다.

한편, 철수는 철수대로 미리 짜인 각본에 따라 막힘없는 언설을 계속 퍼붓고 있었다. 그가 정신전력이니 전투의지니 어쩌구 하면서 너스레를 떠는 것 역시 클라우제비츠의『전쟁론』에서 얻은 지식이었다.

역시 철수는 대단했다. 그는 지금 대령까지 역임한, 그리하여 병법에 통달한 고위 장교 출신을 병법으로 대결하는 것이었다. 눈에는 눈, 이에는 이, 병법에는 병법으로……. 그것은 바로 업계의 대부 최 회장에게서 전수 받은 고도의 전술전략이었다.

철수에게는 지금까지 입수한 충분한 정보가 있었다. 그는 망원경으로 천체를 관찰하듯이 멀리 내다봤다. 섬세하고 담대한 사업계획. 정보를 분석할 때에는 전자현미경으로 미생물을 들여다보듯 했지만 사업계획 전체를 수립할 때에는 망원경으로 천체를 관찰하듯 큰 밑그림을 그리며 대범한 성공전략을 세워놓고 있었다.

정보의 분석과 융합. 그것은 최 회장으로부터 얻어낸 값진 교훈이었다. 그는 최 회장의 그 가르침을 토대로 대현을 옭아매기 위해 철저한 준비를 해왔다. 물론 진호와 머리를 맞대고 진지한 논의를 거치며 도상훈련도 할 만큼 했다.

남의 재산을 통째로 집어삼키려는 데 섣불리 덤벼들 사람이 어디 있겠는가. 더욱이 철수는 이 위험한 분야에서 꽤 닳고 닳은 사람이었다.

더군다나 철수는 신출귀몰하는 기술을 가지고 있었다. 그 점에 대해서는 최 회장도 높이 평가하고 있었다. 최 회장의 제자들, 즉 그의 지시를 받아 움직이는 일꾼들 중에는 그동안 경찰과 검찰에 덜미를 잡힌 하수들도 한둘이 아니었다. 그럴 때마다 최 회장은 그들을 구출하기 위해 백방으로 노력하지 않으면 안 되었다.

최 회장은 역시 황제 중의 황제였다. 그는 휘하의 일꾼들이 쇠고랑을 차게 되면 모든 수단과 방법을 가리지 않고 그 뒤를 돌봐 주었다. 일꾼들이 교도소에 들어갔다 하면 그 가족과 부하들을 먹여 살리곤 했다. 그렇기 때문에 그들이 일정한 형기를 마치고 출소하면 또다시 최 회장 휘하로 들어가게 마련이었다.

최 회장은 평소 일꾼들을 철두철미한 점조직으로 운영하고 있었다. 그의 조직은 간첩이나 공작원 조직을 뺨치고도 남을 만큼 비밀을 준수하고 있었다. 그것은 업종의 특성상 조직 관리의 기본이라 해도 과언이 아니었다. 최 회장은 조직 관리에서도 다른 사람들이 흉내 내지 못할 탁월한 수완을 발휘하고 있었던 것이다.

만일 조직의 전모를 노출시켰다 하면 어떻게 될까. 두말할 나위도 없이 그것은 곧 죽음과 직결되게 마련이었다. 한 조직이 경찰이나 검찰에 적발되었다 하면 다른 조직도 여지없이 걸려들게 되고, 만약 조직의 전모가 드러난다면 수사당국 쪽에서는 일망타진 어쩌구 하면서 개가를 올리겠지만, 최 회장의 조직은 송두리째 와해되어 결국 쑥대밭 꼴을 면치 못할 것이었다. 그뿐 아니라 이 업종에 종사자들은 씨를 말리게 될 것이었다.

이 업종의 특징은 첫째도 비밀, 둘째도 비밀이었다. 바꾸어 말하자면 비밀이야말로 곧 생명이었다. 그렇건만 종종 수사당국에 덜미를 잡혀 교도소에 들어가 썩고 나오는 어리석은 녀석들이 있었다. 철수는 그들을 한심하게 여기고 있었다. 철수는 수사망을 절묘하게 피해 다니는 그 나름의 특출한 비책을 가지고 있었던 것이다.

최 회장은 철수의 그런 재능을 높이 평가하고 있었다. 일꾼 중의 일꾼인 철수. 그는 이번에야말로 뭔가를 보여 주리라는 비장한 각오로 대현을 차근차근 구워삶고 있었다. 그는 상대방의 멱살을 거머쥐고 마음껏 흔들어댄다는 자신감에 넘쳐 있었다. 언제나 그렇지만, 성공 여부는 준비와 비례하게 마련이었다. 그는 이번 프로젝트를 확실한 성공으로 이끌기 위해 진호와 함께 손발을 척척 맞추면서 직원들까지 철저히 교육을 시켜놓고 있었던 것이다.

『손자병법』에 이르기를, 지피지기(知彼知己)면 백전불태(百戰不殆)라 했다. 철수는 지금 상대방에 대해 속속들이 알고 있는 반면, 대현은 철수에 대해 아는 것이 전혀 없었다. 그렇기 때문에 대현은 철수에게 코가 꿰어 일방적으로 질질 끌려 다닐 수밖에 없었다. 철수는 노련한 솜씨로 밀고 당기면서 대현의 가려운 데를 살살 긁어 주고 있었다.

아니나 다를까, 대현은 시간이 흐를수록 철수의 유인작전에 점점 더 빨려들고 있었다. 그는 뭔가 귀신에게 홀린 듯한 혼란을 일으키면서도 특별한 이유도 없이 철수를 내칠 수가 없었다. 아니, 내치기는커녕 그의 말을 들으면 들을수록 자신도 모르게 점점 마음이 이끌리는 것이었다.

8

순진하기 짝이 없는 대현은 시종일관 철수를 평범한 병장 출신으로만 인식하고 있었다. 병장 출신에 지나지 않는, 병법을 전문적으로 연구했을 리 없는 철수가 어떻게 클라우제비츠의 이론까지 알았을까. 대현은 철수처럼 평범한 사람이 클라우제비츠의『전쟁론』같은 책을 읽었으리라고는 미처 생각하지 못하고 있었다. 그렇다면 철수는 군대생활을 하는 동안 병영에서 주워들은 말을 기억하고 있는 것이 분명했다.

철수가 아직까지도 내 말을 기억하고 있다니……. 대현은 철수의 놀라운 기억력에 혀를 내둘렀다. 자신의 말을 기억해 주는 그가 사뭇 고맙고 신기하게 느껴졌다. 그뿐 아니라 자신의 말을 귀담아 듣고 그것을 실천에 옮기며 살아가는 인물이 있다는 것을 생각하면 과거 지휘관 생활에 대한 무한한 자긍심이 되살아나는 것도 사실이었다. 대현이 말했다.

"아하, 그랬었군."

"저도 저희 회사 직원들이나 사회 후배들에게 정신전력, 전투의지의 중요성을 곧잘 강조합니다. 호랑이에 물려가도 정신만 차리면 산다, 정신을 똑바로 차리자, 무엇인가 성취하고자 하는 의지가 있을 때 성공하게 마련이다, 하지만 정신상태가 흐리멍덩하면 될 일도 안 된다……. 들은풍월이라는 말도 있습니다만, 저는 중대장님한테서 배운 그 교훈을 아주 잘 써먹고 있습니다. 제대 후 사회에 나와 제가 나름대로 제 앞길을 개척할 수 있었던 것은 바로 중대장님으로부터 그 가르침을 받았기 때문입니다. 그래서 저는 늘 중대장님을 은인이라 생각해 왔던 겁니다."

"아무튼 고맙군."

"사실 저는 불우한 환경 속에서 자랐습니다. 남들만큼 공부할 수 있는 여건도 안 되었습니다. 적령기가 되어 군대에 가긴 했습니다만 아무런 이유도 없이 군대생활이 너무 싫었습니다. 그렇다고 무슨 희망이 있는 것도 아니었습니다. 그러니까 맨날 사고 칠 궁리만 했겠죠. 하지만 중대장님을 뵙고 난 뒤로는, 아니 중대장님으로부터 피와 살이 될 만한 말씀들을 새겨들으면서 저는 코페르니쿠스적 발상의 전환을 가져오게 되었던 겁니다."

철수의 언변은 거침이 없었다. 불우한 환경 속에서 자랐다는, 그래서 남들만큼 공부할 수 있는 여건이 안 되었다는 말이 믿어지지 않을 정도로 그의 언변은 참으로 어마어마했다. 어쭈, 코페르니쿠스적 발상의 전환이라……? 공자님 앞에서 문자 쓰는 형국이라고 할까, 철수는 제법 고상한 술어까지 미끈하게 구사하고 있었다. 대현이 말했다.

"그렇다면 군대생활을 통해 많은 것을 얻은 셈이군."

"그렇죠. 저는 군대생활을 통해 인생을 역전시켰습니다. 아니, 좀 더 정확히 말씀드리자면 중대장님을 만나 새 사람으로 거듭 태어난 셈입니다."

"너무 비행기를 태우니까 내가 정신을 못 차리겠군."

"그렇지 않습니다. 저는 아직까지 중대장님처럼 훌륭한 분을 만나지 못했습니다. 제가 중대장님을 만날 수 있었던 것은 큰 행운이었습니다. 그런 점에서 중대장님과 저 사이에는 전생부터 무슨 특별한 인연이 있었던가 봅니다."

"그런지도 모르지."

대현은 철수의 최면에 외통으로 걸려들어 자기도 모르는 사이 술술 맞장구를 치고 있었다. 솔직히 톡 까놓고 말해서 그는 아직까지도 철수의 실체를 정확히 알지 못하고 있었다. 중대장 시절 부하로 데리고 있었던 것 같기도 하고, 처음 보는 얼굴인 것 같기도 하고……. 그런데도 대화를 나누는 사이 격의 같은 것이 서서히 무너지면서 그에게 조금씩 신뢰가 생기는 것이었다.

지난 세월 현역으로 근무하는 동안 만났다 헤어진 부하는 수를 헤아릴 수 없이 많았다. 그 중에서 군에 말뚝을 박고 있는 장교와 부사관 등 직업군인들은 대부분 오래 기억할 수 있었다. 하지만 사병의 경우는 딴판이라고 말할 수 있었다. 고참병이 제대하면 신병이 들어오고……. 사병들의 얼굴을 익힐 만하면 그 자신 다른 부대로 전출되고……. 아무튼 장교와 사병의 관계는 오래 지속될 수가 없었다.

물론 당번병이나 운전병으로 데리고 있던 사병들은 오래 기억되는 편이었다. 또, 남달리 특출하거나 특별한 사병도 비교적 오래 기억되게 마련이었다. 말하자면 군에 입대하기 전 유명 연예인이었다거나 사회적으로 명망 있는 집안의 자제들은 잘 잊히지 않았다.

사실 그의 휘하에는 인기가수, 인기배우 등은 물론이려니와 장관과 국회의원의 아들, 대법관의 아들, 재벌의 아들 등 특별히 신경을 써야 할 사병들이 있었다. 그런 사병들을 잘못 다뤘다간 나중에 무슨 변고를 당할지 모르기 때문이었다.

만인 앞에 평등한 법. 사병들을 동등하게 지휘해야 할 지휘관. 하지만 실지로 사병들을 거느리다 보면 따로 신경을 써야 할 자원들이 있었다. 힘없는 서민들의 자제는 원리원칙대로 다루어도 별 탈이 없지만 소위 방귀 깨나 뀌는 고관대작, 재벌들의 자제들까지 마구잡이로 다루었다가는 큰코다치게 마련이었다. 철수가 말했다.

"중대장님, 그럼 이제 음식점으로 자리를 옮기실까요?"

"그렇게 하지."

철수는 휴대전화의 단축번호를 눌러 밖에서 대기하고 있는 오 대리를 불렀다. 이윽고 전파의 저쪽에서 오 대리가 나왔다.

"네, 사장님."

오 대리의 카랑카랑한 목소리는 대현에게까지 울려 퍼졌다. 철수가 그에게 말했다.

"차 좀 대지."

"네, 승용차 대기하겠습니다."

오 대리의 목소리가 들려왔다. 똑똑 부러지는 선창과 복창. 대현은 문득 군대생활을 회상했다. 군대에 있을 때에는 참 좋았었지. 어디를 가든 운전병이 대기하고 있었으니까. 하지만 이제는 사정이 달랐다.

과거처럼 당번병이 있는 것도 아니었고, 운전병이 있는 것도 아니었다. 모든 것을 자기 자신이 직접 처리하지 않으면 안 되었다. 불편했다. 부하들에게 명령만 내리면 무엇이든 척척 해결되던 군대. 계급이 높아지면 높아질수록 부하들은 더 성실하게 복종해 주었지. 하지만 군대에서 떠나온 이후 모든 것을 스스로 해결하자니 여간 답답한 것이 아니었다.

일찍이 나폴레옹이 말했다. 제복이 사람을 만든다고. 그랬다. 좀 더 정확히 말하자면 계급장이 사람을 만드는 셈이었다. 소위 계급장을 달면 소위였고, 중위 계급장을 달면 중위였다. 대현은 그런 과정을 거쳐 대령까지 올랐지만, 이제는 계급장을 뗀 평범한 민간인 신분이 되어 있었던 것이다.

잠시 후 철수는 대현을 호텔 현관으로 안내했다. 그는 고위 장성의 전속부관이나 된 듯 대현을 깍듯이 모셨다. 아니, 그는 대통령을 모시는 수행 비서를 방불케 할 정도로 아주 세련된 매너를 보여 주고 있었다.

철수의 예의가 얼마나 깍듯했던지 대현은 일찍이 군대에서 느껴보지 못했던 가슴 뿌듯함을 맛보았다. 군대에서는 일찍이 이런 경험을 해보지 못한 탓이었다. 아니나 다를까, 그들이 현관의 회전문을 밀고 밖으로 나서자 아주 잘 생긴 오 대리가 승용차의 운전석에서 총알처럼 튀어나와 대현에게 정중히 인사한 뒤 뒷좌석의 문을 열어 주었다.

대현은 감개가 무량함을 느꼈다. 제대 후 사회에 나와 이처럼 극진한 대우를 받아보기는 처음이기 때문이었다. 부하를 잘 두었던 덕분에 이런 호강을 하는구나. 대현은 문득 그런 생각을 하면서 승용차 안에 올랐고, 철수는 승용차의 뒤꽁무니를 돌아 곁에 앉았다.

그들이 나란히 앉자 오 대리는 승용차를 전진시켰다. 메기 잔등처럼 미끈한 승용차는 호텔 분수대를 한 바퀴 돌아 정문으로 미끄러져 나갔다. 대현이 어설프게 말했다.

"주인이 상석에 앉아야 하는데 이건 뭐 주객이 전도된 형국이군."

"그렇지 않습니다. 엄연히 중대장님께서 상석에 앉으셔야 합니다."

"이거 이래도 되는 건지 모르겠네."

"조금도 괘념치 마십시오. 제가 중대장님한테 받은 은혜를 말씀드리자면 한도 없고 끝도 없습니다."

"내가 뭘 해준 게 있다구……."

"말 한마디로 천 냥 빚을 갚는다는 격언이 있습니다. 그렇습니다. 저는 중대장님의 영향을 받아 새롭게 태어난 사람입니다. 아까도 말씀드렸다시피 아마 중대장님이 아니었으면 지금쯤 이 세상에 살아 있지도 못할 겁니다. 제가 그 무서운 사고를 쳤다고 생각해 보십시오. 어떻게 살아남을 수 있겠습니까. 무고한 사람들을 해치고 저 자신도 끔찍하게 죽었을 겁니다. 그 절체절명의 고비에서 저를 구원해 주신 분이 바로 중대장님이십니다. 그런 점에서 중대장님은 제 인생의 등대 아니면 나침반 같은 은인입니다. 사람이 그런 은혜를 모른대서야 말이 안 되죠. 그동안 제가 중대장님을 잘 모시지 못한 죄가 너무 큽니다. 하지만 이제는 사정이 다릅니다. 중대장님께서 전역을 하시고 민간인 사회로 나오신 이상 제가 끝까지 책임지고 잘 모시겠습니다."

철수는 능수능란했다. 어쩌면 말을 그렇게도 잘 하는지 대현은 그의 달변에 놀라움을 금치 못했다. 본래 말을 많이 하면 반드시 실수를 하게 마련이었다. 하지만 철수의 언변은 사람을 사로잡는 마력이 있었다. 그래. 이런 언변이 있으니까 사업에 성공했겠지. 대현은 철수에게 점점 감복돼 가고 있었다. 대현이 말했다.

"내가 중대장이었을 때 불만도 많았을 텐데……."

"전혀 그렇지 않습니다. 중대장님은 스타 중의 스타였습니다. 그때, 우리 중대에 속했던 소대장들이나 일반 사병들은 중대장님을 얼마나 믿고 따랐는지 모릅니다. 저희들은 이구동성으로 대한민국의 모든 중대장이 우리 중대장님만 같으면 정말 군대가 좋아질 거라고 말했습니다. 그만큼 중대장님은 실력으로나 인품으로나 저희들을 압도했습니다. 저 자신은 중대장님 같은 분 밑에서 군대생활을 했다는 그 사실만으로도 무한한 긍지와 자부심을 느끼고 있습니다. 그 당시 우리 중대는 중대장님의 지휘로 가장 모범적인 중대로 손꼽혔잖습니까."

"그랬었나?"

"제가 알기로, 우리 중대에는 사고가 전혀 없었습니다. 다른 중대에서는 종종 안전사고가 나서 곤경을 치르곤 했습니다. 하지만 우리 중대는 항상 모범중대였습니다. 그뿐 아니라 중대끼리 족구, 축구 같은 운동경기를 해도 항상 이겼습니다."

철수가 일방적으로 떠벌리는 동안 대현은 문득 중대장 시절을 회상했다. 철수의 말마따나 중대를 지휘할 때 즐거운 일이 많았다. 그때는 한

창 혈기가 왕성했을 뿐만 아니라 무슨 일을 하든 의욕에 넘치던 시절이
기도 했다.

무서운 것도 없었다. 마음만 먹으면 무엇이든 할 수가 있었다. 특히 수
색대대 중대장이라는 자부심도 있었다. 지금도 그렇지만, 그 당시 제24
사단 수색대대라면 막강한 전투력을 자랑하고 있었다. 그만큼 각종 표창
도 많이 받았다. 대현은 그런 수색대대에 근무할 때 무한한 긍지와 자부
심을 느꼈다. 대현이 말했다.

"나도 그때는 참 재미있게 지냈지."

그는 개인적으로도 대위 때 가장 행복한 시절을 보냈다. 신혼의 단꿈
에 젖어 알콩달콩 가정 살림을 꾸려가던 시절. 비록 박봉이기는 했지만
그때에는 너무 행복했다. 그러다가 아이들이 태어나면서 신혼의 재미는
서서히 퇴색하기 시작했다. 더욱이 아이들의 교육 문제 등이 현실적 과제
로 떠오를 때 여간 골치 아픈 것이 아니었다.

발령이 나서 새로운 임지로 떠날 때 이사 문제, 아이들 전학 문제 등이
꼭 따라다니곤 했다. 그래도 아이들이 크게 빗나가지 않고 잘 자라준 것
을 생각하면 참으로 고맙기만 했다. 철수가 말했다.

"중대장님. 오늘은 술 좀 드셔도 되지요? 중대장님 주량은 잘 모르겠
습니다만 기분 좋게 드십시오. 여흥 순서까지 마련해 놓았습니다. 그동안
야전에서 청춘을 다 바치신 중대장님께서 민간인 사회에 나오셨으니까
회포를 푸셔야지요. 저는 제대 후 중대장님을 꼭 찾아뵈려고 했습니다.
그런데 그동안 여의치 못했습니다. 그나마 사업이랍시고 여간 바쁘지 않
았습니다. 또, 사업을 키우느라 혈안이 되어 있었죠. 제 딴에는 어느 정
도 성공한 뒤에 중대장님을 찾아뵙겠다고 작정했습니다. 그러다 보니 이
렇게 늦어졌지 뭡니까. 용서하십시오. 변명 아닌 변명이 꽤 길어졌습니다

만, 저는 사실 그대로 진솔하게 말씀드리는 겁니다. 제 성의가 부족했다고 나무라셔도 달게 받겠습니다. 하지만 아무것도 없이 빈손으로 기업을 일으킨다는 것이 쉽지는 않았습니다. 이제 밥이라도 굶지 않게 된 지금, 여기저기 수소문을 하던 끝에 급기야 중대장님을 찾게 되었던 겁니다. 저로서는 얼마나 기쁜지 모릅니다."

그들이 이런저런 대화를 나누는 사이 승용차는 성북동의 어느 한옥 정문으로 들어서고 있었다. 이름만 대면 누구나 알 수 있는 유명한 요정이었다. 승용차가 연못이 있는 정원 마당을 우회하여 향나무 쪽에 멈추자 누군가가 쏜살같이 달려 나와 승용차 문을 열어 주었다. 철수가 오 대리에게 말했다.

"오 대리, 식사하고 기다려 줘."

"네, 알겠습니다. 식사하고 기다리겠습니다."

오 대리는 잘 훈련된 운전병처럼 복창했다. 민간인 사회에서도 군사문화 뺨치는 이런 예법을 볼 수 있다니……. 대현은 문득 자신이 사단장이나 군단장이라도 된 듯한 착각을 불러일으켰다. 그는 주변 경관을 휘휘 둘러보았다. 영화에나 나옴직한 멋들어진 정원에는 아름다운 수목들이 잘 가꿔져 있었다.

댓돌에서 기다리던 여인이 그들을 반겨 주었다. 대현과 철수는 자석에 이끌리는 쇠붙이처럼 아리따운 여인에게 안내되어 방으로 들어섰다. 그 방은 최 회장이 가끔 이용하는 곳이기도 했다. 두 여인이 대현과 철수에게 다가서며 저고리를 받아 옷장에 걸었다.

대현은 서울이 좋긴 좋다고 느꼈다. 과거 야전부대에 나가 있을 때 현지 기관장이나 유지들과 더러 방석집을 찾곤 했지만 이렇게 좋은 고급 음식점은 찾아볼 수가 없었다. 물론 그 고장에서는 가장 유명한 집이라 해도 서울에 갖다 놓으면 명함도 내놓기 어려운 수준이었다. 하지만 이 요정은 일류 중에도 일류임에 틀림없었다.

그들은 여인들이 시키는 대로 자리에 앉았다. 그러자 푸짐하고 뻑적지근한 음식이 상다리가 휠 정도로 나왔다. 음식을 담은 그릇도 명품 일색이었다. 대현은 맛깔스런 음식을 먹으면서 민간인 사회의 또 다른 일면을 체험할 수 있었다. 철수가 대현에게 잔을 건넸고, 곁에 앉아 있던 여인이 그 잔에 술을 따랐다. 철수가 말했다.

"중대장님, 많이 드십시오."

"고맙군. 너무 과용하는 것 아닌가."

"과용이라니요. 절대로 그렇지 않습니다. 이 정도 식사는 언제든지 모실 수 있으니까 조금도 걱정하지 마십시오."

하지만 대현의 내면은 여전히 께름칙하였다. 이 사람이 과연 옛 부하인지 아리송했다. 그는 본래 의심이 많은 사람이기도 했지만, 이런 고급 요정에 들어와 미인들까지 옆에 앉혀 놓고 보니 혹여 미인계에 걸린 것은 아닐까 여전히 의구심이 들었다. 그의 뇌리에는 병법들이 영화필름처럼 돌아가고 있었다. 철수가 두 여인에게 눈길을 나눠 주면서 말했다.

"여기 모시는 손님은 귀빈 중의 귀빈이야. 내가 군대에 있을 때 중대장님으로 모셨던 상관이거든. 한 번 상관은 영원한 상관, 한 번 부하는 영원한 부하……. 그래서 지금도 내가 중대장님으로 호칭하는 거야. 여성들은 군대 이야기를 하면 별로 흥미 없게 생각하지만 우리 남성들은 군대를 영원히 못 잊는다구. 그래서 남자들이 모이면 거의 예외 없이 군대이야기를 하지."

그 말에 한 여인이 맞장구를 쳤다.

"아, 그러시군요. 어쩐지 첫 인상이 참 좋으셨어요."

"좋은 정도가 아니지. 우리 중대장님한테서는 독특한 향기까지 풍겨 나오지. 그게 무슨 향기인지 알아? 인품에서 나오는 향기라구. 알았어?"

하지만 대현은 여전히 철수에 대한 한 가닥 의구심을 떨칠 길이 없었다. 이 사람이 왜 이렇듯 고급 요정으로 초대한 것일까. 이것은 단순한 저녁식사라기보다는 누가 뭐래도 향응 수준이었다. 공직자의 경우 이처럼 거창한 향응을 받으면 언젠가는 반드시 말썽이 나게 마련이었다. 그래서 군대에 있을 때 이런 요정에서 향응을 받는다는 것은 어림도 없는 일이었다.

만약 군인 신분으로 이런 고급 요정에 출입한다면 어떻게 될까. 특별한 경우, 이를테면 중요한 회담이나 정보 수집 등 공무수행을 제외하면 감히 이런 고급 요정에는 드나들 수가 없었다. 하지만 민간인 사회에서는 돈만 있으면 누구라도 얼마든지 이런 요정을 출입할 수 있었다. 군대에는 이런저런 제약이 많고 이 눈치 저 눈치를 살펴야 할 일이 많은 반면, 민간인 사회에는 형편만 허락한다면 남의 눈치코치 살필 필요 없이 무슨 일이든 마음대로 할 수가 있었다.

아, 민간인의 자유. 대현은 군대와 민간인 사회에 대해 다시 한 번 깊이 되새겼다. 군대에는 군대대로 좋은 문화가 있는가 하면, 민간인 사회에는 감히 군대에서 모방할 수 없는 또 다른 문화가 있었다. 그런 점에서 군대 문화가 폐쇄적인 데 비해 민간인 사회의 문화는 훨씬 더 개방적이라는 인상을 지울 수가 없었다.

솔솔 취기가 오르고 있었다. 철수는 짤끔짤끔 마셨고, 그 대신 대현에게 더 많은 잔을 권했다. 대현은 철수에 대한 의구심을 떨치지 못하면서도 잇따라 잔을 받았다. 이 사람의 정체는 과연 무엇일까. 사병 시절 은혜를 입었다고 하지만, 만나자마자 이렇게까지 호화로운 고급 요정에까지 초대해 주었다는 자체가 여간 수상한 것이 아니었다. 철수가 여인들에게 눈짓을 보냈다.

그러자 여인 가운데 한 사람이 리모컨으로 노래방 기기에 전원을 넣었다. 그와 동시에 노래방 기기의 모니터에 동영상이 흐르면서 스피커에서는 쿵작쿵작, 쿵작 쿵작작 반주가 흘러 나왔다. 한 여인이 기다렸다는 듯 흘러간 대중가요를 뽑았다. 유난히도 간드러지는 창법이 아주 인상적이었다. 비록 요정에 나와 일하고 있을지언정 그녀는 텔레비전에 나오는 그 어떤 유명가수를 찜 쪄 먹고도 남을 만큼 노래 실력이 뛰어났다.

그녀가 노래를 부르고 있는 동안 대현은 불현듯 박정희 대통령이 중앙정보부장 김재규의 총을 맞고 쓰러진 궁정동 안가를 연상했다. 그날, 궁정동 안가에서도 이런 만찬이 베풀어졌다고 했던가. 취기가 오르면 오를수록 대현은 중심을 잃지 않으려고 정신을 바짝 차렸다. 옛 부하 앞에서 품위를 잃을 수는 없지 않은가. 그는 장교의 위엄과 자존심을 지키려고 안간힘을 썼다.

물론 대현은 초급장교 때부터 전역 직전까지 장교로서의 품위를 지키지 않은 적이 없었다. 그는 일상적인 말 한마디를 쓰더라도 고르고 골라서 가장 기품 있는 언어를 선택하곤 하였다. 행동도 예외가 아니었다. 언제나 바른 몸가짐으로 상급자 앞에서는 반듯한 부하가 되었고, 부하들 앞에서는 꼿꼿이 절도를 지키는 지휘관이 되려고 노력했다.

사실 대현처럼 똑 소리 나는 장교도 흔치 않았다. 가령 회식 때 술을 마시게 되더라도 그는 자세를 흐트러뜨린 적이 없었다. 상급자들이 건네주는 술잔. 그는 그런 술잔을 받을 때에도 상급자의 지엄한 명령으로 인식하곤 했다.

그 반면, 그는 부하들에게 술을 강권한 적이 없었다. 그는 부하들의 주량을 미리 파악해 두었다가 상대방으로 하여금 주량을 초과하지 않도록 특별히 신경을 써 주곤 했다. 말하자면 그로서는 상급자를 잘 받들어 모시는 한편, 부하들을 극진히 아끼고 사랑했던 것이다.

그는 함께 근무했던 상급자와 하급자들의 성격과 습관이며 특기까지 속속들이 파악하고 있었다. 선배와 후배. 상급자란 결국 군대의 선배였고, 하급자란 궁극적으로 군대의 후배였다. 기본질서가 가장 확실한 군대에서 선배를 잘 모시고, 후배를 내 몸처럼 사랑하는 것은 당연한 이치일 수밖에 없었다.

선배로부터 인정받지 못하면 성공할 수 없는 사회. 후배로부터 존경받지 못하면 도태될 수밖에 없는 사회. 민간인 사회에서도 예외가 아니겠지만 일단 유사시 목숨을 걸고 적과 싸워야 하는, 그리하여 반드시 이겨야 하는 군대라는 특수한 사회에서는 무엇보다도 신뢰가 가장 중요했다. 대현은 현역 시절 늘 그런 마음가짐으로 선배와 후배를 대했다.

그런 만큼 그는 군대라는 조직 안에서 선배와 후배들로부터 꽤 좋은 평판을 얻을 수 있었다. 최소한 군대에서 그를 비난하는 사람은 거의 없다 해도 과언이 아니었다. 대현은 그동안 원칙을 고수하면서 정직할 만큼 정직하게 살아온 터라 다른 사람들 앞에 조금도 꿀릴 것이 없었다.

9

철수는 대현의 장점과 약점을 너무 잘 알고 있었다. 물론 그를 만난 것은 오늘이 처음이었지만, 그동안 수집한 정보가 그만큼 정확했기 때문이었다. 무엇보다도 그의 군대 경력을 훤히 꿰뚫고 있어서 대화에 막힘이 없었다.

특히 철수는 슬슬 어르면서 빰치는 전술을 구사했다. 말하자면 아픈 데를 따뜻이 어루만져 주고, 단단한 데를 호되게 두들겨 주는 형국이었다. 철수가 판단할 때, 대현의 내면은 분명 흔들리고 있었다. 최 회장이 말했듯 대현은 아직도 군대생활에 대한 미련과 애착을 버리지 못한 반면, 불확실한 미래에 대해 조급증 같은 것을 느끼고 있었다.

철수는 그 약점을 적절히 이용하고 있었다. 병 주고, 약 주고……. 그의 아픈 상처를 적당히 덧나게 했다가 절묘한 약을 주는 계책이었다. 철수는 심리전에서도 대현보다 한 수 우위를 차지하고 있었다. 철수가 그에게 말했다.

"중대장님. 저는 중대장님께서 최소한 사단장까지는 올라가실 줄 알았습니다."

그 말을 듣는 순간, 대현은 가슴이 쩌릿함을 느꼈다. 사단장이면 별 둘, 즉 소장 아닌가. 사실 그 자신 소장까지는 거뜬히 진급해 사단장 정도는 역임할 줄 알았다. 어디 그뿐인가. 그는 사단장이 될 경우 누구 못지않게 부대를 멋지게 지휘할 자신이 있었다. 하지만 그것은 한갓 부질없는 망상에 불과했다. 대현이 신음처럼 중얼거렸다.

"사단장은 아무나 하나."

"하긴 그렇죠. 장성이 된다는 것은, 그야말로 하늘의 별 따기보다 더 어려운 것 아닐까요?"

"그렇지."

대현은 그렇게 대답하면서도 내심으로는 언짢게 받아들이고 있었다. 철수의 언사가 사뭇 마음에 걸리기 때문이었다. 별을 따지 못한 것도 분하고 억울한 일인데 남의 상처를 덧나게 해서 뭘 어쩌자는 것인가. 더욱이 곁에는 초면의 여성들까지 앉아 있었으므로 더 껄끄럽기만 했다. 철수는 바로 그 점을 노린 것이었다. 철수가 재빨리 말했다.

"중대장님에게는 너무 운이 없었나 봐요. 대령에서 장성이 되려면 운이 있어야 하는 것 아닌가요?"

"물론이지."

"제가 듣기로는 정치적 배경도 있어야 한다던데요? 실지로 그런가요?"

"뭐, 그렇다고 말할 수 있지."

사실 군대에서 별을 달려면 본연의 능력 이외에도 여러 가지 배경이 작용하게 마련이었다. 정치적 배경, 사관학교 졸업 성적, 근무 경력, 선후배들과의 인맥 등등 그것을 열거하자면 한이 없었다. 요컨대 진급심사에서는 모든 요소들이 복합적으로 맞아떨어져야만 다른 경쟁자들을 제칠 수 있었다. 철수가 말했다.

"인품으로나 실력으로나 중대장님 같은 인물도 흔치 않을 텐데요."

"글쎄……."

대현은 해설피 웃었다. 진급 문제를 논의하는 사람들이 모두 그렇게 생각했다면 당연히 별을 달고도 남았겠지만 현실은 그렇게 단순한 것이 아니었다. 세상일은 그보다 훨씬 더 복잡했다. 그 자신 진급하기 위해 코피가 터질 정도로 죽자 살자 일했지만 진급심사에서 탈락하고 미역국을 먹었을 때 뭐가 뭔지 오랫동안 혼돈 속에서 헤매지 않으면 안 되었다. 철수가 물었다.

"정확한 내막은 잘 모르겠습니다만, 진급심사 때에는 금품도 오간다던데요. 실지로 그렇습니까."

"전에는 그런 일이 있었지. 하지만 지금은……."

대현은 말끝을 흐렸다. 항간에 떠도는 소문을 사실로 확인할 길이 없기 때문이었다. 동기생들 사이에서도 서로 물어뜯는 마당에 무엇이 진실이고, 무엇이 낭설인지 분간한다는 것은 사실상 불가능한 일이었다.

대현은 초급장교 때부터 대령 계급을 달 때까지 진급을 위해 금품을 상납해 본 적이 없었다. 그는 오직 선배들의 양심을 믿으며 그들의 처분만 기다렸다. 아니나 다를까, 그는 금품을 쓰지 않고서도 대령까지 진급할 수 있었다.

왕년에는 군 안팎에 진급과 관련한 금품거래설이 무성했다. 진급을 하기 위해 누구는 얼마를 썼고, 누구는 또 얼마를 썼다는 둥 말도 많고 탈도 많았다. 실지로 진급 청탁 금품수수 사건이 언론에 보도돼 세상을 떠들썩케 한 적도 있었다. 참으로 부끄러운 일이었다.

그런 보도가 나올 때마다 대현은 낯이 화끈거림을 느끼지 않을 수 없었다. 대한민국의 신성한 장교 계급장을 달고 그런 불미스런 기사를 접했을 때 여간 창피한 것이 아니었다. 다른 사람들이 내 계급장을 어떻게 볼 것인가. 남들의 눈에는 내 계급장도 돈 주고 산 것으로 비치지 않을까. 그는 진급과 관련한 비리가 불거져 나와 세상에 알려질 때마다 자존심이 상해 견딜 수가 없었다.

무엇보다도 부하들을 대할 면목이 없었다. 모름지기 부하들을 제대로 지휘하고 통솔하려면 지휘관으로서의 권위가 서야 할 텐데 그런 불미스런 일이 터질 때마다 몸 둘 바를 모르고 쩔쩔 매지 않으면 안 되었다. 일부 덜 떨어진 직업군인 몇 사람이 모든 장교들의 얼굴에 먹칠을 한다고 생각하면 잠도 오지 않았다.

대현은 누가 뭐래도 명예와 자긍심을 지키며 살아왔다. 대한민국 육군 장교라는 명예와 자긍심. 그렇기 때문에 그는 어떤 경우에라도 장교로서의 품위와 체통을 잃지 않으려고 모든 노력을 아끼지 않았다. 그렇건만 몇몇 썩어빠진 장교들이 전체 장교들의 명예와 자긍심에 고춧가루를 확확 뿌려대는 것이었다. 철수가 말했다.

"아무튼 저는 현역으로 복무하던 시절 중대장님이야말로 군인 중의 군인, 장교 중의 장교, 지휘관 중의 지휘관이라 믿었습니다. 물론 저야 말단 사병에 지나지 않았습니다만, 사병들에게도 사람 보는 눈은 있거든요. 그 당시 우리 중대 사병들은 무척 행복했습니다. 유능한 지휘관을 모실 수 있다는 것만으로도 아무런 불평이나 불만이 없었습니다. 그래서 저는 중대장님이야말로 소령, 중령, 대령, 준장, 소장, 중장을 거쳐 대장까지 진급할 수 있으리라 확신했던 거죠. 사실 중대장님께서 장군 문턱에서 대령으로 전역했다는 것은 국가적 손실이라 생각합니다."

철수는 곁에 있는 여성들을 의식했다. 그리하여 대현의 체면을 확 높여 주려고 일부러 높은 계급을 주워섬기며 극찬을 아끼지 않았다. 지금까지 은연중 쓰디쓴 병을 주었다면 이번에는 달콤한 약을 주기 위해 그런 계략을 쓴 것이었다. 대현이 되물었다.

"지금 국가적 손실이라 했나?"

"그렇습니다. 중대장님께서 지금까지 쌓아온 업적이 얼마나 많겠습니까. 특히 중대장님처럼 유능한 지휘관이 그렇게 많은 것도 아니잖습니까. 그런 훌륭한 지휘관이 더 많아야 할 텐데 일찍 전역하게 됐다는 것은 유감천만입니다."

철수의 언변은 물샐 틈이 없었다. 그것은 어쩌면 타고난 기질인지도 몰랐다. 그동안 최 회장으로부터 온갖 기교를 배웠지만, 기름기 잘잘 흐르는 그의 언변이야말로 천부적인 재능이라고 말할 수밖에 없었다. 그는 언제 어디에서나 이렇듯 놀라운 언변을 발휘했으므로 함께 대화를 나누다 보면 어느 누구라도 홀딱 빨려들게 마련이었다.

한편, 대현은 잠시 느슨해졌던 경계심을 다시 한 번 다잡고 있었다. 그는 철수를 뚫어져라 바라보았다. 하지만 아직까지도 그에 대한 기억은 전혀 되살아나지 않고 있었다. 이 사람이 과연 왕년의 부하 맞나. 변덕이 죽 끓듯 한다는 말도 있지만, 대현의 내면은 수시로 엎치락뒤치락하고 있었다.

그는 또다시 철수에 대한 의구심을 불러일으키고 있었다. 특별한 이해 득실이 없다고 인식하면서도 자꾸만 상대방에게 석연찮은 의심이 가는 것이었다. 이 사람이 혹시 간첩은 아닐까. 뭔가 중요한 군사기밀을 빼내기 위해 이렇듯 과분한 향응을 베푸는 것은 아닐까. 그렇다면 더욱 입을 조심해야지. 취기가 오르면 오를수록 철수에 대한 의구심이 점점 더 증폭되는 것은 어쩐 일일까.

하지만 철수는 미리 준비해 둔 각본대로 대현을 떡 주무르듯 척척 요리하고 있었다. 막말로 철수 앞에서는 한때 잘 나가던 고위 장교도 하찮은 노리개에 지나지 않았다. 철수가 볼 때, 대현은 어린 아이처럼 단순해서 다루기가 쉬웠다.

일찍이 최 회장이 말했듯 장기 근속한 고위 경찰관, 고위 장교, 교육공무원은 거의 예외 없이 세상 물정에 어두웠다. 그런 직업에 종사한 퇴직자들의 경우 전부 그렇다고 말할 수는 없지만 대개 자기가 최고라고 인식하는 경향이 있었다. 다른 사람들을 지휘하고 가르쳤으니까 그것은 어쩌면 당연한 현상인지도 몰랐다. 그들은 은근히 고압적인 자세로 다른 사람들 위에 군림하려는 속성을 가지고 있었다.

하지만 세상은 그렇게 단순하지 않았다. 접대할 상대에게는 접대하고, 허리를 굽혀야 할 상대에게는 허리를 굽히는 것이 처세술의 기본이었다. 그런 점에서 기업의 영업 부서에 근무한 사람들은 처세의 달인이라고 말할 수 있었다. 그들은 영업을 위해, 즉 기업의 이윤을 극대화하기 위해 남들 위에 군림하기는커녕 몸을 낮추는 데까지 낮추는 사람들이었다.

아무튼 공무원과 기업체 종사자들은 기본적으로 정서가 다를 수밖에 없었다. 공무원이 통통 배짱을 튕기며 배정 받은 국민의 혈세를 집행하는 사람들이라면 기업체 종사자들은 피가 팍팍 튀는 시장으로 뛰어들어 돈을 벌어들이는 훨씬 더 영특한 사람들이었다. 고개를 숙이고, 그것도 모자라 굽실굽실 허리를 꺾으며 밑으로 기어 들어가 소기의 목적을 달성하는 사람들. 그중에서도 철수는 이렇다 할 자본도 없이 몸뚱이 하나만으로 온갖 위험을 무릅쓰고 고난도 사업을 이끌어온 인물이었다.

그는 언제나 고위 공무원을 표적으로 삼고 있었다. 철수에게는 그들을 다루는 기본적인 공식이 있었다. 물론 가장 초보적인 공식이야 최 회장으로부터 배운 것이었지만, 그 자신 상황에 따라 그때그때 적절한 순발력을 발휘해 상대방을 보기 좋게 제압하곤 했다.

난다 긴다 하는 기업체의 영업직 출신도 척척 다루는 철수가 순진하기 짝이 없는 공무원을 벗겨먹는 것은 일도 아니었다. 그중에서도 그는 직업군인 출신을 가장 선호했다. 대체로 경찰 출신이나 교육공무원보다도 직업군인들이 훨씬 순박하기 때문이었다. 대현이 말했다.

"사실 우리 군에는 나보다 훌륭한 인재들이 훨씬 많아."

대현은 분명 '우리 군'이라고 말했다. 그런 표현만 보더라도 그의 몸에는 아직도 현역 군인의 정서가 그대로 남아 있는, 아니 그야말로 어쩔 수 없이 천성적으로 타고난 직업군인인 셈이었다. 철수가 말했다.

"중대장님보다 나은 사람들이 더 많다구요?"

"그야 물론이지."

"겸손의 말씀입니다. 저는 그렇게 생각하지 않습니다. 제가 볼 때, 중대장님 같은 거인은 흔치 않다고 생각합니다. 지금쯤 별을 몇 개 달고 천군만마를 지휘하고 계셔야 하는 건데."

"거인은 무슨 거인. 나는 대령까지 올라간 것만으로도 가문의 영광으로 생각해."

대현은 일부러 의연하게 말했다. 별을 따지 못한 것은 천추의 한이지만, 이제 와서 그것을 곱씹어 봤자 속만 타들어 가기 때문이었다. 이미 물 건너간 일을 놓고 자꾸 되새겨 본들 정신건강에만 해로울 따름이었다.

그는 여인들에게 자신이 비록 별은 따지 못했을지라도 대령까지 올라갔던 고위 장교라는 사실을 은근히 과시하고 싶었다. 조금 전까지만 해도 진급하지 못한 것이 부끄러워 왜소해짐을 느꼈던 그는 대령 출신이라는 사실을 자랑스럽게 내세우는 것이었다.

대현은 그만큼 갈피를 잡지 못한 채 갈팡질팡하고 있었다. 철수의 정체에 대해서도 이랬다저랬다 판단이 흔들리고 있었지만, 자신의 최종 계급에 대해서도 만족과 불만 사이에서 오락가락하고 있었다. 철수가 말했다.

"하긴 그렇죠. 대령은 아무나 따나요? 중대장님 동기생들이 전부 대령까지 진급한 것은 아니잖습니까."

"물론이지. 오죽하면 소위 때 전역한 사람이 있어. 중위, 대위, 소령, 중령 때 옷 벗은 사람은 한둘이 아니고……."

"중대장님. 문제는 이제부터입니다. 중대장님은 반드시 그 어떤 장성보다도 더 큰일을 하시게 될 겁니다. 민간인 사회에는 더 큰 요직이 널려 있습니다. 반드시 공기업이 아니라 해도 두 눈 똑바로 뜨고 일반 기업체를 잘 들여다보면 좋은 자리가 얼마든지 있습니다."

그 말에 대현은 귀가 번쩍 띄는 느낌을 받았다. 이게 웬 말인가. 그동안 일자리를 알아보기 위해 열심히 뛰어다니다가 번번이 헛물만 켜고 돌아서야 했는데 좋은 자리가 얼마든지 있다니 이건 뭐 깜짝 놀라고도 남을 만한 소식이 아닐 수 없었다. 대현이 물었다.

"그게 정말인가?"

"물론입니다. 저 같은 사람을 보십시오. 별로 배운 것 없고, 육군 병장 출신입니다만 크게 아쉬울 것 없이 지내고 있습니다. 중대장님은 사관학교 출신에다 대령까지 역임하셨는데 뭐가 걱정입니까. 너무 비까번쩍하는 자리만 생각하시니까 그렇지, 세상에는 알려지지 않았을지라도 내용적으로 알찬 기업이 얼마나 많은지 아십니까. 어떻게 보면 널리 알려진 곳보다는 사실상 그런 곳이 더 낫습니다. 옛말에도 소문난 잔치에 먹을 것 없다고 했잖습니까. 비록 규모는 작지만 소문 없이 내실을 다져 가는 회사도 지천으로 널려 있습니다. 중대장님을 극진히 모시기 위해 손을 뻗치는 곳이 있을 겁니다. 자, 그런 의미에서 노래 한 곡 부르시죠. 어떻습니까."

"노래?"

"중대장님은 노래도 잘 부르셨던 것으로 기억합니다만……."

"내가 아는 노래라곤 흘러간 군가밖에 없어."

"그것도 좋군요. 저도 중대장님을 뵈니까 부쩍 군가 생각이 나는군요."

"그럼 이 병장, 아니 이 사장이 먼저 부르면 안 될까."

"그렇지 않습니다. 먼저 중대장님께서 부르십시오. 저도 노래를 좋아

합니다만 중대장님 노래를 꼭 듣고 싶습니다. 무슨 곡목을 입력할까요?"

철수는 상대방의 비위를 맞춰 주기 위해 일부러 어린 아이 보채듯 졸랐다. 그러자 대현은 허리띠 쪽으로 손을 가져갔다. 그것은 허리띠를 졸라매고 아랫배에 힘을 주어 노래를 부르겠다는 속셈이기도 했다. 대현이 말했다.

"노래 불러본 지가 언제인지 모르겠군."

그는 「전선야곡」을 선택한 뒤 여인에게 입력을 부탁했고, 여인은 부드러운 손가락으로 리모컨의 곡번(曲番)을 눌렀다. 이윽고 노래방 기기의 스피커에서 「전선야곡」의 전주곡이 흘러나왔다. 마이크를 잡고 일어선 대현이 목청을 돋우어 노래를 부르기 시작했다.

철수는 그가 노래를 부르는 동안 여인들과 함께 손뼉을 치며 한껏 흥을 부추겼다. 신선놀음에 도끼자루 썩는 줄 모른다는 말도 있지만, 대현은 자기도 모르는 사이 도도한 취흥에 함몰돼 가고 있었다.

그의 노래가 끝나자 철수는 손바닥이 부르트도록 박수를 치면서 입에 침이 마르도록 예찬을 아끼지 않았다. 물론 동석한 여인들도 박수를 치면서 열광했다. 철수가 대현에게 말했다.

"중대장님은 노래도 잘 부르시는군요. 역시 만능 탤런트라니까요. 직접 중대장님의 노래를 듣게 되다니 영광입니다."

"아, 뜻대로 잘 안 되는군. 하기야 이 근래에는 노래를 부를 기회가 거의 없었으니까."

이번에는 철수 차례가 되었다. 그는 누구나 다 아는 군가 「진짜 사나이」의 곡번을 예약했다. 잠시 후 동영상과 함께 전주곡이 흘렀다. 철수는 마이크를 잡고 일어나 직업가수 뺨치는 실력으로 늠름하게 열창하기 시작했다.

그가 노래를 부르는 동안 여인들은 손뼉을 치면서 아, 아, 탄성을 자아냈다. 사실 대현도 그의 노래 솜씨에 거의 넋을 빼고 있었다. 아니, 그의 씩씩하고 용감한 군가에 요정은 돌연 병영으로 변해버린 느낌이었다. 어느 사이엔가 대현의 눈앞에는 야전부대의 병영이 어른거리고 있었다. 노래를 마친 철수가 대현에게 말했다.

"중대장님. 한 곡 더 부르시죠."

"아, 아냐. 김 사장 노래를 들으니까 나는 명함도 못 빼겠어."

대현은 '아, 아냐' 하는 대목에서 팔을 휘휘 내저었다. 실지로 철수의 노래 실력에 질린 탓이었다. 더욱이 그는 철수의 성(姓)을 '이'가 아닌 '김'으로 바꿔 부르고 있었다. 그 대목에서 철수는 일이 잘 풀린다고 확신했다. 이번 프로젝트가 큰 힘 들이지 않고 무난히 성공할 것 같은 예감. 그것은 어쩌면 오랜 경험에서 우러나온 동물적 육감인지도 몰랐다. 밤이 깊어가고 있었다.

10

일은 기대 이상으로 술술 잘 풀리고 있었다. 사실 최 회장으로부터 김 대현에 대한 가장 기본적인 정보를 넘겨받았을 때만 해도 사실상 앞일을 내다보기 어려웠다.

더욱이 상대방은 고위 장교 출신이었다. 군대에 대해 잘 모르는 사람들은 대령을 하찮게 여길지 모르지만 그건 천만의 말씀이었다. 비록 별은 달지 못했을지라도 좁은 문을 뚫고 대령까지 올라갔다면 대단한 실력이 아닐 수 없었다.

그런 사람을 불러내 이런 자리를 만든다는 것은 참으로 힘든 일이었다. 하지만 시작이 반이었다. 철수는 그동안 갈고 닦은 기량을 발휘하여 대현을 이런 자리까지 끌어낼 수 있었다. 물론 여기까지 오는 동안 진호의 역할이 컸다. 철수와 진호는 환상의 콤비이기도 했지만, 그가 정확한 정보를 수집했기 때문에 대현을 이 자리까지 끌어낼 수 있었던 것이다.

철수의 눈에 비친 대현은 선량하기 짝이 없었다. 이 더러운 세태에 오염되지 않은 깨끗한 사람. 닳고 닳은 지저분한 인간들이 똥통에 구더기 끓듯 득실득실 바글바글 지천으로 널려 있는 이 세상에 대현처럼 순진한 사람이 존재한다는 사실만으로도 어떻게 보면 신기한 노릇이 아닐 수 없었다.

더욱이 대현은 군대를 진정으로 아끼고 사랑하는 참군인이었다. 군대에 모든 것을 걸고 청춘을 바친 사람. 노래를 불러도 군가를 부르는 사람. 그 흔한 대중가요 중에서도 유독 군대와 관련된 노래만을 선호하는 사람. 그것도 고리타분하기 짝이 없는 흘러간 노래만 아는 사람이었다.

철수가 볼 때 대현은 결코 음치가 아니었다. 애당초 그가 음치였다면 노래에 관심이 없을 수도 있었다. 하지만 그의 노래 실력은 단연 정상급이라고 말할 수 있었다. 그 자신은 철수의 노래를 듣고 명함조차 뺄 수 없다고 손을 휘휘 내저었지만 그것은 엄살이거나 겸양에 지나지 않았다. 과거 대현은 현역으로 복무하는 동안 회식 자리에서 노래를 불러야 할 때가 많았을 텐데 그런 구닥다리 노래밖에 모른다는 것은 놀고 마시는 일에 그만큼 무관심했다는 뜻이 아니고 무엇일까.

별을 따려고 몸부림쳤으면서도 끝내 그걸 달지 못한 채 제대한 사람. 그러면서도 군대에 대한 미련을 버리지 못하는 사람. 군대생활이 지긋지긋할 수도 있겠지만, 그러나 남달리 군대에 대해 강한 애착과 집념을 가진 사람. 철수가 볼 때, 대현은 아직도 군대밖에 모르는 사람이었다.

하지만 우리 사회는 군대가 아니었다. 군대가 사회의 일부일 수는 있어도 사회가 군대의 일부일 수는 없었다. 사회는 군대보다 훨씬 더 복잡하고 까다로웠다. 그런데도 대현의 내면에는 아직도 군대에서의 단순하고 명료한 사고체계와 행동양식이 남아 있었다.

철수는 다시 한 번 최 회장의 안목에 혀를 내둘렀다. 그런 대상을 골랐다는 자체가 사실은 성공을 의미했다. 처음부터 뺀들뺀들 약아빠진 대상을 골랐다면 이래저래 애를 먹지 않을 수 없었다. 하지만 최 회장은 쉬운 상대를 골랐고, 그 순박한 인물을 철수에게 넘겨준 것이었다.

노래방 기기의 모니터에서는 철수가 노래를 마친 이후 줄곧 현란한 동영상이 흐르고 있었다. 야한 율동으로 남자들을 유혹하는 것일까, 동영상 속에서 선정적인 율동을 보여 주는 반라(半裸)의 여인들. 철수는 그 장면을 힐끗힐끗 훔쳐보면서 대현의 언동을 낱낱이 살피고 있었다.

본래 대현은 꼿꼿함을 잃지 않았다. 사관학교 졸업 이후 현역 시절 원리원칙을 생명처럼 여기며 살아온 사람. 지난 세월 똘똘 뭉친 군인정신으로 그 숱한 병력을 지휘했던 사람. 하지만 이렇듯 으리으리한 분위기

속에서 술기운이 얼큰해지자 그도 서서히 허물어지기 시작했다. 남자라면 술과 여자를 싫어할 자가 어디 있겠는가. 남자에게는 술과 여자야말로 마약 이상의 그 어떤 효과가 있었다.

그랬다. 원리원칙만을 고수했던 천하의 고위 장교도 술과 여자 앞에서는 어쩔 수 없었다. 달리 말하자면 그는 그만큼 군기가 빠진 셈이었다. 지난 몇 달 동안 사회에 적응하지 못해 지칠 만큼 지쳤다고 볼 수도 있었다.

철수는 시간이 흐르면 흐를수록 그의 그런 내면을 정확히 읽어내기 위해 신경을 빳빳이 곤두세우고 있었다. 어떠한 경우에라도 최초의 기본 계획에서 벗어날 수가 없었다. 이번 프로젝트를 성공으로 이끌기 위해서는 반드시 중대장 대 부하 사병의 관계를 확실하게 다져 놓아야 했다. 철수는 자꾸 타임머신을 과거로 되돌리고 있었다. 철수는 입을 열 때마다 꼬박꼬박 '중대장님'이라는 호칭을 붙이면서 대현으로 하여금 중대장 시절로 되돌아가도록 계속 세뇌시키고 있었다. 철수가 대현에게 말했다.

"중대장님, 기분 내세요. 그리고 노래 한 곡 더 부르시라니까요."

"아, 아냐. 자신 없어. 김 사장이 그렇게 노래를 잘 하는 줄 알았으면 난 아예 마이크를 잡지도 않았을 거야."

김 사장이라……? 대현은 자기도 모르는 사이 조금 전에도 철수를 '김 사장'이라고 부르더니, 또다시 '김 사장'이라 부르고 있었다. 그는 분명 무너지고 있었다.

철수는 맨 처음 전화로 연락을 취할 때 '이철수'라고 분명히 이름을 밝혔었다. 호텔에서 직접 만나 신고를 할 때에도 이름을 재차 알려 주었다. 그것만이 아니었다. 명함에도 이철수라는 이름이 정확하게 인쇄돼 있었다.

그 존귀한 남의 성을 갈다니. 톡 까놓고 말하자면 철수는 접대를 하는 쪽이었고, 대현은 융숭한 향응을 받는 입장이었다. 남의 대접을 받는 사람이 접대하는 쪽의 성을 바꾼다는 것은 큰 결례가 아닐 수 없었다.

하지만 철수는 대현이 실수를 하면 할수록 내심 쾌재를 부르고 있었다. 상대방이 남의 성까지 정확히 읽지 못하고 있다는 것은 그가 그만큼 정신상태가 해이해졌다는 반증이기 때문이었다. 말하자면 나사가 풀린 셈이었다. 사실 대현은 긴장에서 깰깰 풀려나 자기도 모르게 편안함을 느끼고 있었다.

긴장으로부터의 일탈(逸脫). 육사 생도 시절 이후 대현은 한시도 긴장의 끈을 놓은 적이 없었다. 그는 언제나 긴장 속에서 살아왔다. 일선 지휘관 시절이든 참모 시절이든 예외가 없었다. 그는 언제 어떤 보직을 받더라도 늘 긴장하면서 살아왔다. 긴장, 또 긴장. 군대라는 조직의 특성상 긴장하지 않으면 살아남을 수가 없었다.

"중대장님, 군복을 벗고 사회에 나와 보니까 어떠신가요?"

"글쎄. 아직은 뭐가 뭔지 잘 모르겠어."

"군대에 계실 때, 중대장님은 정말 멋졌습니다. 언젠가 한번은 858고지에서 야간 근무를 하고 있는데 중대장님께서 순찰을 나오셨죠. 눈이 어떻게 내렸던지 저희는 사실상 고립되어 있었습니다. 그런데도 중대장님께서는 캄캄한 밤에 그 눈길을 뚫고 858고지까지 순찰을 나오셨습니다. 저희들은 중대장님을 뵙고 하마터면 눈물을 흘릴 뻔했습니다. 얼마나 반갑던지 마치 고향에서 면회 오신 부모님을 만난 기분이었습니다. 그렇지만 저희들은 중대장님 앞에서 바짝 긴장할 수밖에 없었습니다. 그때 중대장님은 저희들의 어깨를 어루만지며 따뜻이 격려해 주셨습니다. 남달리 책임감이 강했던 중대장님, 그리고 가슴이 따뜻했던 중대장님, 부하들을 살붙이처럼 아껴 주셨던 중대장님, 저는 우리나라에 중대장님 같은 지휘관만 있으면 사병들이 아무 걱정 없이 군대생활을 할 수 있다고 확신했습니다. 지금도 겨울이 되어 눈만 내리면 저는 858고지에서 근무하던 군대 시절을 회상합니다. 그리고 눈이 내릴 때마다 중대장님을 그리워했습니다. 그야말로 눈이 허리높이까지 쌓이던 그 858고지에서 보초 서던 군대 시절이 엊그제 일만 같습니다."

"그래. 858고지에는 눈도 참 많이 내렸어."

그 대목에 이르러서는 대현도 강원도 전방에서의 중대장 시절을 회상하지 않을 수 없었다. 아닌 게 아니라 858고지 일대에는 눈이 엄청나게 쌓였었지. 이렇다 할 중장비가 없었던 그때 그 시절 겨울이면 장병들이 눈을 치우느라 이만저만 고생한 것이 아니었다. 철수가 말했다.

"중대장님, 그 시절을 회상하면서 노래 한 곡 더 부르십시오. 중대장님께서 아까 「전선야곡」을 부르실 때 저는 가슴이 뭉클함을 느꼈습니다. 중대장님, 저는 군가 한 곡 더 듣고 싶습니다."

"하, 참……."

대현은 난처한 표정을 짓고 있었다. 노래를 더 못하겠다고 팔을 휘휘 내저으며 손사래를 친 터라 그걸 스스로 번의하기가 겸연쩍은 모양이었다. 그것은 어쩌면 장교로서 사병들 위에 군림하며 살아온 그의 자존심인지도 몰랐다. 하지만 호락호락 물러설 철수가 아니었다. 그는 한 번 마음을 먹었다 하면 어떻게 해서라도 소기의 목적을 달성하고야 마는, 남들이 모방할 수 없는 찰거머리 같은 끈기를 가지고 있었다. 대현이 지금까지 명예와 자존심을 먹고 살아왔다면, 철수는 물러서지 않는 끈기와 집념으로 이 험난한 세계의 한복판을 가로질러 줄기차게 달려왔다. 철수가 말했다.

"중대장님, 오랜만에 만난 이 부하를 위해 부디 노래 한 곡 더 불러 주십시오. 부하들을 그렇게 사랑하셨던 중대장님이라면 제 소박한 간청을 뿌리치지 않으실 줄 압니다."

"하하하…… . 그렇게 말하니까 갑자기 마음이 약해지는군. 혹시 날더러 음치라고 흉보는 것 아니겠지?"

"흉보다니요. 감히 제가 어떻게 중대장님을 흉보겠습니까."

"그럼 어쩔 수 없이 한 곡 더 불러야겠군."

대현은 큰 맘 먹고 노래 목록 책자에 나와 있는 「용사의 다짐」을 찍었다. 그러자 곁에 앉은 아가씨가 기다렸다는 듯 곡번을 입력했고, 잠시 후 신바람 나는 전주곡이 흘러나왔다. 대현은 마이크를 잡고 일어나 커음커음 목청을 가다듬은 뒤 멜로디에 맞춰 노래를 부르기 시작했다.

요정의 여인들은 조금 전에 그랬던 것처럼 박수를 치며 환호성을 올렸다. 철수는 그가 노래를 부르는 동안 회심의 미소를 감추었고, 그 대신 열심히 박수를 치면서 즐거워했다. 철수가 말했다.

"중대장님, 고맙습니다. 중대장님 노래를 듣는 동안 콧날이 시큰했습니다. 역시 중대장님은 멋이 넘칩니다. 기동훈련 나갔을 때에도 중대장님은 최고의 스타였습니다. 중대장님께서 입으신 전투복은 갑옷으로 보였고, 머리에 쓴 철모는 옛날 장군들이 쓰던 투구로 보였습니다. 다른 사람들한테는 전투복과 철모가 잘 어울리지도 않았습니다. 마치 몸에 맞지 않는 옷처럼 말입니다. 그런데 중대장님에게는 전투복과 철모가 아주 잘 어울렸습니다. 중대장님은 아주 늠름한 지휘관이었습니다. 저는 그때 중대장님께서 승승장구하시리라 확신했습니다."

"그래?"

"실전을 방불케 하는 기동훈련. 그때, 중대장님 눈빛은 반짝반짝 빛났었죠. 소대장들과 저희들은 중대장님 눈빛만 보고서도 일사불란하게 움직였습니다. 중대장님의 명령이 떨어질 때마다 산천초목까지도 긴장하는 듯했습니다."

116

"긴장이라……?"

대현은 뭔가 느껴지는 것이 있는 듯 습관적으로 담배를 꺼내 물었다. 그러자 곁에 앉은 여인이 라이터를 켜서 들이댔다. 담배에 불이 붙었고, 대현은 필터를 질겅질겅 씹으면서 후우후우 담배연기를 내뿜었다. 돌이켜 보면 군대생활이야말로 긴장의 연속이었다.

언제 어디에서 돌발 상황이 발생할지 모르는, 군대라는 그 특수한 조직 안에서 대현은 늘 긴장을 늦출 수가 없었다. 특히 야전에 지휘관이나 참모로 나가 있을 때에는 그 긴장이 더욱 고조되었다. 설령 영외에 나와 회식을 하더라도 신경은 항상 부대에 가 있었다. 하지만 지난 몇 달 동안 그는 긴장할 일이 없었다. 아니, 긴장할 일이 없어 더욱 힘들었다. 그뿐 아니라 긴장할 일이 없음으로 해서 인생 자체가 무기력해지는 것이었다.

대현은 전역 이후 민간인 사회가 결코 녹록치 않다는 것을 피부로 절감했다. 앞으로 발붙일 곳은 어디인가. 가고 싶은 데는 많은데 오라는 곳은 없으니 속이 터질 노릇이었다. 답답하고 막막했다.

아내 민정은 날이면 날마다 집에 틀어박혀 담배만 피워대는 대현을 향해 시도 때도 없이 바가지를 북북 긁어댔다. 진급을 못해 옷을 벗은 것도 서럽고 서글픈데 여편네마저 바가지를 긁어대니 그야말로 천불이 나서 견딜 수가 없었다.

과거 현역 시절에는 싸울 일이 별로 없었다. 설령 싸우고 싶어도 싸울 시간이 없었다. 얼굴을 마주 보고 있는 시간보다 떨어져 지내는 시간이 더 많기 때문이었다. 그런데 전역한 이후에는 눈만 떴다 하면 서로 쳐다보지 않을 수 없었다. 피차 쳐다보지 않으려 해도 아파트에 틀어박혀 죽치고 있다 보면 저절로 마주치게 돼 있었다.

대현은 이제 사회에서도, 가정에서도 알아주지 않는 천덕꾸러기가 돼

가고 있었다. 어쩌다 이 모양 이 꼴이 되었을까. 대현은 이런저런 울분을 달래느라 담배 필터를 질겅질겅 씹어대곤 하였다. 아파트를 벗어나 봤자 마땅히 갈 곳도 없으려니와 여기저기 빌빌거리고 돌아다니다 보면 쓸데없이 용돈만 축났다. 그는 아내가 바가지를 긁거나 말거나 집에 틀어박혀 한숨으로 세월을 보내고 있었다.

그런데 보이지 않는 곳에서 그를 유심히 관찰하는 사람이 있었다. 최 회장이었다. 최 회장은 마치 동물 관찰을 하듯 대현의 일상을 낱낱이 체크했다. 아니나 다를까, 최 회장의 눈에 들어온 대현은 지금까지의 다른 예비역 장교들과 비슷한 단계를 밟고 있었다.

처음에는 새장에서 풀려난 새라고나 할까, 고삐 풀린 망아지라고나 할까 아무튼 골프다 뭐다 신바람 나게 자유를 즐겼다. 그러면서 다른 한편으로는 발붙일 곳을 알아보기 위해 여기저기 뻘뻘거리고 돌아다니다가 사회가 만만치 않다는 것을 깨닫고는 스스로 지쳐서 허물어지기 시작했다.

그때쯤 해서는 부부싸움도 잦아지고 있었다. 최 회장은 바로 그 타이밍을 노렸고, 어느 정도 분위기가 무르익었다고 판단되자 철수에게 인물 정보를 제공해 주었다. 철수가 그런 기막힌 정보를 놓칠 리 만무했다. 최소한 이 업계에서는 정보가 곧 생명이었다. 정보로 시작해서 정보로 마무리하는 사업. 최소한의 투자로 무한대의 이익을 창출하는 신종 벤처 사업. 그런 만큼 정보야말로 사업의 성패를 결정짓는 가장 중요한 요소가 아닐 수 없었다.

아무튼 대현이 이러지도 저러지도 못하는, 더 나아가려야 더 나아갈 수 없는 막다른 골목에 다다랐을 때 혜성처럼 불쑥 나타난 인물이 있었다. 바로 옛 부하를 자처하는 철수였다. 그는 미상불 점괘에 나타났다는 젊은 귀인임에 틀림없었다. 중대장 시절의 옛 부하 사병 철수가 전화를 걸어왔을 때 대현은 뭔가 일이 잘 풀릴 것 같은 기분 좋은 예감을 가졌다.

사실 옛 부하가 전화를 걸어왔다는 것은 그 자체만으로도 기적 같은 이야기가 아닐 수 없었다. 사람이 살다보면 별 일이 다 있다고 하지만, 대현의 입장에서는 꿈에도 생각 못한 일이 현실로 다가오고 있었다.

11

호텔에서 처음 만났을 때만 해도 대현은 철수에 대해서 긴가민가하였다. 충성! 육군 병장 이철수 중대장님께 인사드립니다. 상대방이 난데없이 거수경례를 올려붙였을 때 대현은 순간적으로 어리둥절하지 않을 수 없었다. 전역한 이후 이런 경우를 처음 겪어 보는지라 여간 어색한 것이 아니었다.

커피숍으로 자리를 옮겼을 때에도 대현은 난감하기 짝이 없었다. 우리 3중대에 정말 이런 사병이 있었던가. 전혀 땅띔조차 할 수 없는 얼굴. 아무리 천재 지휘관이라 한들 어찌 사병들의 얼굴을 다 기억할 것인가. 철수의 얼굴은 어디에선가 본 것 같기도 하고, 안 본 것 같기도 하고 참으로 아리송하기만 했다.

하지만 상대방인 철수는 대현을 첫눈에 알아보았다. 그렇다면 철수의 눈매가 그렇게 매섭다는 뜻일까. 일찍이 철수는 최 회장으로부터 대현에 대한 인물정보를 넘겨받았고, 진호와 함께 그에 대한 정보를 입수하는 데까지 입수해 정밀하게 분석하고 융합했다.

그 반면, 대현 쪽에서는 철수에 대한 정보가 있을 리 만무했다. 그저 이름 정도, 전화를 통해 들어본 목소리 정도만 알고 있을 따름이었다. 그러니까 철수는 벌써 상대방에 대한 정확한 정보를 통해 대현을 한 발 먼저 기선을 제압하고 있었던 것이다.

대화를 나누는 동안, 대현은 철수에 대해 괜찮은 사람이라는 좋은 인상을 키워가고 있었다. 철수의 예의가 워낙 반듯했기 때문이었다. 중대장 시절의 부하 가운데 이런 인물이 있었다니, 참으로 신선한 충격이 아닐 수 없었다. 옛 부하 중에서 이렇게 성공한 사람이 있다는 사실만으로도 그는 가슴 뿌듯함을 느끼고 있었다.

사실 지난 세월 대현은 무수한 사람들과 만나고 헤어졌다. 군대라는 특성상 만나고 헤어지는 것은 아주 자연스런 일이었다. 신병이 들어오고, 제대병이 나가고……. 장교도 예외가 아니었다. 인사발령이 날 때마다 새로운 사람과 만나고, 같은 부대에서 한솥밥을 먹었던 사람들과 헤어지고……. 그런가 하면 사관학교 동기생이라 해도 임관 이후 각 임지로 뿔뿔이 흩어진 이후 다시 만나기가 힘들었다.

옛 사병은 더 말할 나위가 없었다. 졸병들이야말로 제대하고 나면 그만이었다. 다시 만나는 것은 둘째 치고 연락조차 끊어질 수밖에 없었다. 특히 전역한 사병들의 경우 옛 상관을 만나면 마주치지 않기 위해 슬금슬금 피하는 경우가 거의 태반이었다. 그런 예비역들에 비한다면, 일부러 지난날의 지휘관을 찾아 연락을 취한 철수야말로 분명 의리의 사나이라고 말할 수 있었다. 철수가 대현에게 말했다.

"중대장님, 이제 긴장을 풀고 편안하게 지내세요. 제가 힘닿는 데까지 도와드릴게요."

그 말에 대현은 귀가 번쩍 띄어 옴을 느꼈다. 힘닿는 데까지 돕겠다니 듣던 중 반가운 말이었다. 지금까지 오라는 데도 없고 갈 데가 마땅찮아 고전을 면치 못하고 있었는데, 자진해서 도와주겠다니 그보다 더 반가운 말이 어디 있겠는가. 대현이 말했다.

"내가 도와줘야 하는데 거꾸로 된 셈이군."

"아, 아닙니다. 그렇지 않습니다."

"이거 봐. 난 이래봬두 대한민국 예비역 대령이야. 또, 왕년에는 이 병장의 중대장이었잖아. 중대장이 부하를 도와야지, 부하의 도움을 받는 중대장이 된대서야 말이 되나? 난 이 병장을 돕고 싶어."

대현은 장교의 체통과 품위를 내세우고 있었다. 하지만 철수가 볼 때에는 그런 언사야말로 부질없는 허세나 객기에 지나지 않았다. 철수는 지금까지 특수한 벤처 사업을 경영해 오면서 그런 경우를 한두 번 체험한 것이 아니었다. 허세와 체면치레는 마치 급소와 같았다. 언젠가는 그 급소를 찌르고야 말리라. 철수는 그런 각오를 다지며 대현쯤이야 얼마든지 제압할 수 있다고 확신했다.

특히 대현은 조금 전까지만 해도 잇따라 '김 사장'이라고 부르더니, 이제 '이 병장'으로 호칭을 바꾸었다. 그의 입에서 '중대장'이니 '이 병장'이니 하는 말이 튀어나왔다는 것은 정말 즐거운 현상이 아닐 수 없었다. 대현이 '중대장'이고 철수가 '이 병장'으로 확실하게 자리매김 되는 순간이기 때문이었다.

철수의 성을 '김'으로 바꿔 '김 사장'이라 불렀던 대현. 그런데 이번에는 다시 '이'로 바꿔 부르면서 '병장'이라는 계급까지 적시했다. 이번 프로젝트는 절반 이상 성공했다 해도 과언이 아니었다. 대현과의 관계 설정은 철수가 짜놓은 각본대로 척척 맞아떨어져 돌아가고 있었던 것이다.

그랬다. 대현이 철수를 '김 사장'에서 '이 병장'으로 바꿔 부른 것은 큰 실책이 아닐 수 없었다. 그가 이렇듯 오락가락함으로써 철수는 본래의 성을 되찾긴 했지만, 철수가 노리는 것은 그것 이상이었다. 그런데도 대현은 뭐가 뭔지도 모르면서 철수의 연출대로 척척 움직여 주고 있었다. 일이 이처럼 쉽게 풀려 나가리라고는 철수 자신도 예측 못한 일이었다.

본래 철수는 장기전까지 구상해 놓고 있었다. 다소 시일이 걸리더라도 대현이 사정권 안으로 들어올 때까지 끈덕지게 공을 들이리라. 그런데 웬걸 대현은 당초 예정보다 빠르게 사정권 안으로 성큼성큼 들어서고 있었다. 철수는 이번 프로젝트가 의외로 싱겁게 단기전으로 끝나 당초 목표를 훨씬 뛰어넘어 초과달성을 일궈낼 수도 있다고 점쳤다. 철수는 대현이 방심할 때 완벽하게 정조준하여 방아쇠를 당기리라 벼르고 있었다.

철수의 마수에 말려든 대현. 그는 자기도 모르게 자꾸만 자충수를 두면서 그 마수에 점점 더 깊이 빨려들고 있었다. 이제 칼자루는 철수가 쥐게 되었다. 철수는 마음 내키는 대로 적절히 밀고 당기는 가운데 일방적인 게임을 즐기고 있었다. 철수가 말했다.

"중대장님, 왜 그런 말씀을 하십니까. 저는 중대장님께 은혜를 갚고자 합니다. 모름지기 사나이 대장부라면 은혜를 갚을 줄 알아야 하지 않습니까. 제가 알기로 중대장님은 청렴강직하시기 때문에 재산도 별로 없을 겁니다. 기껏해야 연금 정도는 받으시겠지요. 중대장님에 비한다면 저는 훨씬 나은 편입니다. 기분 나쁘게 생각하지 마십시오. 인격적으로야 제가 어찌 중대장님을 따르겠습니까. 저는 중대장님 발바닥을 핥을 자격조차 없습니다. 하지만 명색 한 회사의 대표입니다. 제가 중대장님을 끝까지 잘 받들어 모셔야지요."

철수는 대현의 아픈 곳을 슬쩍슬쩍 건드리면서 다른 한편으로는 부푼 기대를 안겨 주기 위해 달착지근한 미끼를 던지고 있었다. 그러면 그럴수록 대현은 감동을 금치 못하고 있었다. 그가 말했다.

"아, 아니야. 이 병장이 전화를 걸어준 것만 해도 얼마나 고마운지 몰라. 내가 요즘 얼마나 힘들게 지냈는지 알아? 내 밑에서 일했던 놈들, 사관학교 후배라는 놈들, 내가 현역으로 있을 때는 굽실굽실하던 놈들, 그놈들은 내가 전역한 뒤 전화조차 끊어버렸어. 의리 없는 놈들 같으니라구."

"너무 서운하게 생각하지 마십시오. 정승 집 개가 죽으면 조문을 가도, 정승이 죽으면 발길을 끊는다는 말도 있잖습니까. 냉정히 말씀드리자면 세상인심 자체가 그렇습니다. 중대장님, 그런 우울한 말씀 그만하시고 노래 한 곡 더 부르세요. 기분전환에는 뭐니 뭐니 해도 노래가 그만이거든요."

"하긴 그래. 의리도 없는 더러운 놈들에 대해서는 말할 필요가 없지. 자, 그럼 무슨 노래를 부를까. 아, 참……. 내 노래는 다음에 부르기로 하고, 이 아가씨들한테 마이크를 넘기면 어떨까."

대현은 곁에 앉아 시중드는 여인들을 턱짓으로 가리켰다. 그는 역시 신사였다. 비록 술기운이 얼큰해지고 있을지라도, 그는 곁에 앉아 시중을 드는 여성들에게도 기회를 주려는 것이었다. 다른 사람들을 배려할 줄 아는 따뜻한 마음. 철수는 역시 대현의 매너가 괜찮다고 판단했다.

철수는 두 여인을 번갈아 쳐다보았다. 곁에 앉아 있는 여인들은 여전히 생글생글 웃고 있었다. 늘씬하게 빠진 대현의 파트너는 유난히도 살결이 희었고, 생글생글 웃는 그 얼굴의 두 뺨에 살짝살짝 보조개가 파이곤 했다. 그런가 하면 철수의 파트너는 오동통한 외모에 살결이 가무잡잡한 데다 두 눈에는 쌍꺼풀이 져 있었다.

대현의 파트너인 보조개는 철수의 파트너인 쌍꺼풀보다 나이가 많았다. 그뿐 아니라 그녀의 이 업계의 선배였다. 철수는 미리 짜인 각본에 따라 파트너를 그렇게 정했고, 그들 두 여인은 극상의 서비스를 아끼지 않았다. 철수는 대현을 왕창 녹여 주기 위해, 다시 말하자면 초장부터 확실하게 코를 꿰기 위해 첫 접대장소로 이곳을 선택했던 것이다.

드라마나 영화에 나오는 그 어떤 일류 여배우들을 뺨치고도 남을 만한 미인들. 더군다나 이곳 유명업소에 근무하는 여인들은 고위층의 비서나 스튜어디스를 훨씬 능가하는 세련된 매너를 갖추고 있었다. 아니, 이곳 여성들은 외교관 이상의 사교술을 가지고 있었다. 뛰어난 감각, 촌철

살인 하는 화술 등등 지위고하를 막론하고 이 여인들 앞에서는 어느 누구라도 뿅 가게 돼 있었다.

여성들은 노래도 못하는 것이 없었다. 이 업소의 여인들은 손님에 따라, 분위기에 따라 무슨 노래라도 자유롭게 불렀다. 시대를 잘못 타고 난 여인들. 사람을 제대로 만나지 못한 여인들. 만약 좋은 시대에 태어나 사람을 제대로 만났다면 귀부인이나 스타로 떠오르고도 남았을 여인들. 하지만 그들은 얄궂은 운명을 타고났던 것일까, 사회적으로 큰 대우를 받지 못하는 이런 업소에 나와 온갖 잡놈들에게 미모와 매너와 노래를 비롯한 최상의 서비스를 팔고 있었다. 철수가 여인들에게 말했다.

"그럼 아가씨들이 노래 한 곡씩 불러 볼까."

"정말 저희들에게도 기회를 주실 거예요?"

먼저 대현의 파트너인 보조개가 말했다. 그녀의 말이 떨어지기가 바쁘게 대현이 맞장구를 치고 나섰다.

"좋아. 좋아. 아가씨들이 한 곡씩 불러 보라구."

"그럼 제가 먼저 불러 볼게요."

보조개가 리모컨으로 곡번을 입력했다. 그녀는 아까부터 대현과 철수의 특별한 관계를 파악하고 분위기를 띄우기 위해 「아내의 노래」를 선곡했다. 그러자 노래방 기기에서는 꿍작꿍작 전주곡이 흘러나왔다. 보조개는 나비처럼 사뿐히 일어나 마이크를 잡고 리듬에 맞춰 부드럽게 몸을 흔들었다. 이윽고 보조개가 노래를 부르기 시작했다.

그녀는 그 어떤 직업가수를 찜 쪄 먹고도 남을 만한 놀라운 가창력을 보여 주었다. 이런 인재가 숨어 있었다니. 대현은 그녀의 노래에 홀딱 반해서 어쩔 줄 몰랐다. 기껏해야 회식 때 부대 근처의 여인들만 상대해 왔던 그로서는 이런 분위기를 처음 접해 보는 것이었으므로 이만저만 황

흘한 것이 아니었다.

짝, 짝, 짝……. 대현은 보조개에게 아낌없는 박수를 보냈다. 철수도 박수를 보냈다. 그러면서도 그는 대현의 일거수일투족을 철저히 분석하고 있었다. 대현이 쌍꺼풀에게 말했다.

"그럼 이번에는 아가씨가 불러 봐."

"네. 하지만 저는 노래를 잘 못해요."

쌍꺼풀은 머뭇머뭇 망설이는 듯하다가 「월남에서 돌아온 김 상사」를 선곡했다. 그녀 역시 손님들인 철수와 대현의 흥취를 돋우기 위해 일부러 군인과 관련된 노래를 골랐다. 노래방 기기에서 전주곡이 흐르자 그녀도 활기찬 율동을 보여 주었고, 반주에 맞춰 경쾌하게 노래를 불렀다.

그녀의 노래는 열창이었다. 처음에는 노래를 잘 부르지 못한다고 겸손해하더니 막상 마이크를 잡은 뒤에는 전혀 딴사람이 되어 있었다. 그 폭발적인 성량이며 생동감 넘치는 율동이라든가 아무튼 그녀의 노래는 뼛속으로 파고드는 듯했다.

대현은 그녀가 노래를 부르는 동안 야전에 나와 있는 듯한 착각을 불러일으켰다. 노래 속에 군대 분위기가 물씬 녹아 있었기 때문이었다. 어느 사이엔가 그의 눈앞에는 야전부대가 펼쳐지고 있었다. 대현이 흡족한 미소를 머금은 채 철수에게 말했다.

"정말 기분 좋군."

"중대장님께서 기분 좋으시다니 저도 좋습니다."

"나는 다시 야전으로 돌아간 기분이야."

"이건 아주 조심스러운 말씀입니다만, 군대생활이 지긋지긋하지는 않습니까."

"천만에……. 아직도 나는 군인이고 싶어. 군인으로 살다가 군인으로 죽어야 하는 건데 그만……."

그는 알 듯 모를 듯한 쓸쓸한 미소를 머금고 있었다. 그것은 여전히 군대에의 미련이 남아 있다는 증거였다. 재빨리 그의 속내를 포착한 철수는 더욱 자신감을 굳혀가고 있었다. 철수가 말했다.

"중대장님은 역시 타고난 군인이시라니까요. 아마 대한민국 군인들이 중대장님처럼 투철한 군인정신으로 무장돼 있다면 세계 어느 나라도 두렵지 않을 겁니다. 중대장님, 그런 의미에서 폭탄주 한 잔 드시면 어떻겠습니까."

"폭탄주? 그거 좋지."

"맞습니다. 중대장님처럼 통 큰 지휘관에게는 역시 폭탄주가 잘 어울릴 것 같습니다."

철수는 곁의 여인들에게 폭탄주 배합을 부탁했다. 그러자 여인들은 아주 능숙한 솜씨로 맥주와 양주를 적절히 배합하여 폭탄주를 만들었다. 철수가 말했다.

"완 샷 어떻습니까."

"거 좋지."

철수와 대현은 잔을 살짝 부딪친 뒤 폭탄주를 단숨에 들이켰다. 그들은 이제 아주 친숙한 사이가 되어가고 있었다. 역시 술은 사람과 사람 사이의 간격을 좁혀 주는, 무어라 설명하기 어려운 마력이 있었다. 바로 그 폭탄주 속에는 철수의 치밀한 음모가 숨어 있었다. 철수가 대현에게 말했다.

"중대장님은 역시 호걸풍이십니다."

"호걸?"

"그렇습니다. 태평양보다도 훨씬 더 크고 웅장한 도량을 가지셨습니다.

중대장님께서 별을 달았다면 아마 천하명장이 되셨을 겁니다. 그런 분이 전역을 하시다니……. 너무 아깝습니다."

철수는 철저히 계산된, 그러나 아주 화려한 언사를 펼쳐 보였다. 그것은 그의 가려운 데를 살살 긁어 주면서, 다른 한편으로는 아픈 데를 콕콕 찌르기 위한 계책이었다. 하지만 대현은 오직 취흥에 겨워 철수의 계책에 여지없이 말려들고 있었다. 대현이 말했다.

"술이 좋기는 좋구먼. 예쁜 아가씨들하고 술을 마시니까 기분이 더 좋네."

"그렇군요. 저는 중대장님 군가를 들으면서 가슴이 뭉클해짐을 느꼈습니다."

"그래?"

"군가는 아무리 들어도 좋습니다. 저는 중대장님께서 노래를 부르시는 동안 야전으로 돌아간 듯한 기분을 느꼈습니다."

"아, 그래? 군대 좋지. 정말 군대는 좋은 곳이야."

"그렇습니다. 제가 군대에 가지 않았다면 어떻게 중대장님 같은 은인을 만났겠습니까. 저는 군대에 가서 팔자를 고쳤습니다. 만약 군대에 가지 않았다면 저는 어영부영 살다가 죽었을 겁니다. 하지만 제가 극심한 갈등에 휘말리던 그때, 중대장님께서는 큰 희망을 주셨습니다. 사실 어느 사병이든 제대 말년에는 고민을 하게 돼 있습니다. 사회에 나가 과연 무엇을 할 수 있을 것인가. 그 생각을 하면 잠도 오지 않았습니다."

철수는 입에 침도 바르지 않은 채 거침없이 말했다. 예사로 들으면 별것 아닌 듯하지만, 그는 고도로 계산된, 희곡에 쓰인 연극 대사 같은, 다시 말해서 시나리오에 나와 있는 대사 같은 말을 쏟아놓고 있었다. 그것은 대현의 가장 아픈 곳을 건드리기 위한 고도의 작전이었다. 대현이 말했다.

"그건 사병만 그런 것이 아니야. 장교도 마찬가지야. 아니, 계급이 높아지면 높아질수록 그 고민이 더 크다고 말할 수 있겠지. 그래도 계급장을 달고 있을 때에는 제법 떵떵거릴 수가 있었지. 하지만 막상 계급장 떼고 사회에 나오는 순간 발 들이밀 곳이 없는 거야."

"그게 정말입니까."

철수는 일부러 내숭을 떨었다. 그는 상대방이 지금 어떤 처지에 있는가를 너무 잘 알고 있었지만, 속내를 숨긴 채 슬슬 상대방을 자극하고 있었다. 막말로 상대방을 가지고 노는 것이었다. 대현이 말했다.

"옛 전우니까 하는 말이지만, 사회가 이렇게 힘든 줄은 몰랐어. 군대에 몸담고 있을 때에는 군대생활이 힘들다고 생각했는데, 막상 옷을 벗고 보니 그게 아니야. 사회에서는 선뜻 붙여 주는 데가 없어. 이 사장이 알다시피 군대에서 대령이라면 괜찮은 끗발이잖아. 그런데 사회에서는 그게 아니야. 예비역 대령 알기를 너무 하찮게 여기더란 말이지."

철수는 다시금 회심의 미소를 머금었다. 수시로 남의 성을 갈았던 대현. 그는 철수를 부를 때 두 번씩이나 '김 사장'이라고 호칭했는데, 이번에는 또다시 성을 바꿔 '이 사장'이라고 지칭했다. 그런 대현을 보면서 철수는 줄곧 쾌재를 부르고 있었다. 일이 예상보다 훨씬 수월하게 풀리고 있기 때문이었다. 철수가 말했다.

"중대장님. 사회가 중대장님을 그렇게도 냉대하던가요?"

"말도 마."

대현은 고개를 절레절레 흔들었다. 그는 분명 취해 있었다. 옛 부하 앞에서 거침없이 속내를 드러내는 것만 보더라도 그는 평소 주량을 넘어 과음한 것이 분명했다. 그가 흠뻑 취하면 취할수록 철수는 더욱 긴장의 고삐를 팽팽히 잡아챘다. 이처럼 좋은 기회를 놓칠 수가 없기 때문이었다.

12

철수는 내심 최 회장의 혜안에 다시 한 번 탄복을 아끼지 않았다. 최 회장이 아니었으면 어떻게 이처럼 물 좋은 상대를 만날 수 있었을까. 이미 최 회장에게 착수금을 건넸지만 조금도 아깝지 않았다. 이 세상에 밑천 없는 장사가 어디 있는가. 철수로서는 이제 그 밑천보다 몇 배를 벌어들이는 일만 남아 있었다.

본래 위험한 장사가 많이 남는다고 했다. 얼음 장사나 화약 장사, 그리고 마약 장사가 많이 남는 것은 아주 당연한 일이었다. 한 번 실패하면 그만큼 손해가 크기 때문이었다.

철수 역시 사실은 가장 위험한 업종에 종사하고 있었다. 사람을 낚아 이익을 챙기는 일이 어디 쉬운가. 만에 하나 일이 잘못 풀려 꼬이는 날에는 인생 자체가 송두리째 망가질 수밖에 없었다. 사실 이 바닥에서 잘 나가다가 신세를 조진 사람은 한둘이 아니었다. 하지만 철수는 이제껏 일을 그르친 적이 없었고, 최 회장으로부터 인물 정보만 넘겨받았다 하면 대부분 기대 이상의 성공을 엮어 냈다.

철수에게는 그만한 저력이 있었다. 최 회장도 철수의 그런 저력을 높이 평가했다. 실지로 철수는 그동안 최 회장이 골라준 상대를 끌어들여 꽤 짭짤한 재미를 보았다. 오늘날 골드비전이 이만큼 성장한 그 뒤안길에는 바로 최 회장의 물샐틈없는 정보와 철수의 기막힌 작전이 맞물려 있었다. 철수가 대현에게 말했다.

"저는 사병으로 복무하는 동안 소대장님 앞에서도 발발 기었습니다. 그런 제게는 중대장님이야말로 하늘처럼 높으신 분이었죠. 모자와 어깨에 번쩍거리던 다이아몬드 세 개. 얼마나 훌륭하신 분이면 하느님이 대한민국 장교로 선택했을까. 더욱이 중대장님께서는 육사 출신이시잖아요. 다른 장교들과는 뭐가 달라도 분명 달랐습니다. 말씀 한마디, 걸음걸이부터 달랐습니다. 더욱이 저희들에게 정신교육을 하실 때 들려주신 말씀들은 어느 것 하나 버릴 것이 없었습니다. 저는 그때 중대장님 말씀에 귀를 기울였고, 그 가르침에 힘입어 오늘날 이렇게 새 사람으로 거듭나게 되었지 뭡니까. 만약 중대장님처럼 훌륭한 지휘관을 만나지 않았으면 저는 사업이고 뭐고 생각조차 못했을 겁니다. 그런 점에서 저는 군대 그 자체를 늘 감사하게 생각하고 있습니다. 그뿐이 아닙니다. 저 자신 육군 병장 출신이라는 것을 영광스럽게 생각하고 있습니다. 만약 제가 현역으로 군대에 가지 않고 방위병이나 실역 미필 보충역으로 떨어졌다고 생각해 보십시오. 제 운명이 어떻게 되었겠습니까. 보나마나 저 같은 인간은 적당히 방탕한 건달 생활이나 하고 있을 겁니다. 아니, 그렇게 놀다가 어느 뒷골목에서 죽었을지도 모릅니다. 하지만 저는 역시 운이 좋았습니다. 군대에 가서 중대장님처럼 훌륭한 지휘관을 만날 수 있었으니까요."

철수는 일부러 '훌륭한' 또는 '훌륭하신'이라는 낱말을 자주 동원했다. 지금까지 경험으로 볼 때, 상대방을 추어올릴 때에는 그 낱말처럼 더 좋은 어휘가 없기 때문이었다. 특히 군대의 고위 장교 출신을 비롯하여 고위 공직자 출신일수록 그렇게 추켜세우는 것을 좋아했다.

하기야 추켜세워서 기분 나쁘게 여길 사람이 어디 있겠는가. 칭찬은 고래도 춤춘다고 했지 않은가. 인간은 어느 누구라도 칭찬 앞에서 약해지게 마련이었다. 더군다나 힘없는 사람들 앞에서 군림해온, 그리하여 은연 중 자기가 최고라고 자부하는 사람들일수록 칭찬 앞에서는 저절로 노글노글해질 수밖에 없었다.

고위 장교, 고위 공무원, 교직자 출신은 더 말할 나위가 없었다. 그들의 내면에 깊숙한 곳에는 소위 엘리트 의식이 자리 잡고 있었다. 그것은 직업을 통해 몸에 밴 일종의 직업병 같은 것이었다. 그들은 다른 사람들로부터 대접을 많이 받은 계층이었다. 달리 말하자면 그들이야말로 다른 사람들을 섬기기보다는 오랜 세월 섬김을 받아온 사람들이었다.

거꾸로 말해서 하급직 공무원, 계급 낮은 사병들, 학생과 학부모는 싫든 좋든 자신의 현실과 직결된 윗분을 잘 모실 수밖에 없었다. 그것은 사회생활의 첫 단추라 해도 과언이 아니었다. 윗분을 잘 모시지 않고 어떻게 일이 잘 풀리기를 기대할 것인가. 더욱이 힘없는 계층일수록 힘 있는 사람들을 잘 모시지 않고서는 살아나갈 방법이 없지 않은가. 두말할 나위도 없이 예나 지금이나 인간사회의 구조가 그렇게 돼 있었다.

사실 윗분을 잘 섬기는 자세야말로 근본 중의 근본이요 미덕 중의 미덕이라고 말할 수 있었다. 집에서 어른들을 잘 모시고, 군대에서 상급자를 잘 섬기고, 학교에서 선생님을 잘 모신다는 것은 예절의 기본이 아니고 무엇인가. 만약 인간이 윗분을 잘 섬길 줄 모른다면 다른 동물과 무엇이 다르겠는가. 하지만 섬김만을 받아온 사람은 섬김에 중독되어 섬김을 섬김으로 여기지 않았다.

철수가 볼 때, 대현도 예외가 아니었다. 그는 소대장 시절부터 연대장까지 역임하는 동안 다른 사람을 섬기기보다는 분명 섬김을 더 많이 받아온 사람이었다. 물론 초급장교 때에는 이 눈치 저 눈치 보느라 바빴겠지. 그리고 층층시하 상급자를 섬겼겠지만 계급이 높아지면 높아질수록 다른 사람들을 섬기기보다는 그 숱한 부하들 위에 군림하면서 다른 사람들로부터 섬김을 받는 데 익숙해져서 섬김 받는 것을 당연하게 여겼을 것이다.

섬김만을 받아온 사람이 어찌 베풀 줄을 알겠는가. 차 한 잔, 음료수

한 잔을 마셔도 얻어 마시는 사람들. 음식점에 가서 누군가와 밥을 사먹어도 밥값을 내지 않고 얻어먹는 사람들. 그들의 사전에는 아예 섬김이며 베풂 같은 말이 존재하지 않는 듯했다.

하지만 민간인 사회는 그렇지 않았다. 특히 장사꾼이나 기업인들은 절대로 그럴 수가 없었다. 공직자들이 위세를 부리는 동안 그 틈새를 파고들어 소기의 목적을 달성하는 기업인들. 크게 성공한 기업인들일수록 실질적인 이익 앞에서 살살 긴 사람들이었다. 그들이 최소한 예산을 주무르는 관공서의 공직자들, 자식뻘밖에 안 되는 젊디젊은 풋내기 공직자들 앞에서도 벌벌 기는 사례는 지금도 얼마든지 볼 수 있었다.

그들은 과연 간도 쓸개도 없는 인간들일까. 천만의 말씀이었다. 그들이야말로 누구 못지않게 튼튼한 간과 쓸개를 가지고 있었다. 그들은 진정으로 섬길 줄 알고, 베풀 줄 아는 사람들이었다. 담배를 얻어 피우기보다는 누군가에게 사 주는 사람들. 차 한 잔, 음료수 한 잔이라도 사 주는 사람들. 음식점에 가서 누군가와 밥을 사먹어도 먼저 밥값을 내는 사람들. 그들이 과연 누구만큼 못 나서 그런 것일까. 그건 어림도 없는 소리였다. 소위 가진 자와 힘 있는 자들이 끗발을 희롱할 때, 못 가진 자와 힘없는 자들은 밑바닥을 박박 기면서 생래적으로 섬김과 베풂을 몸 전체로 체득했던 것이다.

하지만 대현은 아직도 세상 물정을 모르고 있었다. 이 사회에는 겉으로 드러내지만 않을 뿐 날고 기는 사람들이 즐비했다. 그런데도 대현은 부하들로부터 섬김 받던 구태를 벗어 던지지 못한 채 아직도 고위 장교인 듯 부질없는 미망에서 헤어나지 못하고 있었다. 어쩌면 그의 눈에는 세상 사람들이 부하 사병들로 보일지도 몰랐다. 일종의 착시 현상이라고나 할까, 오랜 세월 군대에서 장교로 군림하다가 민간인 사회에 나온 뒤에도 부하들만 보이는 듯했다. 그가 쓸쓸히 말했다.

"이 병장 말이 딱 맞아. 나는 정말 열심히 근무했어. 군대에 몸담고 있는 동안 내게는 사생활도 없었으니까. 그런데도 진급하는 사람은 따로 있더군."

"중대장님, 그렇다고 너무 상심하지 마십시오."

"물론이지."

"이제 모든 걸 다 잊고 새로 시작하십시오."

"그래. 잊어야지. 잊어야 해. 이제 와서 진급 못한 것을 곱씹어 본들 무엇 하겠나. 운명이라면 운명일 수도 있지. 그게 내 운명이야."

대현은 혼잣말처럼 중얼거리며 화장실을 다녀온 뒤 폭탄주를 한 잔 더 마셨다. 여인들은 여전히 친절을 베풀고 있었다. 철수가 말했다.

"중대장님, 아마 앞으로는 좋은 일만 있을 겁니다. 어떻게 보면 전역한 것이 잘된 일인지도 모릅니다. 동기생들보다 조금이라도 일찍 사회에 나왔다는 것은 도리어 기회일 수도 있습니다. 위기를 기회로……. 중대장님께서는 그만큼 한 발 먼저 사회적 기반을 닦을 수가 있으니까요."

"과연 그럴까?"

"물론입니다. 중대장님께서 결심하기에 달려 있습니다."

"결심?"

"그렇습니다. 마음만 먹으면 하실 일이 참 많습니다. 군대에서 못 다 이룬 꿈, 사회에서 마음껏 펼쳐 보십시오."

"그럴 수만 있다면 얼마나 좋을까."

"중대장님, 힘을 내십시오. 중대장님이라면 무슨 일이든 얼마든지 하실 수 있습니다. 더군다나 중대장님께서는 대령까지 올라가셨던 화려한 경력을 가지고 계시잖습니까. 일개 육군 병장 출신인 저도 회사를 꾸려가고 있습니다. 중대장님께서는 무엇이든 하실 수 있을 겁니다."

"아, 아니야. 솔직히 말해서 앞길이 막막해."

철수의 칭송에 대현은 슬그머니 자세를 낮추면서 슬금슬금 꽁무니를 빼고 있었다. 아까부터 그의 혀가 꼬부라져 있었다. 철수가 말했다.

"중대장님, 자신감을 갖으십시오."

"진급도 못한 놈인데 뭐."

대현이 해롱거렸다.

"중대장님, 진급에 대한 미련은 떨쳐버리십시오. 군대에서 못하신 일, 사회에서 하시면 되잖습니까. 군대에서는 장성이 아주 대단하지만, 사회에는 장성 못지않은 중책이 얼마든지 있습니다. 장성도 군대에서나 장성이지, 사회에 나오면 그저 평범한 민간인일 따름입니다. 물론 사회에서도 장성에 대한 예우를 해드리지요. 그렇다고 반드시 장성이 사회에 나와서까지 장성 노릇을 할 수는 없는 것 아닙니까. 사회에서는 예비역 병장 출신이 예비역 장성을 거느리는 경우도 얼마든지 있습니다. 민간 부문을 보십시오. 사회를 이끌어 가는 인물들 중에 과연 장성 출신이 얼마나 되겠습니까. 별로 많지 않습니다. 민간인 사회에서 출세한 사람들 중에는 방위병 출신도 많습니다. 장성만이 전부는 아닙니다. 대령도 얼마나 훌륭합니까. 사관학교를 나왔다고 해서 전부 대령까지 진급하는 것도 아니잖습니까."

"그건 그래."

대현은 고개를 주억거리며 끄윽끄윽 트림을 뱉어내고 있었다. 대령까지 올라갔던 사람이 왜 이렇게 허약할까. 철수는 마음속으로 상대방을 마음껏 비웃었다. 대령 계급장을 달고 별을 기대했던 인물이라면 어떤 상황에서도 자세가 빳빳해야 할 텐데 대현은 낙지나 문어처럼 흐물거리고 있었다. 철수는 다시금 최 회장의 가르침을 되새겼고, 이번 프로젝트의 완전무결한 성공을 다짐하고 또 다짐했다.

우리는 할 수 있다. 해야 된다. 안 되면 될 때까지 물고 늘어져야 한다. 인생은 그렇게 간단한 것이 아니다. 우리는 남들이 할 수 없는 일을 해야 한다. 그리고 우리의 사업을 성공으로 이끌기 위해서는 끊임없이 노력하고 연구해야 한다. 시작은 곧 절반의 성공이다. 상대방을 잘 고르는 것이 성공의 지름길이다. 내가 골라 주는 상대방은 언제나 확실하다. 그렇게 좋은 상대방을 제압하지 못하면 차라리 이 업계에서 손을 떼고 떠나야 한다.

그것은 최 회장이 늘 강조하는 말이었다. 아닌 게 아니라 최 회장의 말에는 틀린 것이 없었다. 적어도 최 회장의 말만 잘 들으면 이 사업은 반드시 성공하게 마련이었다. 철수가 아는 한 최 회장이야말로 귀신 아니면 도사라고 말할 수밖에 없었다.

철수는 병법에도 깊은 조예를 가지고 있었다. 소위 먹물 깨나 컸다는, 이른바 잘난 사람들처럼 병법을 학문적으로 연구한 것이 아니라 사업을 성공으로 이끌기 위해 병법을 유효 적절히 활용하고 있었다. 철수는 병법을 이용해 허의 허를 찌르고, 역의 역을 치곤 하였다.

상대방을 치는 데는 병법처럼 좋은 것이 없었다. 일찍이 최 회장한테서 배운 것이기도 하지만, 병법이야말로 사업을 성공으로 이끄는 원동력이었다. 이 업계에서는 기본적으로 병법을 모르면 반드시 되치기를 당하게 되어 있었다. 하지만 병법을 잘 이용하면 모든 일이 순조롭게 풀리는 것이었다.

그런 점에서 철수는 병법의 고수라고 말할 수 있었다. 최 회장의 경지에 이르려면 아직도 갈 길이 멀었지만, 그러나 철수도 웬만한 상대를 자유자재로 요리할 수 있었다. 체계적으로 공부하지는 않았어도 오랜 현장 경험을 통해 터득한 병법. 다른 사람들이 어쩌구저쩌구 이론만으로 주접을 떨 때, 철수는 사느냐 죽느냐 사활을 걸고 현장에서 실전을 쌓으며 병법을 익혀왔다. 철수가 대현에게 말했다.

"중대장님, 내친 김에 올나이트를 하면 어떻겠습니까."

"올나이트?"

"시내 관광호텔에 가면 올나이트 할 데는 얼마든지 있습니다."

"그것도 좋지. 하지만 오늘은 안 되겠는데. 다음에 하지. 끄윽끄윽……."

대현은 연신 트림을 토하면서도 몸을 똑바로 가누기 위해 안간힘을 썼다. 그의 눈에는 마주 앉은 철수와 그 자리에 동석한 여인들이 희미하게 보였다. 철수가 술잔을 권했다.

"중대장님, 올나이트를 할 수 없는 상황이라면 한 잔 더 받으시죠."

"그것도 안 되겠어. 끄윽끄윽……. 너무 많이 취했어. 사실 이렇게 분별 없이 마셔 보기는 처음이거든. 군대에 있을 때에는 어림도 없었어. 앉으나 서나 나라 지키는 걱정뿐이었으니까. 회식을 하더라도 이렇게 오래 놀아본 적이 없어. 끄윽끄윽……. 모처럼 좋은 전우를 만났겠다, 내일 출근할 일도 없으니까 왕창 마셨더니 더 이상 못 마시겠군. 이제 집에 가야겠어. 여기에서 집에 가려면 어떻게 가야 하지?"

"그건 걱정하지 않아도 됩니다. 밖에 승용차를 대기해 놨으니까요."

"그래? 그럼 이만 가자구."

"저는 더 모시고 싶습니다만……."

"아, 아니야. 오늘만 날이 아니잖아. 다음에 또 만나면 되지 뭐."

"다음에 또 시간 내실 수 있겠습니까?"

철수는 에둘러 내숭을 떨었다. 미리 다음 번 만남을 약속해 놓기 위한 작전이었다. 철수로서는 앞으로도 그를 계속 만나야 할 입장이었다. 대현이 말했다.

"언제든지……. *끄윽끄윽*……. 김 병장이 만나자고 하면 언제든지 시간을 내지. 아니, 내가 먼저 시간을 내달라고 요청할지도 모르지. *끄윽끄윽*……. 이제 내가 가진 것이라곤 시간밖에 없어."

대현은 또다시 철수의 성을 '김'으로 바꾸었다. 그는 지금 이처럼 뒤죽박죽으로 흩어져 갈피를 잡지 못하고 있었다. 형편없는 사람 같으니라구. 철수는 그를 경멸하면서 다른 한편으로는 오늘의 만남에 매우 흡족해하고 있었다. 오늘의 탐색전을 완승으로 이끌었기 때문이었다. 보조개가 대현의 저고리를 입혀 주었고, 대현은 몸을 가누기 위해 비척거리고 있었다. 철수가 보조개와 쌍꺼풀에게 말했다.

"수고 많았어."

"고맙습니다. 또 찾아 주세요."

"그야 물론이지."

철수는 대현을 부축하고 밖으로 나왔다. 거기, 요정 측에서 준비한 승용차가 얌전히 대기하고 있었다. 대현과 철수가 승용차 쪽으로 다가가자 운전기사가 운전석에서 총알처럼 뛰어나와 뒷문을 열어 주었다. 철수가 대현에게 물었다.

"중대장님, 제가 중대장님 댁까지 직접 모셔다 드릴까요?"

"아, 아냐. 당신은 그냥 들어가. 나는 이 차를 타고 갈 테니까."

대현은 이제 철수를 '당신'이라고 불렀다. 아무리 술이 취했다고는 하지만, 그는 이랬다저랬다 제멋대로 흔들리고 있었다. 군대에서 엘리트를 자처하며 살아온 사람. 현역 숱한 부하들을 거느렸던 사람. 하지만 그의 정신력은 좋은 편이 못 되었다. 그러니까 별을 못 달고 미역국을 먹었겠지.

철수는 마음속으로 그렇게 갈팡질팡하는 그를 비웃었다. 하지만 철수는 끝까지 그를 깍듯이 모셨다. 대현이 승용차에 올랐고, 철수는 낮에 호텔에서 그랬던 것처럼 거수경례를 멋들어지게 올려붙였다.

"충성! 안녕히 가십시오."

그와 동시에 대현을 태운 승용차는 정문 쪽으로 미끄러져 나갔다. 승용차의 전조등 불빛이 캄캄한 숲 쪽으로 좌악좌악 내뻗치며 요리조리 방향을 틀고 있었다. 철수는 그 승용차가 떠나는 것을 확인한 뒤 자신의 승용차 쪽으로 발걸음을 옮겼다. 그러자 오 대리가 쏜살같이 달려 나와 승용차 뒷문을 열어 주었다. 철수가 오 대리에게 물었다.

"식사는 했겠지?"

"네, 했습니다."

"그래. 오랜 시간 기다리느라고 수고했어."

"그렇지 않습니다. 사장님께서 고생하셨지 뭡니까."

"그래. 사실은 나도 고생했어. 오늘 일은 대성공이야. 자, 출발하지."

"네, 출발하겠습니다."

그와 동시에 오 대리는 액셀러레이터를 지그시 밟았다. 승용차가 요정을 벗어나 슬금슬금 비탈길을 내려서고 있었다.

13

향응은 남자를 낚는 가장 좋은 미끼였다. 그중에서도 술과 여자는 기본이라고 말할 수 있었다. 체질상 또는 종교 등 특별한 사유로 술을 멀리하는 남자들이 없지 않지만, 남자치고 여자를 싫어하는 사람이 어디 있겠는가. 대부분의 남자들은 여자, 특히 미끈하게 쭉 빠진 여자 앞에서 침을 질질 흘리게 마련이었다.

철수는 사람을 낚아채는 달인이었다. 철수도 이 업계에서는 영관급을 훨씬 뛰어넘어 장성급에 해당하는, 그래서 미래가 훤히 열려 있는 인물이었다. 그가 이 업계에서 최 회장의 유력한 후계자로 지목되는 것도 우연이 아니었다. 우선 철수는 머리가 비상했을 뿐만 아니라 언변 또한 뛰어나서 누군가를 어르고 빰치는 데 놀라운 수완을 발휘했다.

대현과 헤어져 돌아온 뒤 철수는 수첩 갈피에서 대현의 명함을 꺼내 만지작거렸다. 그의 이름 밑에는 휴대전화 번호만 찍혀 있었다. 현역으로 한창 잘 나갈 때에는, 특히 야전에서 연대장으로 근무할 때에는 휘하에 수천 병력을 거느리고 요란뻑적지근하게 지냈겠지만, 그러나 지금 그는 이 단순하기 짝이 없는 이 명함만큼이나 고독한 위치로 추락해 있었다.

철수는 대현의 명함을 계속 만지작거렸다. 마음 같아서는 직접 통화를 하고 싶었지만, 만취한 상대방을 의식해 그의 휴대전화에 문자메시지를 넣었다. 중대장님, 귀한 시간 내 주셔서 감사합니다. 또 뵙겠습니다. 이철수 올림. 그 문자메시지를 보내놓고 나서 철수는 쩝쩝 입맛을 다셨다.

그 자신 술을 적잖이 마셨지만, 앞으로 전개될 상황을 생각한다면 벌써부터 입안에 군침이 흥건하게 고였다. 대현이야말로 정말 다루기 좋은 상대였다. 지금까지 익혀온 공식대로만 다루면 되는 손쉬운 상대. 그것은 대현이 그만큼 때 묻지 않은 인물이라는 반증이기도 했다.

이 세상에는 닳고 닳은, 그리하여 발랑 까진 인간들로 가득했다. 눈감으면 코 베어 먹는 세상. 이렇듯 험악한 세상에 대현 같은 인물이 있었다니……. 어떻게 보면 대현 같은 인물이 존재한다는 그 자체가 신기하게 느껴질 지경이었다. 철수의 눈에 비친 대현이야말로 마치 인간천연기념물 같았다.

대현은 천재일까 아니면 바보일까. 샤워를 하고 침대에 누운 뒤에도 철수는 줄곧 그 화두를 붙잡고 늘어졌다. 세태에 오염되지 않은 천재 같기도 하면서 다른 한편으로는 바보 얼간이처럼 보이는 대현. 어쩌다 그런 인물을 만나게 되었을까. 좋은 만남이든 나쁜 만남이든 생면부지의 그와 만나게 되었다는 것은, 그리고 그를 상대로 일을 엮어 나가게 되었다는 것은 아무래도 범상한 일이 아니었다.

전생에 무슨 인연이 있었던 것일까. 거 참 희한한 일이지. 엘리트 중의 엘리트, 한때 휘황찬란한 대령 계급장을 달고 휘하 병력을 지휘하던 인물이 한갓 하잘것없는 사냥감으로 걸려들다니. 철수는 그런저런 생각을 하다가 잠이 들었다.

한편, 철수가 침대에 누워 사르르 잠이 들고 있을 때, 대현은 승용차 안에서 깜빡깜빡 졸고 있었다. 술이 취해 워럭워럭하는 머릿속에서는 조금 전에 불렀던 군가들이 앵앵거리고 있었다. 그랬다. 군가는 역시 새로운 활력을 치솟게 했다. 옛 부하 사병을 만나 요정에서 군가를 부르게 될 줄이야…….

요정과 군가. 군가는 야전에서 불러야 제 맛이 나게 마련이지만, 요정에서 옛 부하와 군가를 부르다 보니 초급장교 시절의 그 푸른 꿈들이 아련히 되살아나는 듯했다. 그는 그런 분위기에 도취해 시간 가는 줄도 모르는 채 싱싱하고 어여쁜 여성들이 따라 주는 술을 냉큼냉큼 받아 억수로 퍼마신 것이었다. 아주 세련된, 직업적으로 잘 훈련된 요정의 운전기사가 대현에게 물었다.

"사장님, 강남에 다 왔는데 자택이 어디쯤 되십니까?"

"사장님?"

대현은 '사장님'이라는 호칭에 심한 거부반응을 일으키고 있었다. 소대장님, 중대장님, 과장님, 대대장님, 참모님, 연대장님, 처장님…… 그런 호칭이 귀에 익은 탓일까, 사장님이라는 호칭은 몸에 맞지 않는 옷처럼 매우 거북하게 다가왔다.

그는 어느 한 순간, 요정의 민간인 운전기사를 전속 운전병으로 오인했다. 그래, 현역으로 근무할 때에는 운전병이 목적지까지 척척 태워다 주곤 했었지. 명령에 살고 명령에 죽는, 상명하복이 가장 확실한 군대에서 그의 말 한마디면 안 되는 것이 없었다. 운전기사가 말했다.

"내리실 위치를 정확히 말씀해 주셨으면 합니다."

"글쎄, 여기가 어디쯤일까……."

대현은 정신을 곧추 세우며 방향감각을 되찾기 위해 안간힘을 쓰고 있었다. 하지만 여간해서 방향감각이 되살아나지 않았다. 눈앞에 불빛들만 어릿어릿할 뿐 여기가 어디쯤인지 도저히 감을 잡을 수가 없었다. 너무 취한 탓이었다. 운전기사가 물었다.

"잠깐 차를 세울까요?"

"그것도 괜찮겠군. 하지만 그보다 더 급한 것이 있어."

대현은 반말로 직직 내갈겼다. 비록 요정에서 내준 승용차라고는 하지만, 운전기사는 자신의 운전병이 아닌, 어디까지나 처음 보는 사람이었다. 초면 댓바람에 불알을 잡아도 분수가 있지, 그런 사람에게 반말을 쓰며 하대를 하다니…….

대현은 술에 흠뻑 취한 나머지 왕년의 운전병에게나 쓰던 말투를 그대로 구사하고 있었다. 그건 예의에서 크게 벗어난 언행이었다. 사회는 계급장으로 군림할 수 있는 병영이 아니었다. 만약 운전기사가 악독한 사람이라면 어떻게 되었을까. 그가 아니꼬운 말투를 꼬투리 잡아 정면으로 대든다면, 그리하여 면상이라도 몇 대 쥐어박는다면 만취한 대현은 속수무책으로 당할 수밖에 없었다.

하지만 운전기사는 선량했다. 인상도 말끔하고 좋았지만, 고객을 모시는 예의가 반듯한 운전기사. 그는 고관대작이며 재벌들만 드나드는 일류 요정의 운전기사답게 고객을 잘 모시기 위해 최선의 노력을 기울이고 있었다. 그가 대현에게 물었다.

"더 급한 것이라니요?"

"소변……."

"아, 그러셨군요."

"정말 못 참겠군."

운전기사는 도로 한쪽에 차를 세웠고, 재빨리 운전석에서 용수철처럼 튕겨져 내린 다음 뒷문을 열어 주었다. 곤죽이 되도록 만취한 고객. 아무 곳에나 내려놓고 뺑소니를 쳐도 뭐가 뭔지 알지 못할 고객. 하지만 요정의 운전기사는 몸에 밴, 누구 못지않게 투철한 직업의식을 발휘하고 있었다.

비틀비틀 승용차에서 내린 대현은 휘청거리면서 길가의 골목으로 들어섰다. 그러고는 바지의 지퍼를 훑어 내린 뒤 남근을 꺼내 소변을 좔좔 내갈기기 시작했다. 대현은 사관학교를 나온, 그리고 오랜 세월 장교로 근무해온 명예와 자존심마저도 까마득히 잊고 있었다. 본래 술이란 그런 것이었다. 장교 출신의 명예와 자존심까지 사그리 짓뭉개버리는 술. 성현군자를 개 이하로도 전락시킬 수 있는 술. 그가 이처럼 노상방뇨를 한 것은 난생 처음이었다.

그는 장교 출신이라는 최소한의 체통까지도 저버리고 있었다. 술은 이렇듯 이성까지 마비시키는 독약이었다. 그는 누가 뭐래도 지금까지 신사 중의 신사로 살아온 사람이었다. 하지만 그는 폭탄주며 뭐며 술이라는 독약에 취해 이성을 잃은 나머지 이런 어처구니없는 짓을 하고 있었다. 사실 이성과 야성은 백짓장 한 장 차이도 되지 않았다. 이성을 잃으면 야성적인 동물처럼 타락할 수밖에 없었다.

현역 시절 같으면 상상도 할 수 없는 일이었다. 전역 이후 군기가 빠진 탓일까, 아무튼 대현은 인사불성이 되어 자신의 본래 모습을 잃고 있었다. 미인들을 옆구리에 꿰차고 음주가무를 즐길 때에는 세상 돌아가는 줄 몰랐지만, 흠뻑 취한 뒤에는 이렇게 속절없이 무너진 것이었다. 말하자면 그는 철수의 덫에 꼼짝없이 걸려든 셈이었다.

대현은 소변을 다 보고 나서 바지의 지퍼를 주르륵 긁어 올렸다. 다리가 휘청거렸다. 지금까지 아무리 술을 마셔도 휘청거린 적이 없었는데, 이제는 흐트러지는 자세를 가다듬으려 해도 몸이 말을 듣지 않았다.

그는 골목 어귀로 되짚어 나와 주변을 휘둘러보았다. 방향감각이 잡히지 않았다. 붉은 불빛들이 여기저기서 너울거리고 있었다. 그때, 눈에 익은 고층빌딩이 가물가물 시야에 들어왔다. 아, 여기가 거기였군. 대현은 눈을 껌벅껌벅 하다가 비로소 자기 아파트가 있는 방향을 알아냈다. 운전기사가 물었다.

"이제 좀 정신이 드십니까?"

"저기야, 저기."

그는 어느 한 곳을 가리켰고, 다시 승용차에 올랐다. 그러자 운전기사는 대현이 가리켰던 쪽으로 차를 몰았다. 잠시 후 승용차가 아파트 단지로 들어서자 대현은 내심 안도의 한숨을 내쉬었다. 조금 전 소변을 보기 전까지만 해도 집을 어떻게 찾을 것인지 막막했었는데 이제 모든 걱정이 확 사라졌다. 운전기사가 물었다.

"이 아파트 맞습니까."

"맞아. 이 근처에 세워 줘."

대현의 혀는 여전히 꼬부라져 있었다. 그때 이미 그의 휴대전화에 철수의 문자메시지가 들어와 있었다. 하지만 대현은 그것을 감지하지 못하고 있었다. 현역 시절에는 직속상관의 긴급명령이라도 떨어질까 봐 밤낮 없이 휴대전화에 촉각을 곤두세우곤 했지만 전역 이후 그는 휴대전화가 울리거나 말거나 별로 신경을 쓰지 않았다.

더욱이 몇 번인가 사기꾼들의 보이스피싱을 접한 이후 대현은 휴대전화에 회의적인 인식을 가지고 있었다. 휴대전화가 분명 문명의 이기임에 틀림없지만, 그러나 경우에 따라서는 귀찮은 해악이 될 수도 있다는 생각이었다. 이 근래 그는 새삼스럽게 휴대전화가 미치는 해악에 대해 부쩍 많은 생각을 하고 있었다. 그뿐 아니라 그에게는 아주 특별한 경우를 제외하고는 휴대전화가 별로 필요하지도 않았다.

실지로 그에게는 휴대전화를 사용할 일이 거의 없었다. 걸려오는 전화가 거의 없기 때문이었다. 그렇다고 꼭 전화를 걸 만한 곳도 없었다. 만일의 사태에 대비해 휴대전화가 필요한 것은 사실이지만, 어떤 때는 특별히 누군가와 통화할 일도 없으면서 휴대전화를 휴대하고 다닌다는 자체가 거추장스럽게 느껴질 때도 있었다.

운전기사가 아파트 경비실 앞에 승용차를 세웠고, 아까 골목길에서 그랬던 것처럼 재빨리 뛰어나와 뒷문을 열어 주었다. 그는 마지막까지 고객을 잘 모시기 위해 최선을 다하는 것이었다. 밤이 깊어 아파트 단지에는 인적이 끊겨 있었다. 경비원까지도 깊이 잠들어 크룽크룽 코를 골고 있었다. 대현은 뭉기적뭉기적 차에서 내렸다. 운전기사가 말했다.

"편안히 들어가십시오."

"알았어."

대현은 비틀거리면서 엘리베이터 앞으로 다가갔다. 단추를 누르자 대현을 태워 주기 위해 13층에 머물러 있던 엘리베이터가 하강하기 시작했다. 잠시 후 엘리베이터의 문이 활짝 열렸다. 그러자 대현은 몸을 비틀거리면서 그 안으로 빨려 들어갔고, 엘리베이터는 1, 2, 3, 4, 5…… 각 층의 숫자를 일러 주면서 다시 수직으로 상승했다.

그는 자기 아파트 출입문 앞에서 내렸다. 그러고는 그는 출입문 곁의 초인종 단추를 눌렀다. 딩동, 딩동……. 아파트 안으로부터 초인종 울리는 소리가 새어나오고 있었지만 어느 누구도 응답하는 사람이 없었다. 그는 비틀거리면서 계속 단추를 눌렀다. 그러자 안으로부터 아내 민정의 목소리가 들려왔다.

"누구세요?"

"나야, 나."

이윽고 출입문이 열렸다. 아니나 다를까, 잠이 깊이 들었던 듯 아내 민정은 게슴츠레한 눈으로 대현을 마뜩찮게 쳐다보고 있었다. 그녀가 말했다.

"왜 이렇게 늦었어요?"

"응. 옛 부하를 만나 한 잔 하다 보니 그렇게 됐어. *끄윽, 끄윽, 딸꾹, 딸꾹……*"

대현은 끄윽, 끄윽, 딸꾹, 딸꾹…… 딸꾹질까지 뱉어내고 있었다. 그의 몸에서는 술 냄새가 등천하고 있었다. 민정이 검불처럼 부스스한 머리에 손가락을 깊이 박고 북북 긁으면서 볼멘소리로 말했다.

"그러다 쓰러지면 어쩌려고 그래요?"

"쓰러지긴 누가 쓰러져? 끄윽, 끄윽, 딸꾹, 딸꾹……. 내가 이대로 쓰러질 사람이 아니지. 끄윽, 끄윽, 딸꾹, 딸꾹……."

"누군 뭐 쓰러지고 싶어서 쓰러지나요?"

"아, 알았어. 알았다구."

대현은 손을 휘휘 내저었고, 민정은 바람처럼 안방으로 휙 들어갔다. 이 세상에 술 취한 남편을 좋아할 아내가 어디 있겠는가. 더욱이 민정은 지난 몇 달 동안 이루 말할 수 없는 스트레스를 받고 있었다. 물 떠난 물고기가 따로 없었다. 남편이 현역으로 근무할 때에는 그녀도 남편의 계급과 비례하여 그 나름의 기쁨을 맛볼 수 있었다.

본래 직업군인의 아내에게는 남편의 계급과 보직에 비례하는 그 나름의 위상이 있었다. 남편이 소대장이면 아내도 소대장, 남편이 중대장이면 아내도 중대장, 남편이 대대장이면 아내도 대대장, 남편이 연대장이면 아내도 연대장…… 군인의 아내는 이런 식으로 남편과 더불어 애환을 함께 하게 마련이었다.

민정도 예외가 아니었다. 그동안 군인이었던 남편과 함께 절반의 군대 생활을 해왔다 해도 과언이 아니었다. 남편이 한 계급씩 승진할 때에는 이만저만 기쁜 것이 아니었다. 하지만 남편이 준장 진급의 문턱에서 최종적으로 낙마할 때에는 그야말로 아스라한 고층빌딩에서 굴러 떨어지는 기분이었다. 남편의 장성 진급과 더불어 목에 힘을 주고 다니는 동기생들의 아내를 볼 때에는 두 눈에서 확확 불길이 치솟곤 하였다.

이제 그녀는 과거 가까이 지내던, 장성으로 진급한 군인들의 아내와 연락을 끊었다. 남편이 전역한 이상 특별히 연락할 일도 없지만, 이제는 그들과 어울려 지내야 할 하등의 이유가 없었다. 아니, 장성의 아내들과 연락을 취한다는 그 자체가 이만저만 기분 나쁜 것이 아니었다.

남편이 장성으로 진급했다면 민정 자신도 후배 아내들로부터 장성 대우를 받을 수 있었다. 하지만 이제는 모두가 저쪽으로 흘러간 과거일 따름이었다. 그녀는 더 이상 기대할 것도, 서러워할 것도 없는 예비역 대령의 아내로 멈춰 있었다.

허망했다. 남편이 꼭 별을 달았더라면 얼마나 좋았을까. 대현이 대령으로 진급해 번쩍번쩍 깃발을 날릴 때만 해도 그녀는 머지않아 장성 아내가 되어 끗발다운 끗발을 날릴 수 있으리라 기대했었다. 실지로 그녀는 친정 식구들이며 여고 동창들은 물론이려니와 여러 지인들에게 큰소리를 뺑뺑 치며 그런 희망찬 이야기를 한 적도 있었다.

그럴 때마다 주변 사람들은 은연중 부러움의 눈길을 보내왔다. 장군의 부인. 얼마나 멋진 호칭인가. 하지만 대현이 대령으로 끝나는 순간, 민정의 바람은 한갓 허망한 남가일몽으로 끝나고 말았다. 그녀가 한때 꽝꽝 큰소리를 친 것도 부질없는 허장성세가 아니고 무엇이었을까. 떡 줄 사람은 생각하지도 않는데 김칫국부터 마신 형국이라고나 할까, 아무튼 대현이 진급에서 탈락하는 순간 그녀 자신은 실없는 사람으로 전락하고 말았다.

그 파장은 매우 컸다. 진급을 하지 못했으면 그것으로 끝나는 것이 아니라 주위의 눈총이 따가웠다. 뭐가 모자라서 미역국을 먹었을까. 주위 사람들은 구구한 억측을 자아내면서 이런저런 해괴한 소문까지 퍼뜨리고 있었다. 발 없는 말이 천 리 간다고 했던가, 우울하고 불쾌한 소문들이 입에서 입으로 건너고 건너 꼬리를 물고 이어지면서 대현네 가족의 염장을 질렀다.

소문은 막을 길이 없었다. 만약 보기 좋게 장성으로 진급을 했다면 여기저기서 축하 전화가 걸려오고, 후배들의 경우 줄을 대기 위해 온갖 아양을 떨며 벌 떼처럼 달려들었겠지만, 승진에서 탈락한 이후 대현은 사실상 허깨비에 지나지 않았다. 전역 후에는 더 말할 나위가 없었다. 현역으로 있을 때만 해도 후배와 그 가족들이 깍듯이 인사치레를 했건만, 전역 이후로는, 다시 말해서 대령 계급장을 뗀 이후로는 어느 누구 하나 거들떠보지도 않았다.

현실은 냉엄했다. 달면 삼키고 쓰면 뱉는 것이 현실이라지만, 대현이 현역에서 물러난 이후 주위 사람들은 약속이라도 한 듯 너나 할 것 없이 싸늘하게 돌아섰다. 두말할 나위도 없이 전역과 더불어 대현의 영향력이 저절로 소멸한 탓이었다. 현역으로 근무할 때에는 그런대로 영향력이 있었지만, 일단 옷을 벗은 뒤로는 아무런 영향력도 행사할 수가 없었다.

그가 현역으로 있을 때에는 이것저것 청탁해 오는 사람들도 적지 않았다. 자식을 군대에 보내 놓고 좋은 자리로 보내 달라고 부탁하는 사람, 뭣뭣을 부대에 납품하려 하는데 관계자와 연결시켜 달라는 사람 등등 뭐가 뭔지도 모르면서 될 일이나 안 될 일을 가릴 것 없이 청탁해 오던 사람들.

그 사람들은 과연 어디로 갔을까. 하늘로 치솟아 올라갔을까, 아니면 땅속으로 푹 꺼졌을까. 아무튼 현역으로 있을 때에는 골프를 치자거나 식사하자는 사람도 많았지만, 전역한 이후로는 그들 모두가 어디로 사라졌는지 연락두절이었다.

하긴 별 볼일 없는 예비역에게 무엇을 청탁할 것인가. 이제 그의 입김이 들어갈 만한 곳은 한 군데도 없었다. 아니, 누군가에게 입김을 불어넣기는커녕 그 자신 누군가에게 빌붙어야 할 형편이었다.

아무도 반겨 주지 않는 민간인 사회. 사관학교 출신에다 대령까지 지내고 나왔으면 그에 상응하는 대우를 해줘야 할 텐데, 이 사회는 대현의 그런 경력마저도 사그리 무시하려 들었다. 지난 몇 달 동안 대현은 군대와 민간인 사회가 어떻게 다른가를 몸 전체로 뼈저리게 체험했다.

대현은 몸을 가누지 못해 비틀거리면서 저고리를 벗어 식탁 의자등받이에 걸었다. 그런 다음 그는 끄윽, 끄윽, 딸꾹, 딸꾹…… 연신 딸꾹질을 토하면서 벽면의 배전반으로 다가가 스위치를 눌렀다. 그러자 아파트 천장의 형광등이 툭 꺼졌고, 그와 동시에 거실 전체가 암흑으로 변했다. 대현은 허우적허우적 어둠을 헤치면서 소파로 가서 삭은 나무 넘어지듯 풀썩 쓰러졌다. 그러고는 이내 디링디링 코를 골기 시작했다.

14

아흠, 아흠······. 대현은 극심한 갈증을 느끼면서 눈을 떴다. 허리가 뻣뻣하였고, 아랫배가 터질 듯이 뻑적지근했다. 여기가 어디일까. 대현은 작취미성인 채로 더듬더듬 소파에서 기어 내려왔다. 모노륨이 깔린 거실 바닥은 미끈미끈하였다.

캄캄했다. 그는 몸의 중심을 잡으면서 여기가 아파트 거실이라는 것을 알아차렸다. 아, 그랬었구나. 그때쯤 해서는 어제의 기억이 잡힐 듯 말 듯 아슴푸레 다가왔다. 불을 켜고, 그는 화장실로 들어가 좔좔 소변을 보았다. 시원했다. 풍선처럼 부풀었던 방광이 푹 꺼지는 느낌이었다.

그는 다시 주방 옆 냉장고 문을 열었다. 그 순간 냉장고 안에서 불빛이 비쳐 나오자 눈이 부셨다. 그는 생수 한 병을 꺼내들고 마개를 비틀어 딴 다음 물을 벌컥벌컥 들이켰다. 타는 듯한 갈증이 해소되었지만, 머릿속은 여전히 워럭워럭하면서 띠잉 했다.

어떻게 되었을까. 어제 중대장 시절의 옛 부하 사병 철수를 만나 성북동의 한 요정에 가서 술을 마시고 노래를 부른 것까지는 기억이 나는데, 그 뒤로는 어떻게 집에 들어왔는지 가물가물하였다. 참으로 묘한 일이었다. 지난날에는 아무리 술을 마셔도 정신을 잃은 적이 없는데 이게 어찌된 일인지 알다가도 모를 노릇이었다.

그동안 술꾼들로부터 종종 필름이 끊어진다는 말을 들은 적이 있었다. 필름이 끊어지다니, 대현은 과거 그런 하소연을 이해할 수가 없었다. 그는 아무리 술을 마셔도 필름이 끊어지는 것을 체험하지 못한 터라 다른 사람들이 필름 어쩌구 할 때에도 단순한 넉살이나 변명 정도로 가벼이 흘려버리곤 했다.

그렇구나. 필름이 끊어진다는 말은 이런 경우를 두고 하는 말이구나. 대현은 자신이 직접 체험해 본 지금에서야 다른 술꾼들의 하소연을 이해할 수 있었다. 그렇다면 대관절 얼마나 마셨기에 필름이 끊어졌을까. 물론 술 좋고, 안주 좋고, 여인들까지 좋아 취흥이 도도해진 것은 사실이지만, 그래서 시간 가는 줄 모르고 퍼마신 술의 양이 어느 정도인지는 종잡을 방도가 없었다.

젠장, 필름이 끊어지다니. 내 정신력이 그만큼 해이해졌단 말인가. 아니면 몸이 그만큼 허약해졌단 말인가. 이 근래 이런저런 스트레스로 크게 시달린 것은 사실이지만, 그렇다 해도 술 좀 마셨기로서니 필름마저 끊긴다는 것은 도저히 받아들일 수가 없었다.

그렇다면 건강에 적신호가 들어왔단 말인가. 아니지, 아니야. 군대에 있을 때 체력단련을 위해 얼마나 많은 땀을 흘렸던가. 대현은 군대에 몸담고 있는 동안 체력단련을 위해 이것저것 운동도 할 만큼 했다. 다른 사람들이 볼 때에는 만능 스포츠맨이라고 할 정도로 그는 거의 모든 운동을 섭렵했다.

그리하여 건강이라면 누구보다도 자신이 있었다. 지금까지 감기라든가 몸살 같은 잔병치레 한 번 한 적이 없었고, 부대에서 공식적으로 체력을 테스트할 때마다 좋은 점수를 받곤 하였다. 건강과 체력에 관한 한 그는 황소라도 한 주먹에 때려잡을 수 있다고 확신했다. 그런데 그까짓 술에 녹초가 되어 필름까지 끊기다니 이건 뭐 아무리 생각해도 있을 수 없는 일이었다.

하지만 필름이 끊긴 건 엄연한 현실이었다. 누구는 뭐 필름을 끊고 싶어서 끊나. 술꾼의 필름이란 끊고 싶어서 끊는 것이 아니라 술에 의해 자기도 모르는 사이 그냥 끊길 따름이었다. 그러나 대현은 필름이 끊겼다는 사실 그 자체를 인정하고 싶지 않았다.

자존심이 상했다. 더군다나 옛 부하 사병과 술을 마시다가 필름이 끊겼다니. 부하 앞에서 먼저 자세가 흐트러졌다는 것은 있을 수 없는 일이었다. 빌어먹을, 내가 그렇게 허약한 지휘관이었단 말인가. 내가 어쩌다 이렇게 되었을까. 그는 이루 말할 수 없는 자괴감을 짓씹었다.

필름이 끊겼다면 병장 출신의 옛 부하에게 필경 실수를 했을 텐데 도대체 무슨 실수를 했을까. 그는 사실 초저녁부터 철수를 '김 사장'이라 부르며 오락가락했었다. 하지만 그 자신 상대방을 어떻게 불렀는지 전혀 생각나지 않았다. 그는 아직도 상대방이 이철수인지 김철수인지 헷갈리고 있었다. 철수라는 이름은 하도 흔해서 얼른 기억할 수 있는데 성은 잘 기억되지 않았다.

더군다나 옛 부하 앞에서 무슨 추태를 어떻게 보여줬는지 그게 걱정이었다. 미인들을 끼고 술을 마시면서 노래를 부른 것까지는 토막토막 단편적으로 기억이 나는데, 술이 왕창 취한 뒤로는 뭐가 어떻게 되었는지 종잡을 방도가 없었다. 술이란 그런 것일까. 만약 그놈의 술 때문에 까마득한 옛 부하 앞에서 돌이킬 수 없는 결정적인 실수를 저질렀다면 그를 무슨 면목으로 만날 것인가.

대현은 그런 걱정을 하면서 다시 소파에 몸을 던졌다. 거실 베란다 저쪽으로 뿌연 보안등 불빛이 아파트 단지를 비추고 있었다. 그는 얼마 동안 이 생각 저 생각으로 괴로워하다가 스르르 잠이 들었다. 주위는 조용했다. 모두가 아직도 깊은 잠에 곯아떨어진 모양이었다.

그 이튿날 아침이었다. 잠결에 인기척을 느낀 대현은 억지로 눈을 떴다. 아니나 다를까, 아내가 주방 쪽에서 밥을 짓는지 국을 끓이는지 그릇을 부딪치며 딸그락거리고 있었다. 아내는 왜 그렇게 그릇을 왈각왈각 부딪치는 것일까. 조심조심 그릇을 다루어도 좋으련만 아내는 심통이 나서 일부러 그렇게 부산을 떠는 듯했다.

괜히 서글펐다. 자격지심이라고나 할까, 대현은 이제 아내한테서도 미움 받는 똥 친 막대기에 지나지 않는다고 느낀 나머지 울적함을 느꼈다. 속이 부글부글 끓었다. 참다못해 그가 아내 민정에게 말했다.

"거 좀 조용히 할 수 없어?"

"뭐요?"

"왜 그렇게 떨걱거려?"

"뭐가 잘못 됐어요?"

"잘못 됐지. 나, 잠 좀 자게 조용히 해달란 말이야."

"아이구, 정말……. 방에 들어가서 자면 될 것 아니에요?"

"아, 여기가 좋은 걸 어쩌란 말이야."

"쯧쯧, 정말 대단하시군요. 옷도 벗지 않고 그게 뭐예요."

대현은 집에 들어와 저고리만 벗어서 식탁 의자 등받이에 걸었을 뿐 아직도 바지를 입고 있었다. 그는 중간에 일어나 화장실에 들어가 소변을 보았으면서도 바지를 입었는지 벗었는지 그것조차 분별을 못하고 있었다. 대현이 말했다.

"술이 취해서 그런 걸 어쩌란 말이야?"

"술을 마셔도 웬만큼 마시지 그랬어요? 석진 아빠가 그렇게 취한 것은 처음 봤어요."

"그건 맞아. 어젯밤엔 너무 마셨어."

"그러다 죽으면 어쩌려구 그래요?"

"죽다니?"

"누군 뭐 죽고 싶어서 죽나요? 술 마시다가 죽은 사람이 얼마나 많은

지 잘 아시잖아요?"

"그렇다고 나까지 죽으란 말이야?"

"누가 죽으라고 했어요? 죽을까 봐 걱정돼서 그러는 거죠."

"관둬. 말씨름하고 싶지 않으니까."

대현은 잘라 말했다. 하지만 아내는 여전히 그릇을 딸그락거리며 부산을 떨고 있었다. 대현은 그런 아내가 죽이고 싶을 정도로 얄미웠다. 좀 조용히 하면 조상이 덧나나? 대현의 내면에는 아내에 대한 미움의 감정이 부글부글 들끓어 오르고 있었다.

이 근래 대현과 아내는 그런 소소한 문제로 큰 갈등을 겪고 있었다. 별 것도 아닌 문제가 서로를 피곤하게 들볶았다. 생각하기에 따라서는 아무 것도 아닌 것을 가지고 그들 부부는 대립각을 세우곤 하였다. 말하자면 별로 하는 일이 없기 때문에 엉뚱한 곳에 신경을 쓰는 셈이었다.

현역 시절, 대현은 집에서 밥이 끓는지 죽이 끓어 넘치는지 별로 신경을 쓰지 못했다. 부대 일에 전념하다 보면 집안일에는 신경을 쓰고 자시고 할 겨를이 없었다. 백수는 서러웠다. 집에서 아내와 함께 생활한다는 것이 이렇게 어려울 줄이야 누가 알았을까. 그렇다면 다른 백수들은 어떻게 지낼까. 대현은 다른 백수들, 특히 장기간 백수로 살아온 사람들의 애환을 이해하고도 남을 수 있을 것 같았다.

옛말에 부부를 내외(內外)라 했다. 아내는 집에서, 남편은 밖에서 일을 보는 것이 정상인지라 그런 말이 생겨났다. 한데 신혼 시절부터 줄곧 부대와 집을 오가며 떨어져 살다가 전역 이후 날이면 날마다 붙어서 생활하게 되자 고약한 문제들이 툭툭 불거지는 것이었다. 떨어져 지낼 때에는 문득문득 아내에게 미안한 생각이 들었지만, 막상 붙어살게 된 이후로는 도리어 이것저것 마찰만 일으켜 헤까닥 눈알이 뒤집힐 지경이었다.

156

민정이 물었다.

"식사는 몇 시쯤 하실 거예요?"

"글쎄."

"글쎄라니, 그렇게 애매모호한 말이 어디 있어요?"

"아직 술도 덜 깼는데 어쩌란 말이야?"

"아, 참……. 그럼 석진 아빠 술 깰 때까지 하염없이 기다리란 말인가요?"

"기다리긴 뭘 기다려?"

"나도 밖에 볼 일이 있어요. 무작정 기다릴 수는 없잖아요?"

"알았어. 나야 죽든 말든 당신은 당신 일 보면 될 것 아닌가. 배고프면 내가 챙겨 먹을 테니까."

"그럼 내 맘이 불편하잖아요."

"불편하긴 뭘 불편해?"

"석진 아빠가 밥도 먹지 않는데 내가 나가서 일을 보는 동안 얼마나 부담스럽겠어요?"

민정은 그런 식으로 대현을 압박하면서 계속 바가지를 긁어대고 있었다. 아내한테서도 구박을 받아야 하는 신세. 집에서, 그것도 아내한테서 구박을 받는 주제에 밖에 나가 어느 누구한테 인간 대접을 받는단 말인가. 대현은 참을 만큼 참다가 목소리를 높였다.

"그래서 어쩌라는 거야?"

"식사할 시간을 알려 주세요. 밥이라도 차려 드리고 나갈 테니까요."

"어허, 밥 생각이 없는데 억지로 밥을 먹으란 말이야? 당신은 내 걱정 말고 나가서 일을 보든지 바람을 피우든지 맘대로 하라니까."

"지금 그걸 말이라고 하세요?"

"뭐라구?"

"내가 뭐 바람이나 피우는 여자인 줄 아세요?"

민정이 발끈했다. 그녀는 대현의 약점을 잡았다는 듯 말꼬리를 잡고 늘어졌다. 대현은 참을 수가 없어 냅다 쏘아붙였다.

"아침부터 왜 그래? 내가 그렇게 만만하게 보여?"

"누가 할 말인지 모르겠네요. 나는 뭐 소갈머리도 없는 줄 아세요? 석진 아빠가 먼저 내 감정을 건드렸잖아요."

"감정을 건드리다니, 무슨 감정을 건드렸다고 그래?"

"몸을 못 가눌 정도로 술을 마시고……. 도대체 어떻게 하자는 거예요?"

"미안해. 하지만 어쩌겠어? 날 죽이겠어, 살리겠어?"

"그래요. 난 석진 아빠를 살릴 수도 없고 죽일 수도 없어요. 하지만 집에 있는 가족들도 생각을 해야잖아요? 어젯밤에 얼마나 기다렸는지 알아요?"

그때 석진이와 석순이가 각기 저희들 방에서 나왔다. 그들 남매는 넝마처럼 헬렐레 흐트러진 대현의 몸가짐을 목격하고는 내심 놀라움을 금치 못했다. 대현의 몰골은 전례 없이 푸석해져 있었고, 두 아이들은 아빠의 그런 모습을 처음 보는 것이었다. 석진이가 먼저 인사했다.

"안녕히 주무셨어요?"

"그래. 잘 잤니?"

이번에는 석순이가 물었다.

"아빠, 여기서 주무셨어요?"

"그래. 소파에서 잤다."

"어머나, 왜 그러셨어요?"

"어쩌다 보니까 그렇게 됐어."

"술 많이 취하셨어요?"

"음......."

"아빠, 이제 그러지 마세요. 아빠가 그렇게 취하시면 싫어요."

"알았다. 아빠 걱정은 말고 너희들은 너희들 일이나 잘해."

대현은 최후통첩을 하듯이 일갈한 뒤 화장실로 들어가 다시 소변을 보았다. 왜 이렇게 소변이 자주 마려운 것일까. 술 한 잔이면 소변은 두 잔인 모양이었다. 소변이 나오는 것을 보면 간밤에 마신 술의 양이 엄청 난 듯했다.

그는 화장실에서 나와 다시금 소파에 벌렁 드러누웠다. 몸뚱이가 축 늘어지는 데다 아랫도리가 후들후들하였다. 아내와 아이들에게 부끄러운 노릇이었지만 어쩔 도리가 없었다. 대현은 아이들에게 추태를 보이지 않으려고 안간힘을 썼지만, 그러나 술에 찌들어 축 늘어진 몸을 어떻게 해볼 도리가 없었다.

그는 끄응, 하고 일어났다. 가족들의 눈에 잘 띄는 소파에 누워 있으니 방으로 들어가는 것이 낫겠다는 생각이 들었기 때문이었다. 그는 어기적어기적 방으로 들어섰다. 입맛이 썼다. 아침부터 아내와 아이들로부터 핀잔을 먹고 보니 기분이 확 잡쳤다. 그때쯤 해서는 머리까지 지끈지끈 아파왔다.

술을 마실 때에는 좋았는데 그 뒤끝은 이렇듯 엉망진창이었다. 거실 쪽에서는 아내와 아이들이 무슨 대화를 주고받는지 계속 두런거리고 있었다. 이제 가장으로서의 권위도 속절없이 무너졌다. 아내와 아이들에게 못 볼꼴을 보여준 이상 장차 어떻게 가장다운 가장 행세를 할 것인지 걱정되었다.

술에 사로잡힌 포로. 그의 뇌리에는 난데없이 전쟁 포로가 아닌, '술의 포로'라는 어휘가 떠올랐다. 군인이 전쟁에 나갔다가 적에게 포로가 된 것도 아니고, 옛 부하 사병이 마련해준 요정에 갔다가 술의 포로가 되어 이처럼 옴짝달싹하지 못하고 있었다.

국가와 민족을 위해 전쟁에 나갔다가 포로가 되었다면 콱 혀를 깨물고 죽어야 하지 않을까. 그렇건만 그까짓 술 때문에 이처럼 꼼짝하지 못한 채 빌빌거려야 하다니 여간 께름칙한 것이 아니었다. 우울했다. 어쩌면 체력이 급격히 떨어져 그런지도 모른다고 생각하자 더욱 기분이 나빴다.

현역 시절, 대현은 종종 이른바 회식을 갖곤 했다. 군대와 회식은 불가분의 관계라 해도 과언이 아니었다. 군대에서는 이런저런 이유로 걸핏하면 회식자리를 마련했다. 누군가가 표창을 받았다든가, 전출자나 전입자가 있다든가, 상급자나 부하의 생일이라든가 아무튼 군대에서는 회식이라는 이름의 술자리가 빈번하게 벌어졌다.

회식은 군인들의 전우애와 결속을 다지는 자리이기도 했다. 그런 회식은 대현 자신이 마련한 적도 있었지만, 상급자나 하급자가 초대하는 자리도 적지 않았다. 계급이 높아지면 높아질수록 회식 자리에 참석할 기회는 더 많아졌다. 하지만 대현은 그 어떤 회식 자리에서도 자세가 흐트러진 적이 없었다.

창피하고 부끄러웠다. 앞으로 철수를 다시 만날 경우 과연 제대로 낯을 들 수 있을지 갈피를 잡을 수가 없었다. 대한민국 고위 장교 출신이라는 자존심과 맞물려 간밤의 형편없는 처신은 도저히 용납되지 않았다. 참으로 죽음보다 더 괴로운 일이었다.

필름 끊기고, 영사기 고장 나고, 스크린까지 찢어진 형국이라고나 할까, 대현은 간밤에 있었던 일을 도저히 기억할 수가 없었다. 특히 노래를 부르기 시작한 이후 집에 돌아오기까지의 후반부 상황은 캄캄했다. 아니, 무슨 기적이 일어난 것일까, 집에 돌아온 것이 희한하게 느껴질 따름이었다.

후회, 후회……. 어쩌다 그렇게 과음을 하게 되었을까. 대현은 뒤죽박죽 뒤얽힌 감정의 불을 끄기 위해 담배를 피워 물었다. 아내가 가장 싫어하는 담배. 하지만 담배라도 피우지 않고서는 이 복잡한 감정을 어떻게 다스릴 것인가. 그는 푸우푸우 담배연기를 뱉어내면서 술이 깨기만을 기다렸다.

시간이 흐르고 있었다. 하지만 대현에게는 그 흐르는 시간마저도 꼼짝하지 않은 채 정지된 것처럼 느껴졌다. 정말 숙취는 무서웠다. 온몸이 알코올로 절여진 것일까, 정신까지 혼미한 것은 물론이고 육신도 제대로 움직여 주지 않았다. 술을 마시다가 도리어 술에 먹힌 꼴이라고나 할까, 그는 이 무시무시한 고통으로부터 헤어나기 위해 졸경을 치르고 있었다.

입 안이 썼다. 혀끝도 꺼끌꺼끌했다. 코끝에서는 아직도 술 냄새가 풀풀 풍겨 나오고 있었다. 새벽부터 생수를 몇 병째 들이켰지만, 그리고 화장실을 들락날락하며 그 많은 양의 소변을 배출했건만 몸에 밴 알코올은 전신의 세포 곳곳에 퇴치 불능의 바이러스처럼 녹아 있는 듯했다.

바로 그 시간, 철수는 여의도 사무실에서 흡족한 미소를 머금고 있었다. 간밤에 대현을 에누리 없이 제대로 구워삶았기 때문에 여간 즐거운 것이 아니었다. 그는 인터폰으로 진호를 불렀다. 뚜우뚜우 신호가 울린 뒤 인터폰의 저쪽에서 진호가 나왔다.

"네, 사장님. 저 조진홉니다."

"아, 조 전무. 바쁘신가."

"크게 바쁜 것은 없습니다만……."

"좋아, 내 방에서 차 한 잔 하지."

"네, 알겠습니다."

철수의 호출을 받은 진호는 득달같이 사장실로 달려 들어왔다. 희멀끔한 그의 얼굴에는 기름기가 잘잘 흐르고 있었다. 그는 철수 앞에 조용히 앉았다. 철수는 다시 미스 김을 불렀다. 빼어난 미모의 미스 김이 사장실로 들어왔다. 그녀는 아랫배 쪽에 두 손을 다소곳이 모으고 있었다. 그녀가 물었다.

"사장님, 부르셨습니까?"

"응. 커피 좀 두 잔 가져오지."

"네, 커피 두 잔 준비하겠습니다."

잠시 후 미스 김이 커피 두 잔을 가져와 소파 테이블 위에 놓아 주었다. 아무튼 골드비전 직원들은 위계질서가 분명했다. 비록 인원은 소수에 지나지 않았지만 그들은 일당백의 막강한 조직력을 자랑하고 있었다. 그들은 사장인 철수의 눈빛만 보고서도 척척 움직여 주었다. 그런 점에서 골드비전은 그 어떤 군대나 비밀결사라도 뺨치고 찜 쪄 먹을 역량을 갖추고 있었다. 진호가 철수에게 물었다.

"사장님, 피곤하지 않으세요?"

"천만에."

"접대하시느라 힘드셨을 텐데요."

"사실은 그렇지도 않았어. 생각보다 훨씬 쉬운 상대였으니까."

"김대현이라는 그 사람, 사장님 말씀을 잘 듣던가요?"

"물론이지."

"사장님께서 그만큼 비즈니스를 잘 하셨겠죠."

"아무튼 대만족이야. 그 친구, 술 한 잔 들어가니까 곧 무너지기 시작하더군. 나한테 '김 사장'이라고 했다가 '이 사장'이라고 했다가 갈팡질팡하더라구. 나중에는 인사불성이 되어서 돌아갔지. 술과 여자 앞에서는 맥을 못 추더라구. 하하하……."

철수는 호방하게 웃었다. 대현이 남의 성을 갈면서 갈팡질팡하는 바로 순간 허점을 보았기 때문이었다. 그는 지난밤 푸짐한 향응으로 대현을 완벽하게 제압한 셈이었다. 이제 사업적으로 그의 급소를 찌르는 일만 남겨놓고 있었던 것이다.

15

그날, 대현은 점심때가 되도록 축 늘어져 있었다. 그는 마치 살충제를 맞은 모기나 파리처럼 비실비실하였다. 술은 무서웠다. 적당히 마실 때에는 술처럼 좋은 것이 없지만, 한 번 왕창 마셔서 필름까지 확 끊기고 보니 술 때문에 목숨을 잃을 수도 있겠다는 생각이 들었다.

그는 오후 늦게야 어느 정도 정신을 차렸다. 하지만 그는 오후에도 엎치락뒤치락 하면서 연신 애꿎은 담배만 피워댔다. 백수가 이렇게 힘들 줄이야 누가 알았을까. 군복을 벗은 이후 대여섯 달 동안은 그렇게 좋을 수가 없었다. 누구한테 얽매이지 않고 골프장이며 선후배 사무실이며 자유분방하게 돌아다닐 때의 그 즐거움이란 그야말로 꿀맛이었다.

하지만 그것도 잠시뿐이었다. 골프장도 하루 이틀이지 날이면 날마다 거기 가서 살다시피 할 수는 없었다. 선후배 사무실에 놀러 가는 것도 예외가 아니었다. 그들은 죽자 사자 일하는데 괜히 빌붙어서 일을 방해하는 것만 같아 조심스러울 따름이었다.

하루 하루가 무료했다. 아직 늙은 것도 아니건만 허구헌 날 방구석에 틀어박혀 시간만 흘려보낸다는 것은 그야말로 죽을 맛이 아닐 수 없었다. 감옥이 따로 없고 수인(囚人)이 따로 없었다. 직업 없이 지낸다는 것은 그 자체로서 지독한 형벌이었고, 하는 일도 없이 무료하게 시간만 죽인다는 것은 형기만료를 기다리는 수형자와 무엇이 다를 것인가.

문제는 취직이었다. 전역 직전까지만 해도 대현은 사회에 나가면 뭔가 또 다른 무슨 길이 열릴 것이라고 확신했다. 하지만 그것은 어림도 없는 착각이었다. 과거 군사정권 시절 같으면 예비역 장성들이 거의 예외 없이 국영기업체 임원으로 나갔고, 예비역 영관 장교들도 어디 가서든 다 한 자리씩 차지할 수 있었다.

그때에도 낙하산 인사니 뭐니 말이 많긴 했지만, 군 출신이 집권하고 있는 동안에는 군인의 인기가 오늘날 같지 않았다. 사관학교 입학시험 경쟁률이 일류 대학 입시 경쟁률을 뺨칠 정도였고, 그만큼 우수한 자원이 몰려들어 군 당국은 즐거운 비명을 올리곤 했었다.

사실 대현이 육사에 들어갈 때만 해도 입학 경쟁률이 워낙 높아 웬만한 놈은 감히 응시원서조차 낼 수가 없었다. 그 자신 초·중·고등학교 시절 수재라는 말을 들었었고, 육사에 들어간 뒤에도 모든 과목에서 중간 이상의 성적을 기록했다.

임관 후에도 예외가 아니었다. 동기생들과 견주어 선두그룹에 끼지는 못했지만, 그래도 항상 중간 이상의 평가를 받곤 했다. 보직도 그런 대로 괜찮은 편이었다. 소위 끗발 좋고 잘 나가는 동기생들이 요직 중의 요직으로 치닫고 있었지만, 대현의 보직이 다른 동기생들에 비해 크게 밀리는 것도 아니었다.

군인의 입장에서는 군사정권 시절이 그리웠다. 군인들은 어디를 가나 섭섭하지 않은 대접을 받았다. 그러나 군사정권이 물러가고 순수 민간 정치인에 의한 민주화가 이루어진 이후 군에 대한 시각도 많이 달라졌다. 더욱이 군 출신이 사회에 나와 안정된 직장을 잡는다는 것은 하늘의 별 따기, 아니 군대에서 별 따기보다도 더 어려웠다. 이제는 현역에서 물러나면 꼼짝없이 어정쩡한 백수건달로 전락할 수밖에 없었다.

냉정히 생각해 보면 대현에게는 회상하고 싶지 않은 쓰라린 전력이 있었다. 그것은 자녀들에게도 말 못할 일생일대의 치욕이었다. 임관 이후 상관들에게 철저히 복종하였고, 사생활까지 반납하면서 죽자 사자 본연의 직무에만 충실했건만 소령에서 중령으로 진급할 때 한 차례 고배를 마신 것이었다.

그는 1차 진급심사에서 한 번 꿇었고, 2차 진급심사를 거쳐 가까스로 중령 계급장을 달았다. 대현은 그때 『회남자(准南子)』의 「인간훈(人間訓)」에 나오는, '인간만사 새옹지마(人間萬事 塞翁之馬)'라는 고사(故事)를 떠올렸다. 그러면서 그는, 한 번 나쁜 일이 있었으니까 언젠가는 역전의 드라마를 연출할 수 있겠거니 애써 자위했다.

그런데 웬걸 그때의 한 차례의 진급심사 탈락은 두고두고 그의 발목을 잡았다. 1차로 중령에 진급했더라면 거침없이 승승장구했을 텐데, 그때 한 차례 쓰디쓴 물을 먹음으로써 대령으로 진급할 때에도 1차에 진급하지 못하고 2차 진급심사까지 거쳐야 하는 난관을 겪었다.

물론 대현보다 더 억울한 동기생들도 적지 않았다. 그들 중에는 3차 심사에서 간신히 턱걸이한 사람도 있었고, 어떤 친구는 그나마 3차 심사에서 탈락한 나머지 계급정년에 걸려 쓸개를 씹다가 옷을 벗었다. 그들에 비한다면 그래도 대현은 훨씬 나은 편이었다.

하지만 대현은 소령에서 중령으로 진급할 때의 그 비참했던, 골수에 사무치는 아픈 과거를 잊을 수가 없었다. 그는 그때부터 잘 나가는 선두그룹에서 일단 뒤로 처지게 되었다. 그때의 비애는 뭐라 말할 수가 없었다. 한 차례의 결손도 없이 선두그룹으로 내달려도 시원찮을 마당에 두 차례 연속으로 1차 진급심사에서 탈락하다니 그때의 심경은 차라리 죽고 싶을 따름이었다.

계급이 높아지면 높아질수록 그 문은 더욱 좁아질 수밖에 없었다. 중령으로 진급할 때 물먹지 않았더라면 잘 나갈 수도 있었는데, 그때 일이 요상하게 꼬이는 통에 두고두고 애를 먹어야 했다. 냉정히 말하자면 그때 이미 장성 진급의 꿈은 사실상 멀어진 셈이었다.

그래도 대현은 장성 진급에 대한 미련과 한 가닥 희망을 버리지 않고 있었다. 그동안 정권이 바뀌었고, 국방부 장관을 비롯해 인사권을 가진 군 수뇌부가 완전히 물갈이되었기 때문이었다. 그는 새 정권에 은근한 기대를 걸었다. 하지만 그것 또한 한갓 허망한 꿈에 지나지 않았다.

그는 준장 진급심사에서 최종 탈락했고, 생도 시절부터 간직해온 장성 진급의 꿈은 물거품이 되었다. 정치적 끗발이 있었더라면, 그리하여 누군가가 뒤를 밀어 주는 사람이 있었더라면 상황이 달라질 수도 있었을 텐데, 그는 끝내 역전의 드라마를 연출하지 못하고 말았다.

결국 군복을 벗고 민간인 사회에 나와 보니 막막하기 짝이 없었다. 군대에서 몸에 익힌 경험만으로는 사회에서 별로 할 일이 없었다. 권모와 술수가 난무하는 민간인 사회. 군대에서 진급심사를 앞두고 혹간 흑색 선전과 중상모략이 나도는 것은 아마추어 수준의 순진한 병정놀이에 지나지 않는 셈이었다.

그 반면, 민간인 사회는 피가 팍팍 튀는 실전의 전장(戰場)이라고 말할 수 있었다. 물고 물리는, 죽고 죽이는 치열한 싸움터. 그런 민간인 사회야말로 군대하고는 비교할 수 없을 정도로 훨씬 더 복잡하고 살벌했다. 군대에서 잔뼈가 굵어진, 오랜 세월 군사문화에 길든 사람이 그런 민간인 사회에 나와 적응하기란 여간 어려운 것이 아니었다.

대현은 그동안 처세술이며 전문 경영인의 성공비화도 여러 권 읽었다. 생도 시절 병서를 비롯한 군사 관련 전문서적에만 탐닉해온 그는 때때로 민간인들의 성공비화 등을 접하면서 깜짝깜짝 놀라곤 하였다. 민간인 사회에서 성공한 사람들은 소기의 목적을 달성하기 위하여 소름 끼칠 만큼 수단과 방법을 가리지 않았다.

민간인의 성공전략은 실로 다양했다. 눈앞에 이익이 보이면 상대방을 구워삶기 위해 무궁무진한 전략을 구사하는 민간인들. 그들은 상대방의 성향에 따라 뇌물 공여, 미인계 등등 제갈량(諸葛亮) 뺨치는 변화무쌍한 전략을 펼치고 있었다. 적수공권으로 사업에 뛰어들어 재계의 큰 별로 떠오른 인물들의 성공비화 중에는 무릎을 탁탁 치게 하는 경우도 적지 않았다.

어수룩한 시절에 어떤 빈털터리가 있었다. 그는 한 겨울 동네 뒷동산에 올라가 환약처럼 동글동글한 산토끼 똥을 긁어모아 만병통치 명약으로 팔아먹었다. 얼마나 재주가 비상하면 산토끼 똥을 명약으로 팔아먹었을까. 그는 고도의 상술을 발휘, 천하의 명약으로 둔갑시킨 산토끼 똥을 부잣집에만 제한적으로 공급했다. 그러자 돈냥 깨나 있다는 작자들은 너도나도 그 만병통치 명약을 제공해 달라고 줄을 서서 달려들었다. 문제의 빈털터리는 그렇게 모은 돈을 종자돈으로 해서 제약회사를 창업해 승승장구하더니 급기야 재벌의 반열에 올랐다.

그런데 그에게 결정적인 성공 비결이 있었다면 한없이 겸손했다는 사실이었다. 그는 어느 누구 앞에서도 큰소리를 내는 법이 없었고, 누군가가 죽으라면 죽는시늉까지 할 정도로 몸을 낮추었다. 그렇기 때문에 그런 사람이 남을 속이고 등쳐먹으리라고는 생각조차 할 수 없었던 것이다.

사회란 그런 곳이었다. 군대가 상급자의 명령과 하급자의 복종으로 모든 일을 처리하는 집단인 반면, 사회는 아무 끗발도 없어 보이는 형편없이 낮아 보이는 존재가 이처럼 밑으로 파고들어 남의 뒤통수를 칠 때가 더 많았다. 통상 사회에서 성공한 사람들은 소위 끗발을 앞세워 대결 상황을 만들기보다는 대개 밑바닥으로 슬슬 기어 들어가 소기의 목적을 달성하고 나오는 것이었다.

그런 점에서 사회적으로 성공한 사람들은 거의 예외 없이 낮은포복의 명수들이라고 말할 수 있었다. 그들의 경우 낮은포복으로 기어 철조망을 통과하고 마침내 고지를 정복한다고나 할까, 아무튼 계급을 앞세워 부하들에게 뭣뭣을 시키기만 하면 척척 되는 고위 장교들하고는 비교할 수도 없었다.

세상은, 그리고 인생은 그렇게 단순한 것이 아니었다. 1에 1을 보태면 2가 되겠지. 그것은 수학도 아닌 산수라고 말할 수 있었다. 하지만 콩을 한 개 먹고 또 한 개 먹었다고 해서 배설할 때 콩이 반드시 두 개 나오는 것은 아니었다. 뱃속에 콩이 두 개 들어간 것은 사실이지만, 인간이 그 콩을 씹는 순간 그것은 이미 콩의 형태를 잃지 않는가. 또, 그 콩의 단백질과 지방질 등 영양소가 체내로 스며들고 사람이 나머지 찌꺼기를 몸 밖으로 배설할 때 화다닥 설사라도 내갈겼다면 어떻게 될까. 그래도 콩이 두 개라고 벅벅 우길 것인가.

물론 질량불량의 법칙에 의하면 콩은 당연히 어딘가에 두 개로 존재하게 마련이었다. 그렇다고 영양소와 배설물까지 콩이라고 말할 수는 없었다. 그것은 고차원 방정식으로도 풀 수가 없었다. 그렇건만 콩이 두부가 되었는데도 그걸 끝까지 콩이라고 착각하는 단순한 사람들이 얼마나 많은가. 대현은 요즘 그런 생각을 하면서 예전에는 미처 생각하지 못했던, 복잡하기 짝이 없는 민간인 사회에 혀를 내두르곤 하였다.

전역 직후 대현은 우연히 인터넷에 들어갔다가 군 간부들을 싸잡아 중상모략 하는 글을 읽은 적이 있었다. 건전해야 할 사이버 공간이 말할 수 없는 언어들로 오염돼 있다는 것은 널리 알려진 사실이지만, 군 간부들을 악의적으로 모독하는 글을 대했을 때는 머리가 헤까닥 돌아버릴 지경이었다. 어떤 놈인지 그 실체를 알 수는 없지만, 그 글을 올린 작자는 군 고위 장교들을 사정없이 비판하면서, 힘없는 사병들을 피지배자로 삼아 끊임없이 괴롭히는 지배집단이라고 모독했다.

더욱이 모 대학교수는 자신의 홈피에 소위 군사문화를 들먹이면서 악의적인 허위선전을 늘어놓고 있었다. 군대에 대해서 '군' 자도 모르는 거랑말코 같은 작자가 사실과 전혀 다른 허황된 이야기를 횡설수설 지껄여 놓은 것을 보았을 때 대현은 피가 역류하는 듯한 분노를 느끼지 않을 수 없었다.

사실 군을 악의적으로 매도하는 놈들은 한둘이 아니었다. 과거 독재정권 시절에는 잡혀갈까 두려워 입도 뻥끗하지 못했던 작자들. 그런 소인배들이 이른바 민주화 이후 더욱 기승을 부리면서 국가 수호의 최후 보루라 할 군을 형편없는 집단으로 매도하는 것이었다.

세상에 이런 나라가 어디 또 있을까. 군을 모독하는 글이 공공연히 횡행하는 나라. 군을 모독해서 뭘 어쩌자는 것일까. 적진의 첩자 또는 국가 전복을 획책하는 어느 불순세력의 소행인지는 몰라도 그따위 글이 사이버 공간에 버젓이 떠서 활개를 친다는 자체가 그저 서글프고 참담할 따름이었다.

더욱이 윤형진 선배의 말을 빌리면, 군 출신 인사는 사기꾼들의 밥이라는 것 아닌가. 사기꾼도 사기꾼 나름이겠지만, 예비역 장교들을 등쳐먹는 그놈들이야말로 정말 구제 받지 못할 나쁜 놈들이었다. 오직 국가와 민족을 위해 헌신한 사람들에게 예우다운 예우는 해주지 못할지언정 그런 애국자들을 희생 제물로 삼는 그 작자들이야말로 저주받아 마땅한 인간 쓰레기가 아니고 무엇인가.

대현은 이제 컴퓨터를 부팅 하는 것조차 꺼렸다. 아무리 혼탁한 세상이라고 하지만, 인터넷에 들어가 봤자 쓸 만한 이야기는 별로 없고 온통 썩은 소리들로 가득해서 신물이 났기 때문이었다. 특히 군을 비하하거나

170

비방하는 글을 대할 때에는 천불이 났다. 나라를 지키는 조국의 간성이 겨우 이런 대우를 받아야 한단 말인가.

대현은 속을 부글부글 끓이다가 무심코 휴대전화를 들여다보았다. 아니나다를까, 뜻하지 않은 문자메시지가 들어와 있었다. 중대장님, 귀한 시간 내 주셔서 감사합니다. 또 뵙겠습니다. 이철수 올림. 액정화면에 나타난 그 메시지를 접하는 순간, 대현은 다시금 잔잔한 감동을 머금었다.

정말 대단한 부하로군. 내가 중대장으로 근무할 때 어찌하여 이처럼 충성심 강한 부하 사병을 알아보지 못했을까. 만약 그때 그 부하를 발견하여 보다 더 관심을 기울여 주었더라면 좋았을 텐데 그렇지 못했던 것이 못내 아쉽기만 했다.

그러면서도 다른 한편으로는 그런 훌륭한 옛 부하를 만났다는 사실 자체가 여간 흡족한 것이 아니었다. 대한민국 육군에 지휘관은 많다. 지휘관 출신, 그러니까 지휘관으로 근무하다가 전역한 예비역 장교는 훨씬 더 많다. 하지만 그 많은 지휘관 출신들이 이름조차 기억할 수 없는 옛 부하 사병으로부터 극진한 존경을 받는 것은 아니다.

병들어 누워 있는 부모조차 내팽개치는 세상. 아니, 현대판 고려장이라고나 할까, 해외여행이라는 명목으로 부모를 모시고 남의 나라에 나가 슬그머니 현지에 내다버리고 돌아서는 세상. 이 삭막한 말세 같은 세상에 어느 누가 부모도 아닌, 일가친척도 아닌, 그저 군대에서 잠깐 만났을 뿐인 옛 중대장을 애써 찾는단 말인가. 그렇다면 내 인생이 결코 헛되진 않았구나. 대현은 그런 생각을 하면서 적지 않은 긍지와 보람을 찾고 있었다.

옛 부하 사병들 중에는 출세한 사람이 많겠지. 인구 분포로 볼 때, 사회에서 행세 깨나 하는 사람들 중에는 지휘관 출신보다 사병 출신이 비교할 수 없을 정도로 더 많다. 그들이야말로 어느 지휘관인가의 옛 부하임에 틀림없다. 그렇다고 사병으로 제대한 뒤 사회에 나와 출세한 인물들이 마음먹고 옛 지휘관을 찾는 것은 아니다. 이렇게 볼 때, 옛 부하 사병이 나타나 극진한 대접을 베풀어 주었다는 것은 얼마나 희귀한 일인가.

술이 취하기 전, 철수는 대현의 면전에서 입에 침이 마르도록 과분한 칭사(稱謝)를 아끼지 않았다. 심금을 울려 주는 칭사. 그는 닭똥 같은 눈물을 흘릴 기세로 대현의 가슴을 쳤다. 그것은 사실 일종의 인생고백 같은 것이기도 했다. 대현의 귓가에는 아직도 철수의 인생고백이 녹음테이프처럼 돌아가고 있었다.

"말 한마디로 천 냥 빚을 갚는다는 격언이 있습니다. 그렇습니다. 저는 중대장님의 영향을 받아 새롭게 태어난 사람입니다. 아까도 말씀드렸다시피 아마 중대장님이 아니었으면 지금쯤 이 세상에 살아 있지도 못할 겁니다. 제가 그 무서운 사고를 쳤다고 생각해 보십시오. 어떻게 살아남을 수 있겠습니까. 무고한 사람들을 해치고 저 자신도 끔찍하게 죽었을 겁니다. 그 절체절명의 고비에서 저를 구원해 주신 분이 바로 중대장님이십니다. 그런 점에서 중대장님은 제 인생의 등대 아니면 나침반 같은 은인입니다. 사람이 그런 은혜를 모른대서야 말이 안 되죠. 그동안 제가 중대장님을 잘 모시지 못한 죄가 너무 큽니다. 하지만 이제는 사정이 다릅니다. 중대장님께서 전역을 하시고 민간인 사회로 나오신 이상 제가 끝까지 책임지고 잘 모시겠습니다."

철수의 언변은 놀라웠다. 옛 부하 중에 이처럼 말 잘하는 사병이 있었다는 사실 또한 충격적인 일이었다. 철수가 줄줄이 토해내는 동안 대현은 가슴이 뭉클해지면서 눈시울이 화끈해짐을 느꼈다. 이 근래 찬밥 신세가 되어 아내한테 눈칫밥이나 얻어먹어야 하는 처지인데 이런 옛 부하 사병을 만나고 보니 그야말로 천군만마를 얻은 것보다 더 기뻤다.

"……제 입장에서는 중대장님을 다시 뵙고 보니 꿈인지 생시인지 분간할 수조차 없습니다. 그야말로 감격 그 자체입니다. 제가 감히 어떻게 중대장님 같은 분을 다시 만날 수 있었겠습니까. 일찍이 중대장님의 가르침을 받고 그나마 밥술이라도 먹게 되었으니까 이렇듯 중대장님을 다시 모실 수 있게 된 겁니다. 중대장님을 뵙기 위해 전화를 건 사람은 분명 저였습니다. 하지만 엄격히 말해서 오늘 이 자리를 만들어 주신 분은 바로 중대장님이십니다. 제가 떳떳이 밥술이라도 먹게 된 것은 순전히 중대장님 덕택이었으니까요. 만약 제대 후 제가 잘못 풀렸다고 생각해 보십시오. 중대장님께 어찌 전화를 드릴 수 있었겠습니까. 그렇지 않습니다. 제 입장에서는 다행히 명함이라도 가지고 다닐 형편이 되었으니까 자신만만하게 불쑥 전화를 드렸던 것입니다. 군대 시절 중대장님의 가르침이 아니었으면 저는 지금까지 살아 있지도 못할 겁니다. 따라서 오늘 이 재회의 자리는 바로 중대장님께서 만들어 주셨다 해도 과언이 아닙니다."

16

그래. 철수는 참 충직한 사람이야. 모두가 지긋지긋하게 여기는 군대생활. 직업군인이야 자기가 희망해서 선택한 길이니까 그렇다 쳐도 사병들의 경우 대개는 적당히 복무연한만 때우면 그만이라는 인식을 갖게 마련이었다. 개중에는 올곧은 안보의식, 더 나아가 투철한 국가관을 가진 젊은이도 없지 않았지만, 대부분의 사병들이란 단순히 병역의 의무를 필하기 위해 마지못해 끌려왔다는 잠재의식을 가지고 있었다.

대현은 지난 세월 현역 장교로 복무하는 동안 사병들의 의식구조에 깊은 우려를 갖지 않을 수 없었다. 국가의 운명을 책임져야 할 젊은이들. 모름지기 군인이라면 언제라도 국가와 민족을 위해 기꺼이 한 목숨 바칠 각오가 돼 있어야 하건만, 일부 사병들 중에는 군대에 와서 괜히 아까운 청춘을 바치며 애꿎게 썩는다고 생각하는 부류도 없지 않았다.

언젠가 한번은 '좆뺑이를 쳐도 국방부 시계는 돌아간다'는 누군가의 폭언을 들은 적이 있었다. 그러니까 아무리 사병 생활이 고달파도 국방부의 시계는 돌아가게 마련이며, 시곗바늘이 돌아가면 돌아갈수록 제대 날짜가 가까워진다는 뜻이었다. 아무리 생각해도 납득할 수 없는 독설 중의 독설이었다. 아니었다. 누가 뭐래도 그건 아니었다. 신성한 국방의 의무를 모독해도 분수가 있지 그런 엉터리 폭언이야말로 정신이상자나 불순분자가 아니면 도저히 뱉어낼 수 없는 표현이었다.

국가와 민족을 지키는 것처럼 숭고한 가치가 어디 있는가. 모름지기 사나이 대장부라면 국가와 민족을 위해 헌신해야 할 것 아닌가. 그렇건만 일부 개념 없는 젊은이들은 병역의무 그 자체를 성가시고 귀찮게 여기는 것이었다. 아무리 개인주의가 판치는 세상이라고 하지만 국가와 민족의 안위를 망각한 그런 태도야말로 한심하기 짝이 없었다.

한데 그보다 더 심각한 것은 병역비리라고 말할 수 있었다. 잊을 만하면 한 번씩 툭툭 불거져 나오는 병역비리. 심지어 어떤 권력자는 온갖 잔꾀를 부려 아들을 둘씩이나 군대에 보내지 않아 빈축의 대상이 되고 있었다. 나쁜 자식. 소위 사회 지도층 인사라면 의무 이행에서도 자기부터 솔선수범해야 할 것 아닌가. 그렇건만 그 권력자는 공중에 뜬 새도 떨어뜨린다는 막강한 권력을 틀어쥐고 호의호식하면서 자기 아들을 둘 다 군대에 보내지 않았다니 천벌을 받고도 남을 짓이었다.

그렇다면 힘없는 집의 자제들만 군대에 가서 고생하란 말인가. 하늘이 두 쪽 나도 그건 있을 수 없는 일이었다. 하지만 권력과 돈을 거머쥔, 소위 사회 지도층이랍시고 껍적대는 군상들 중에는 이런저런 이유로 자기 아들을 군대에 보내지 않은 경우가 허다했다. 한마디로 염치도, 양심도 없는 추악한 놈들이었다.

더욱 가증스런 것은 낱낱 그런 놈들일수록 더 높은 권력과 더 많은 재물을 차지하지 못해 안달을 하고 있다는 사실이었다. 제가 해야 할 도리는 하지 않으면서 좋은 것만 골라 찾는 썩어빠진 인간말종들. 소위 정부 고위직 내정자들에 대한 국회 청문회 때마다 툭툭 불거져 나오는 병역비리 의혹은 썩을 대로 썩은 우리 사회의 치부를 보는 듯했다.

정당한 사유도 없으면서 석연치 않은 이유로 군대에 가지 않은 작자들이 고위직을 맡겠다고 나선다는 자체가 사실은 난센스 코미디라고 말할 수 있었다. 물론 개중에는 질병, 극빈 등 소집을 면제받은 경우도 없지 않았다. 하지만 육신 멀쩡하고 좋은 집안에서 성장한 젊은이들이 군대에 다녀오지 않았다면 필시 뭔가는 문제가 있게 마련이었다. 대현은 그런 말종들을 볼 때마다 울컥울컥 구역질을 느끼지 않을 수 없었다.

생각하기에 따라서는 군대가 얼마나 좋은 곳인가. 군대생활은 젊은이들에게 주어진 특권일 수도 있었다. 군대 체험은 돈 주고도 살 수가 없었다. 군대에서 잘 적응한 사람은, 특히 군대에서 혹독한 훈련을 받은 사람일수록 강인한 정신력을 키울 수 있었다. 그렇건만 끗발 좋고 돈 많은 사람들의 자식은 군대생활 자체를 싫어하는 것이었다.

사실 떳떳이 군대에 가서 신명을 다 바쳐 국방의 의무를 다하는 것이야말로 애국의 출발점이 아니고 무엇인가. 주둥이로는 나라사랑 어쩌구 희떠운 소리를 지껄이면서도 실지로는 병역을 기피하려는 간교한 무리들. 대현은 그런 인간쓰레기들을 도저히 이해할 수가 없었다.

일찍이 안중근 의사는 '爲國獻身 軍人本分(위국헌신 군인본분)'이라 했다. 대현은 현역으로 복무하는 동안 그 가르침을 가슴 깊이 새기고 또 새겼다. 그는 군인이 된 것을 늘 자랑스럽게 여겼고, 국가와 민족을 위해서라면 언제라도 이 한 목숨 기꺼이 바치겠다는 일념으로 살아왔다.

물론 군대생활을 하는 동안 때로는 극심한 갈등과 회의에 젖기도 했다. 군대도 인간들이 모인 집단인지라 온갖 잡동사니들이 들끓었다. 속좁은 상급자, 삐딱한 부하들을 만나 엄청난 스트레스를 받을 때에는 이래저래 여간 힘든 것이 아니었다. 하지만 그는 극기(克己)의 정신으로 그런 어려움을 잘 극복할 수 있었다.

그동안 군대생활을 하면서 겪은 이야기를 하자면 한도 없고 끝도 없었다. 말단 사병 출신만 하더라도 술자리에 앉으면 시간 가는 줄 모르고 군대 이야기를 늘어놓게 마련인데, 항차 사관학교를 나와 대령까지 올라가면서 군대에 청춘을 다 바친 대현의 입장에서는 더 이상 물어볼 필요도 없었다.

극단적으로 말하자면, 이제까지 대현의 인생은 군대생활이 전부였다.

그는 군대생활 이외의 다른 일에는 한눈을 팔아본 적이 없었다. 그는 오직 본연의 직무, 나라 지키는 일에만 전념했다. 아마 민간사회에서 돈 버는 일에 그렇게 열중했다면 그동안 돈을 벌어도 누구 못지않게 큰돈을 벌었을 것이었다.

그러나 대현은 결코 돈을 밝히지 않았다. 그는 사관학교 시절 이후 오직 군인의 직분에만 충실하기로 다짐했다. 임관 이후에도 명예와 자긍심을 생명처럼 여기며 그 영광스런 장교의 길을 걸어왔다. 하지만 인간의 운명이란 자기 마음대로 결정되는 것이 아닌 듯했다.

어젯밤 폭음을 한 뒤끝이라 그런지 대현의 머릿속은 복잡한 상념들로 가득했다. 뒤죽박죽 난마처럼 뒤얽힌 부질없는 생각들. 그래. 철수는 역시 훌륭한 인물이야. 그렇게 올곧은 생각을 가지고 살았으니까 크게 성공했겠지. 다른 사람들이 어떻게 하면 병역을 기피할 것인가 잔머리를 굴리는 현실에 비추어 철수는 분명 군대생활을 통해 거듭난 인물임에 틀림없었다. 비록 사병 출신이기는 하지만, 대현이 볼 때 철수야말로 그 어떤 장교보다도 투철한 국가관을 가지고 있었다.

눈에 넣어도 아프지 않을 유능한 사업가. 옛 부하 가운데 사회에 나와 출세한 인물은 많겠지. 하지만 지금까지 자진해서 직접 연락을 취해온 인물은 철수가 처음이었다. 대현은 그런 철수에게 감복하고 또 감복했다.

이 험악하고 살벌한 시대, 남이야 죽건 말건 자기 한 사람 잘 살면 그만이라고 눈에 불을 켜는 시대, 어느 누가 자발적으로 옛 상관을 찾을 것인가. 하지만 철수는 달랐다. 그는 옛 정을 못 잊어 직접 연락을 취해온 인물이었다. 본래 춥고 배고플 때 라면이나 자장면을 사준 사람은 오래 기억되는 법이었다. 그 반면, 지갑에 여유가 있을 때에는 아무리 좋은 음식을 사줘도 그때만 지나면 곧 잊히게 마련이었다. 그런 점에서 철수는 절묘하게 타이밍을 맞춘 셈이었다. 오라는 데도 없고, 마땅히 갈 데도 없어 빌빌거리는 대현에게는 적시에 나타난 철수야말로 구세주나 다름없었다.

결국 점쟁이의 예언은 적중한 셈이었다. 아내 민정은 지난번 점을 보고 와서 기쁜 소식을 전해준 적이 있었다. 친구의 소개로 계룡산에서 하산한 족집게 도사를 만났는데, 그 점쟁이의 말인즉 곧 서방에서 젊은 귀인이 나타난다는 것이었다.

그래. 맞았어. 이철수는 여의도에 사무실을 내고 있다고 했어. 그렇다면 이곳 강남에서 볼 때 여의도야말로 서방이 아닌가. 더욱이 몇 살 아래인 철수야말로 귀인 중의 젊은 귀인이라고 말할 수 있었다. 대현은 지금까지 점 따위를 하찮은 미신 정도로 가볍게 웃어넘겼으나 예의 족집게 도사는 남다른 신통술을 가지고 있는 듯했다.

그뿐이 아니었다. 대현은 철수에게서 좋은 예감을 받았다. 그 사람과 자주 만나다 보면 뭔가 새로운 희망이 열릴 것 같은 짜릿한 예감. 그것은 막연한 기대라기보다 차라리 확신에 가까운 동물적 육감이었다. 똑똑하고, 말 잘하고, 예의 바른 철수에게 무한한 신뢰가 가는 것이었다.

중대장 시절의 옛 부하 중에 철수처럼 탁월한 인재가 있었다니 참으로 놀랍기만 했다. 실지로 군대에서 대위 계급을 달고 중대장으로 근무할 때에는 사병들 개개인의 역량을 별로 대수롭지 않게 판단했던 대현. 그때, 그는 부하들을 용감한 사병으로 육성하기 위해, 다시 말하자면 중대의 전투력을 극대화하기 위해 진력했을 뿐 그들의 머나먼 장래에까지 관심을 기울일 수는 없었다.

이제 와서 생각하면 미안한 일이었다. 부하들의 장래까지 멀리 내다볼 수 있었더라면 얼마나 좋았을까. 하지만 그는 거기까지 영향력을 행사할 수가 없었다. 그의 힘이 미치는 곳이라곤 병영 안으로 한정돼 있었다. 부대에서 지휘관이 부하들에게 베풀 수 있는 것은 무엇일까. 그것은 첫째도 사랑이요 둘째도 사랑이요 셋째도 사랑이었다. 대현은 부하들을 지휘 통솔할 때 진정한 사랑 이상의 다른 묘약이 없다고 굳게 믿었다.

실지로 그는 초임 소대장 시절부터 부하 사병들을 끔찍이도 아끼고 사랑했다. 형제가 따로 없었다. 그들이야말로 운명을 함께 해야 할 형제들이었다. 대현은 귀한 아들로 태어나 집에서 극진한 사랑을 받다가 입대한 사병들을 친아우처럼 대해 주면서 행여 그들의 털끝 하나라도 다칠세라 따뜻한 사랑으로 보살펴 주었다. 전쟁이 나면 지휘관과 함께 목숨을 걸고 적을 물리쳐야 할 부하들. 대현은 그런 사병들을 누구보다도 존귀하게 여겼다.

그랬다. 국민 없는 대통령이 존재할 수 없는 것처럼 어떤 군대든 부하 없는 지휘관이란 있을 수가 없었다. 그런 무수한 부하들이 있음으로 해서 지휘관이 존재한다고 생각할 때, 대현은 사병들을 한 사람 한 사람 모두 살붙이처럼 아끼지 않을 수 없었다.

대현은 자신의 주특기가 보병이라는 사실에 대해서도 무한한 긍지와 자부심을 느꼈다. 만약 보병이 아닌 다른 병과였다면, 그 많은 부하들을 거느리기가 쉽지 않았을 텐데 그는 보병 장교였으므로 지휘관으로 나갈 때마다 그 휘하에는 항상 일정한 부하들이 있었다. 그는 소대장, 중대장, 대대장, 연대장을 거치는 동안 장차 장성이 되어 천군만마를 지휘할 때의 청사진을 미리 그려보곤 했다.

가장 멋진 장군. 사랑을 몸 전체로 실천한 장군. 그리하여 부하들로부터 진심으로 존경받는 장군. 지장 중의 지장, 덕장 중의 덕장, 용장 중의 용장, 역사에 길이 남을 장군의 표상. 그가 내면에 키웠던 이상은 찬란했다. 하지만 그것은 한갓 남가일몽에 지나지 않았다. 누군가는 말했다. 꿈꾸는 자가 꿈을 이룬다고……. 하지만 그는 그 웅대한 꿈을 꾸었음에도 불구하고 그 뜻을 이루지 못했다.

아무튼 대현의 아쉬움은 한이 없었다. 잊자. 모든 것을 잊자. 예로부터 인간처럼 간사한 동물이 없다고 했다. 사실 그랬다. 모든 것을 말끔히 잊자고 수시로 다짐하건만, 두어 시간도 안 돼 다시 새록새록 되살아나는 미련과 아쉬움. 화려했다면 화려했던 과거에 연연하지 말고 늠연하게 대처하자고 마음을 다잡아도 왜 그렇게 마음이 흔들리는지 알다가도 모를 일이었다.

정말 변덕이 죽 끓듯 했다. 대현은 자신의 정신 상태를 의심했다. 내가 이처럼 변덕스런 졸장부였단 말인가. 아니야. 이래서는 안 돼. 그는 혀를 깨물면서 자신을 타일렀다. 그런데 웬걸 그것도 잠시뿐 조금 있으면 다시금 군대 시절이 떠오르는 것이었다. 더욱이 신문이나 방송에서 군대에 관한 기사를 접하거나 길거리에서 푸른 제복의 장병들과 마주치면 저절로 현역 시절이 그리워졌다.

그동안 자다가 깜짝 놀라 벌떡 일어난 적도 한두 번이 아니었다. 며칠 전에도 객쩍은 일이 있었다. 그날, 그는 의자에 앉아 꾸벅꾸벅 졸다가 살짝 잠이 들었다. 잘 훈련된 장병들이 도열해 있는 어떤 연병장에서 군단장 이·취임식이 진행되고 있었다. 전임 선배 군단장의 이임사에 이어 대현이 연단으로 다가섰다. 그는 목청을 가다듬고 장병들을 향해 취임사를 시작했다. 질서정연하게 도열한 장병들 앞에는 예하 각 부대의 울긋불긋한 깃발들이 바람에 펄럭이고 있었다.

사격장 쪽에서 M16 소총 총성이 들려오고 있었다. 그런가 하면 저쪽에서는 기계화부대의 K1 전차가 표적을 향해 뻥뻥 105밀리 포로 불을 내뿜으면서 질주하고 있었다. 전장에는 포연이 자오록했고, 화약 냄새가 등

천하고 있었다. 지축을 흔드는 포성, 뭉클뭉클 치솟아 오르는 화염. K1 전차의 포격은 백발백중이었다. 잠시 후 저쪽 능선을 넘어온 AH-1S 코브라 헬기가 2.75인치 로켓탄 포드를 발사했다. 그와 동시에 20밀리 기관포가 주르륵 주르륵 탄피를 내뱉고 있었다.

전장은 무시무시한 장관을 연출하면서 가공할 화력 앞에 초토화되고 있었다. 대현은 눈에서 쌍안경을 떼며 흡족한 미소를 머금었다. 그런데 이게 웬일일까, 눈을 떠보니 아무것도 없었다. 꿈이었다. 의자에 앉아 잠깐 졸았다 싶었는데 그 사이 개꿈을 꾼 것이었다. 빌어먹을. 참으로 허망하기 짝이 없었다.

한 번 군인은 영원한 군인. 한 번 장교는 영원한 장교. 그는 그렇게 믿고 있었다. 푸른 제복을 벗고 군대를 떠나온 지 벌써 몇 달이 지났건만, 그는 아직도 종종 현역으로 근무하고 있는 듯한 착각을 불러일으키곤 했다. 어쩌면 그런 착각이 허무맹랑한 개꿈을 꾸게 하는지도 몰랐다.

아, 흠……. 그는 긴 하품을 베어 물었다. 몸이 무거웠다. 군대에 있을 때에는 구보다 뭐다 해서 체력단련에 특별히 신경을 썼는데 전역 이후로는 게으름을 피운 탓으로 몸이 부쩍부쩍 망가지는 느낌이었다. 정말이지 전역 이후에 몰아닥친 파장은 한두 가지가 아니었다. 직장을 잃었다는 상실감과 딱히 할 일이 없다는 절망감이 더욱 심신을 지치게 했다.

그는 온종일 오뉴월 쇠불알처럼 축 늘어져 애꿎은 담배만 축내다가 용기를 내어 철수에게 전화를 걸었다. 전화번호 입력과 함께 발신 단추를 누르자 신호가 갔고, 그때 철수는 휴대전화에 떠오른 액정화면을 보고 발신자가 대현이라는 것을 즉각 알아차렸다.

그러면 그렇지. 철수는 일이 술술 잘 풀린다 확신했고, 일부러 목소리를 착 가라앉힌 채 내숭을 떨면서 얌전하게 전화를 받았다.

"네, 골드비전 이철숩니다."

"아, 이 사장……. 나야, 나…….'

"아이구, 중대장님. 바쁘실 텐데 이렇게 직접 전화를 주셨군요."

중대장님 좋아하시네. 철수는 내심 코웃음을 치고 있었다. 단언컨대 철수는 대현을 중대장으로 모신 적이 없었다. 하지만 그는 산통을 깨지 않으려고 또다시 자기최면을 걸었다. 대현이 말했다.

"바쁘긴 뭘 바빠. 심심해서 전화했어."

"아, 네……. 참 반갑습니다. 어젯밤에 잘 들어가셨습니까."

"물론이지. 그런데 어떻게 집에 들어왔는지 토옹 기억이 나질 않는군."

"그렇게 취하셨습니까."

철수는 여전히 능청을 떨었다. 그는 대현이 얼마나 만취했는가를 누구보다도 잘 알고 있었다. 아니, 그는 대현이 만취한 것을 알고는 내심 쾌재를 부르지 않았던가. 그런데도 그는 천연덕스럽게 속내를 감추고 있었다. 대현이 말했다.

"말도 마. 나, 혹시 이 사장에게 실수하지 않았어?"

"전혀 그런 일 없습니다."

철수는 딱 잡아뗐다. 그러면서 다른 한편으로는 팽팽 코웃음 치면서 사정없이 대현을 얕잡아 후려치고 있었다. 대현은, 술이 취하자 화장실에 드나들 때 비틀비틀 휘청거렸고, 곁에 앉아 있던 여성들의 앞가슴을 연신 주물럭거리면서 추태를 부렸다. 대현이 말했다.

"나, 너무 취했어."

"뭘요. 제가 볼 때엔 별로 취하지 않았습니다. 아무래도 제가 제대로 모시지 못한 것 같습니다. 흠뻑 취하시도록 모셨어야 하는데 혹시 접대에 소홀하지나 않았었는지 걱정스럽습니다."

"천만에. 그렇지 않아. 내가 도리어 큰 폐를 끼쳤지 뭔가. 이 사장이 너무 과용했어."

"아이구, 무슨 말씀을 그렇게 하십니까. 어제도 말씀드렸다시피 저는 중대장님 덕택에 삽니다. 중대장님이 아니었으면 어찌 오늘의 이철수가 있겠습니까. 중대장님께서 잘 가르쳐 주신 그 덕분에 제가 나름대로 사회생활을 하는 겁니다. 중대장님, 저는 앞으로도 중대장님을 자주 뵙고 싶습니다. 필요할 때에는 언제든지 연락 주십시오. 중대장님께서 시간만 내신다면 저는 모든 일 다 제쳐놓고 찾아뵙겠습니다."

"말만 들어도 흡족하군."

"빈말이 아닙니다. 저는 죽을 때까지 중대장님을 잘 모셔야 합니다. 그게 인간의 도리 아니겠습니까."

"내가 뭘 해준 게 있다구……."

"그렇지 않습니다. 어젯밤에도 누차 말씀드렸다시피 저는 중대장님 은혜를 결코 잊을 수가 없습니다."

"아무튼 너무 고마워. 나도 이 사장을 자주 만났으면 좋겠어."

"그건 제가 드릴 말씀입니다. 저도 꼭 그렇게 되기를 빕니다."

"자, 그럼 또 연락하기로 하지."

"일부러 전화까지 주시구……. 정말 감사합니다. 안녕히 계십시오."

철수는 대현과 통화하는 동안 상대방을 자유자재로 밀고 당기면서 고도의 심리전을 펼쳤다. 마음 같아서는 당장 만나자고 유인하고 싶었지만, 그는 일부러 어느 정도 뜸을 들이기로 했다. 며칠만 꾹 참으면 대현이 쪽에서 제 발로 슬슬 빨려 들어올 것이기 때문이었다.

더욱이 오늘 대현이 쪽에서 먼저 전화를 걸어왔다는 것은, 앞으로는 그가 자주 연락을 취하겠다는 신호임이 분명했다. 말하자면 그는 이제 꼼짝없이 계책에 걸려든 셈이었다. 앞으로는 철수가 굳이 손을 쓰지 않아도 순박하기 짝이 없는 대현이 쪽에서 먼저 연락을 취하게끔 되어 있었다.

그것은 일종의 공식이었다. 이 계통에서 난다 긴다 하는 철수가 그 공식을 모를 리 없었다. 이제 대현은 철수의 낚시에 외통으로 걸려든 물고기나 다름없었다. 대현과 통화를 마친 철수는 입가에 흡족한 미소를 흘리고 있었다.

17

강당이나 운동장을 방불케 할 정도로 드넓은 사장실. 그 방에는 철수의 테이블과 산뜻한 응접세트, 그리고 그 주위에 금고와 캐비닛 등 집기들이 비치돼 있었으며, 저쪽으로는 몇 십 명이 둘러앉아 회의를 열 수 있는 회의실이 연결돼 있었다. 진호가 철수에게 물었다.

"혹시 최 회장님한테서 연락 있었습니까?"

"아니. 아직은 연락이 없었어. 자주 찾아뵈어야 하는데 회장님이 워낙 바쁘셔서……."

"아무튼 이번 프로젝트가 성공하면 우리 회사의 위상도 달라지겠죠?"

"그야 물론이지. 우린 지금 절호의 기회를 맞이했어. 조 전무가 잘 도와줘야 해."

"염려하지 마십시오. 저는 사장님만 믿습니다. 그런데 김대현이라는 그 사람, 직접 만나보시니까 어떻던가요?"

사장인 철수가 '중대장님, 중대장님' 하면서 깍듯이 모셨던 대현. 하지만 진호는 그런 대현의 이름을 동네 개 이름 부르듯이 마구 부르고 있었다. 철수가 말했다.

"괜찮아. 아주 상대하기 좋은 인물이야."

"사장님을 믿던가요?"

"최면을 걸었지. 그리고 마구 연막전술을 폈지. 내 각본은 용코로 적중했어. 철석같이 믿더군. 바보 같은 자식. 내가 뭐 언제 제 놈 밑에서 사병 노릇을 했나. 흥, 난 솔직히 말해서 제24사단이 어디에 붙어 있는지도 몰라. 858고지는 더 말할 나위가 없지. 수색대대 제3중대 제2소대 제1분대 분대장 병장 이철수. 조 전무도 내 관등성명을 확실히 기억해 두라구. 알았지?"

"저도 벌써부터 달달 외우고 있습니다. 육군 제24사단 수색대대 제3중대 제2소대 제1분대 분대장 병장 이철수. 그뿐이 아닙니다. 김대현이 중대장으로 있을 때 그 휘하에서 사병으로 근무했고, 그때 중대장의 영향을 받아 사회에 나와 성공했다는 것까지 줄줄 꿰고 있습니다."

"그래, 바로 그거야. 상대방에게 완벽한 최면을 걸려면 먼저 자기에게 확실한 최면을 걸어야 해. 군대에서는 상관과 부하 사이에 선창과 복창을 되풀이하거든. 그것도 일종의 최면이라고 말할 수 있어. 말하자면 서로가 서로에게 최면을 걸어 확신을 심어 주는 셈이지. 인생은 어차피 연극이라고 했잖아. 그렇다면 각본이 있어야 돼. 연극에 출연하는 배우들은 그 각본을 잘 외워야 되고. 그러니까 우리 입에서 나가는 말 한마디, 한마디는 곧 연극 대사라고 말할 수 있겠지."

"그렇습니다. 우리는 지금 명배우가 돼 있는 겁니다."

"맞았어. 하지만 우리의 연극은 이제부터가 시작일 뿐이야. 이번 연극을 위해 조 전무가 직원들을 잘 교육시키도록……."

"오늘 오전에도 다시 한 번 정신교육을 시켰습니다."

"잘 했어. 우리에게는 무엇보다도 팀워크가 중요해. 손발이 척척 맞아야지. 만약 조금이라도 허점이 드러나는 날에는 죽음이 있을 뿐이야. 사느냐, 죽느냐. 그건 오직 우리의 선택에 달려 있어."

"우리 모두 살아야죠. 아니, 우리 골드비전의 위상을 한층 높여야죠. 이번 프로젝트가 성공하기만 하면 최 회장님께서 더 좋은 프로젝트를 맡겨 주실 것 아닙니까."

"두 말 하면 잔소리지. 최 회장님은 우리 골드비전에 큰 기대를 걸고 있어. 최 회장님께서 나를 얼마나 신뢰하는지 조 전무도 잘 알잖아?"

"그렇습니다. 아주 잘 알고 있습니다. 최 회장님은 사장님을 가장 확실한 후계자로 생각하시는 것 같습니다. 이번 프로젝트가 보기 좋게 성공할 경우 우리 업계는 반드시 발칵 뒤집힐 겁니다. 사장님, 그렇잖아도 보고 드릴 일이 있었습니다."

"뭔데?"

"변호사 선임 문제입니다."

"그래. 좀 몰랑몰랑한 변호사를 잘 물색해 보라고 말했었지."

"사장님 지침을 받고 여기저기 수소문을 해서 어제 오후 박개남 변호사와 첫 접촉을 가졌습니다."

"박개남 변호사?"

"별로 유명하지 않은 햇병아리 변호사입니다. 사장님 말씀대로 유명한 로펌이나 거물급 변호사를 동원하는 것보다는 신출내기를 이용하는 것이 우리 사업에 훨씬 유리하다고 판단돼서 일부러 그 애송이 변호사를 골랐습니다."

그랬다. 어디를 가든 변호사는 지천으로 널려 있었다. 필요할 경우 선임할 변호사는 얼마든지 있었다. 더욱이 최 회장과 선이 닿아 있는 전국 각지의 변호사는 수를 헤아릴 수 없이 많았다. 하지만 이번에는 노련한 변호사가 필요한 것이 아니라 세상 물정을 잘 모르는 어수룩한 변호사가 필요했다.

진호는 바로 그런 변호사를 물색했다. 만약 동지 중에 누군가가 법정에 서야 할 일이 생겼다면 보다 더 유능한 변호사를 선임해야 하겠지만, 이번의 경우에는 법인 설립에 필요한 법적 절차만 밟으면 되는지라 일부러 새내기 변호사를 고르게 되었던 것이다. 철수가 물었다.

"검사 출신인가?"

"아닙니다."

"그럼 판사 출신인가?"

"아닙니다. 사법연수원을 거쳐 곧장 변호사로 나선 사람입니다."

"뒷조사는 해 봤나?"

"나름대로 인적사항은 꽤 조사했습니다. 박 변호사는 지방에서 법대를 나와 사법시험에 간신히 합격했습니다. 자기 끗발이 변변치 못한 만큼 사법연수원을 마치자마자 곧장 변호사로 개업했더군요. 하기야 그런 사람은 법원으로 가거나 검찰로 가봤자 큰 빛을 볼 수가 없거든요."

"바로 그거야. 우리 사회가 그만큼 푹신 썩었어. 빽 없는 놈은 오나가나 설자리가 없다니까. 지방에서 법대를 나와 사법시험에 합격했다면 머리는 괜찮은 모양이군. 공부도 열심히 했을 테구……. 하지만 조 전무가 말한 것처럼 일류 대학 출신이 아니면, 특별한 인맥이나 끗발이 없으면 행세를 할 수가 없는 사회. 특권과 반칙이 난무하는 사회. 가진 자는 더 갖지 못해 안달을 하고, 못 가진 자는 뼈가 물러빠지도록 노력해도 제자리걸음만 하거나 뒷걸음치는 사회. 너무 더럽잖아?"

"그렇습니다. 그래서 저도 한때는 혁명가를 꿈꾼 적이 있었습니다."

"혁명가?"

"혁명이 아니고서는 이 사회의 낡은 제도와 관습, 그리고 사회 전반에 만연돼 있는 부조리를 척결할 수 없다고 생각했던 겁니다. 새 봄에 쟁기로 논밭 갈아엎듯이 사그리 갈아엎고 새 씨앗을 뿌린다면 우리 사회도 새로워질 것 아닙니까."

"과연 조 전무다운 생각이군. 사실 나 역시 한때는 혁명가를 꿈꾸었었지. 나도 어렸을 때에는 동네에서 신동이라는 말을 들었어. 한데 집안이 기울기 시작한 뒤로 어떻게 해볼 재간이 없더군. 앞에도 벽, 뒤에도 벽, 옆에도 벽. 공부를 더 하고 싶었지만 학비를 마련할 길이 없었어. 아니, 학비를 마련하기보다는 당장 입에 풀칠하기가 바빴어. 내게는 학업이라는 것 자체가 가진 자들의 사치쯤으로 여겨지더군. 만약 내가 대학만 제대로 다녔다면, 운동권 선봉에 서서 공안당국이나 큰집을 내 집처럼 드나들었을 거야. 그러면 별을 몇 개씩 달았을 것이고, 정치권에 들어갔을지도 모르지. 하지만 내게는 그럴 기회조차 없었거든. 껌팔이, 신문배달, 구두닦이…… 밑바닥을 기면서 안 해 본 것이 없어. 잡초처럼 살아왔지. 밟아도, 또 밟아도 되살아나는 끈질긴 잡초 말이야. 내가 이 업종에 손을 댄 것도 사실은 우연이 아니야. 부조리로 가득한 사회가 나를 이렇게 만들었어."

"저는 사장님을 믿습니다. 사장님은 장차 최 회장님 이상으로 크게 성공하실 겁니다."

"그렇게만 될 수 있다면 얼마나 좋을까. 나는 조 전무 같은 참모를 두고 있다는 사실만으로도 매우 만족해. 조 전무야말로 나의 오른팔이지. 우리는 살아도 같이 살고, 죽어도 같이 죽는 거야. 알겠지?"

"꼭 그렇게 하겠습니다."

진호는 자신 있게 말했지만, 그러나 다른 한편으로는 재빨리 철수의 눈치를 살피고 있었다. 철수가 말했다.

"우리가 힘을 합치면 무엇인들 못하겠나. 나는 에스키모에게 얼음도 팔 수 있고, 아프리카에 가서 오리털 파카를 팔 수도 있어. 무엇이든 자신 있다구."

"그렇습니다. 사장님은 사막에서도 거뜬히 살아남으실 분입니다. 아니, 누군가가 발가벗겨 사막에 홀로 떨어뜨려 놔도 사장님은 벤츠나 헬기 타고 돌아오실 분입니다. 누가 감히 사장님의 두뇌를 따르겠습니까. 도대체 사장님의 아이큐는 얼마나 됩니까. 사장님의 두뇌가 너무 아깝습니다. 고위 장교 출신들을 마음껏 어르고 뺨치는 그 두뇌. 사장님께서 정규 교육만 제대로 받았더라면 천하를 좌지우지했을 텐데 정말 안타까운 일입니다."

"조 전무. 너무 비행기 태우지 마. 잘못하면 추락할 수 있으니까. 어떻든 이번 프로젝트를 반드시 성공시켜야 해."

"하지만……."

진호는 무슨 말인가를 하려다가 꼴깍 집어삼켰다. 조금 전까지만 해도 자신만만했던 진호가 우물쭈물하자 철수는 신경을 곤두세웠다. 철수가 물었다.

"무슨 말을 하려는 거야?"

"아, 아닙니다."

"아니긴 뭐가 아니야. 할 말이 있으면 속 시원히 확 털어놔. 조 전무가 내게 무슨 말인들 못하겠나."

"사실은……."

"그렇게 변죽만 울리지 말고 후련하게 말해 보라니까."

철수는 계속 진호를 압박했고, 그러자 진호가 단도직입적으로 말했다.

"김대현이 너무 불쌍합니다."

"불쌍하긴 뭐가 불쌍해?"

"우리 회사에 걸려들었다는 그 자체가 그 사람에게는 비극 아닙니까."

"비극은 뭐가 비극이야. 돈 놓고 돈 먹는 세상. 인생은 어차피 도박일 수밖에 없어. 김대현이라는 그 사람, 끄떡없는 사람이야. 집안 좋겠다, 처가까지 재벌급이겠다, 만약 빈털터리가 된다 해도 연금을 받으니까 아무 걱정이 없어. 연금만으로도 충분히 살 수 있다니까. 문제는 우리 같은 사람이야. 우리는 가진 것이 없잖아. 남들처럼 부동산이 있나, 유가증권이 있나. 가진 것이라곤 기술 하나밖에 더 있어? 그러니까 우리 골드비전을 벤처기업이라고 하는 거야."

"제가 알기로도 김대현은 순진한 사람입니다. 그런 사람을⋯⋯."

"어허, 조 전무답지 않게 그게 무슨 말인가. 우리가 지금 그런 것 생각하게 됐나. 우린 값싼 인정에 얽매일 수가 없어. 먹잇감이 사정권 안으로 들어왔다 하면 무조건 방아쇠를 당기는 거야. 우리 사회는 어차피 정글 아닌가. 먹고 먹히는 무자비한 인간 정글. 피가 팍팍 튀는 이 험난한 인간 정글에서는 잠시라도 눈을 팔 겨를이 없어. 수단과 방법을 가리지 않고 누군가를 잡아먹는 거야."

"아무튼 마음이 괴로운 것은 사실입니다."

진호의 목소리가 바들바들 떨리고 있었다. 내면에 복잡하고도 미묘한 파문이 일어난 탓이었다. 심리전의 달인인 철수가 진호의 그런 속내를 모를 리 없었다. 철수가 목소리를 가다듬고 심각하게 물었다.

"괴롭다니, 이 중요한 시기에 조 전무가 그런 생각을 하면 어쩌자는 거야?"

"죄송합니다."

진호는 고개를 숙였다. 이상했다. 진호야말로 철수에게는 동지 중의 동지, 심복 중의 심복이었다. 일이 잘 풀려 나가는 마당에 진호가 돌연 약한 모습을 보이다니 큰 걱정이 아닐 수 없었다. 왜 이러는 것일까. 혹여 진호가 다른 마음을 먹게 된다면 실로 큰일이 아닐 수 없었다. 철수가 물었다.

"조 전무, 그렇다면 지금까지 비장한 각오를 밝혔던 것은 빈말이었나."

"그렇지는 않습니다. 저는 이번 프로젝트를 꼭 성공시키고야 말겠습니다. 하지만 김대현이라는 그 상대에게 미안한 것도 사실입니다. 이건 양심의 문제입니다."

"양심? 조 전무는 우리 사회에 양심이 살아 있다고 생각하나? 그렇지 않아. 이 엉망진창인 사회에서 무슨 양심을 찾는단 말인가. 정치하는 작자들을 보게나. 입으로는 온갖 좋은 말을 다 하면서 배신을 밥 먹듯 하잖아. 몇 십 억, 몇 백 억을 먹고서도 대가성이 없다느니 떡값이라느니 주접떠는 꼴을 보라구. 그놈들은 떡을 얼마나 많이 처먹기에 떡값이 그렇게 많은가. 떡방앗간을 몇 개씩 차리고도 남을 뭉칫돈을 집어삼키고도 눈 하나 깜짝하지 않는 놈들. 수사당국은 또 어떤가. 못 가진 자, 빼앗긴 자, 힘없는 개털들을 잡아다 족칠 때에는 인정사정 돌보지 않으면서 가진 자, 빼앗은 자, 힘센 범털 앞에서는 알아서 벌벌 긴단 말이야. 기득권자는 어디까지나 기득권자 편이지. 짜고 치는 고스톱이 따로 있나. 힘센 놈들의 세계는 비리의 온상이야. 그들은 비리를 숨기는데도 탁월한 재주를 가지고 있어. 그러다가 빙산의 일각처럼 비리가 드러났다 하면, 겉으로는 조사다 뭐다 떠들면서 뒷구멍으로는 구렁이 담 넘어가듯 어물어물하다가 결과적으로는 혐의가 없다느니, 사법처리 대상이 아니라느니, 시효가 지났다느니 어쩌구 하면서 도리어 면죄부를 주잖아. 윗물이 썩었는데 어찌 아랫물이 맑을 수 있겠어? 이 썩어빠진 사회에서 양심이니 도덕이니 어쩌구저쩌구 떠드는 것 자체가 한갓 부질없는 잠꼬대일 뿐이야. 우리처럼 험악하게 살아온 사람에게는 그런 것을 따질 계제가 아니라구."

철수는 울분을 토하고 있었다.

"사장님 앞에는 정말 면목 없습니다."

"조 전무. 아무쪼록 힘을 내. 자, 자⋯⋯. 용기를 가지라구. 시작이 반이라고 했잖아. 우리는 벌써 성공했어. 과일로 말하자면 얼추 익었다는 거지. 이제 그 과일이 제대로 익을 때 살그머니 따서 바구니에 담는 일만 남았어.”

“저도 그렇게 생각합니다.”

“그래. 나는 조 전무를 믿어. 조금도 흔들리지 마. 우린 이번 기회에 팔자를 고칠 수가 있어. 크게 힘들이지 않고 밑천보다 몇 십 배를 뻥튀기해서 팔자를 고치는 거야. 운명아, 길 비켜라. 내가 간다. 생각만 해도 황홀하잖아.”

철수는 진호에게 의욕과 용기를 불어넣느라 열을 올리고 있었다. 사실 이 시점에서 진호가 꽁무니를 뺀다면 이번 일은 죽도 밥도 안 될 판이었다. 그렇다면 진호를 다독여서 동력을 불어넣을 필요가 있었다. 그는 금고의 문을 열고 고액권 돈뭉치를 주섬주섬 꺼내 진호 앞에 내놓았다. 눈이 휘둥그레진 진호가 철수에게 물었다.

“뭡니까.”

“돈.”

“무슨 돈입니까.”

“조 전무에게 주고 싶어. 영수증은 필요 없어. 업무추진비로 쓰라구.”

골드비전에는 본래 장부다운 장부가 없었다. 물론 형식적인 경리 장부가 없지 않았지만 거기에는 허수가 기재될 뿐이었다. 말하자면 가짜 장부인 셈이었다. 그 대신 모든 자금은 철수의 손에서 직접 나가고 있었다.

금고에는 언제나 회사 공금보다 철수의 개인 비자금이 훨씬 더 많다. 그것은 사업의 특성상 어쩔 수 없는 일이기도 했다. 철수는 최소한의 일반경상비 정도만 회사에 내놓았고, 거의 모든 비자금을 자기가 직접 관리하고 있었다.

물론 지난번 최 회장으로부터 대현에 관한 정보를 넘겨받았을 때에도 철수가 비자금으로 돈 가방을 마련했다. 그는 그 정보에 대한 대가로 돈 가방을 꾸렸고, 호텔에서 만난 최 회장에게 그 가방을 통째로 넘겨준 것이었다.

그런 철수는 평소 장부 기장을 비롯해 세금 관계를 모두 어떤 세무사에게 맡겨 놓고 있었다. 그것도 극히 일부만 기장하는 것을 원칙으로 했다. 업종 자체가 워낙 특수해서 수입과 지출 전체를 그대로 기장할 수도 없었다. 비밀을 생명으로 하는 사업인 만큼 회사의 재무구조를 노출시킨다는 것은 곧 죽음을 의미했다. 말하자면 비자금의 노출이야말로 자살 행위나 다름없었던 것이다.

골드비전은 몇몇 은행과 금융 거래를 하고 있었다. 하지만 은행에 예탁한 자금은 얼마 되지 않았다. 아직까지는 법인 명의로 대출을 받은 적도 없었다. 그러면서도 골드비전이 제2금융권 등 여러 금융기관에 계좌를 개설한 것은 순전히 돈 세탁을 위한 방편이라고 말할 수 있었다.

철수는 돈 세탁을 하는데도 천재적인 재능을 가지고 있었다. 그는 입출금 과정에서 언제나 철저한 세탁 과정을 거쳤으므로 골드비전의 자금 흐름을 파악하기란 사실상 불가능했다. 철수는 돈이 들어오고 나갈 때마다 반드시 세탁을 거쳤다.

어디 그뿐인가. 철수는 수표나 어음 같은 유가증권을 일절 사용하지 않았다. 그는 어떤 경우에라도 현찰만을 유통시켰다. 유가증권을 사용하면 언제든지 자금의 출처와 용처를 추적당할 수 있기 때문이었다. 그는 신용카드도 쓰지 않았다. 골드비전에는 항상 현찰 위주의 거래가 있을 뿐이었다.

더군다나 제2금융권 곳곳에는 날고 기는 동업자들이 포진해 있었다. 최 회장이 박아 놓은 노련한 일꾼들이었다. 철수가 돈뭉치를 진호 앞으로 밀었다. 그러자 돈뭉치는 유리판 위에서 스케이트를 타듯 진호를 향해 주르륵 밀려 나갔다. 진호가 말했다.

"사장님, 제가 뭐 돈 때문에 그러는 것은 아닙니다."

"아, 아, 알아. 하지만 자동차가 달리려면 휘발유가 있어야 할 것 아닌가. 이번 프로젝트를 진행하는 동안 업무추진비로 써. 만약 모자라면 언제든지 얘기해. 우리의 사업을 위해서라면 언제든지 팍팍 밀어줄 테니까. 누가 오기 전에 어서 넣으라구. 괜히 다른 사람 눈에 띄면 좋을 게 없잖아."

그는 캐비닛에서 큼지막한 주머니를 꺼내 진호에게 주었다. 검은 천으로 만들어진 주글주글한 주머니. 진호는 그런 주머니에 돈뭉치를 주워 담으면서도 뭔가 계면쩍은 표정을 감추지 못했다.

사실 진호의 진심은 돈 문제가 아니었다. 그보다 더 심각하게 고민한 것은 대현이라는 사람의 운명이었다. 앞으로 대현이 깡통을 차고 나자빠질 일을 생각하면 저절로 가슴이 저려왔다. 하지만 조직 안에서, 더욱이 사장이라는 왕초 앞에서 그 진심을 노골적으로 털어놓을 수가 없었다.

만약 배신자로 낙인찍히면 신변에 무슨 위험이 닥칠지 몰랐다. 아무튼 이 계통에서 한 사람쯤 감쪽같이 해치우는 것은 일도 아니었다. 그 보복이 두려웠다. 조직에 가담한 이상 섣불리 배신할 수도 없었지만, 그렇다고 언제까지 이 계통에 몸담아 누군가를 등쳐먹어야 하는지 그것 또한 답답한 노릇이 아닐 수 없었다. 말하자면 양심의 가책인 셈이었다.

그러나 독사보다도 더 무서운 철수, 그리고 그 위에 최 회장으로 연결되는 거미줄 같은 조직을 떠올릴라치면 저절로 온몸에 닭살이 돋았다. 일부는 점조직으로, 또 일부는 계선조직으로, 전국은 물론 해외에까지 뻗쳐 있는 거대한 세력. 이 조직에서 손을 뗀다는 것은 곧 배신을 의미했다. 배신자는 반드시 어느 누군가의 손에 죽게끔 되어 있었다.

하기야 배신자를 그냥 살려둘 조직이 어디 있겠는가. 조직의 입장에서 본다면 배신자는 언제라도 비밀을 폭로하게 되어 있었다. 만일 그렇게 될 경우 조직의 구성원들은 수사망에 덜미를 잡히게 되고, 또 그렇게 되면 조직은 뿌리째 거덜 날 수밖에 없었다. 진호가 말했다.

"사장님, 저는 일찍이 사장님과 운명을 함께 하기로 맹세했습니다. 저도 의리에 죽고 의리에 사는 놈입니다. 돈 따위에 연연하지는 않습니다. 하지만 사장님의 높은 뜻을 받들어 이 돈을 받겠습니다. 하지만 용처에 대해서는 묻지 마십시오. 이 돈은 제가 알아서 쓰겠습니다."

"그래. 그렇게 하라구. 아무튼 내가 볼 때 조 전무는 너무 착해서 탈이야. 피도 눈물도 없는 세상. 마음이 그렇게 약해 가지고 무슨 큰일을 하겠어? 좀 통 크게 놀아야 할 것 아닌가. 이번 프로젝트가 성공하면 한 몫 크게 챙길 수 있잖아. 내가 자주 쓰는 말이지만, 위험 부담이 크면 그만큼 이익도 많아. 고스톱 판에서도 쓰리고를 하면 판돈을 더블로 받잖아. 그만큼 위험 부담이 크기 때문이지. 우리 골드비전 같은 벤처기업의 매력이란 바로 그런 것 아니겠어?"

"하긴 그렇습니다."

"우리도 한 몫 잡으면 언젠가는 더 좋은 사업을 할 수가 있어. 걱정하지 마. 조 전무가 잘 알다시피 나는 지금까지 어느 누구도 배신해 본 적이 없어. 만약 내가 누군가를 배신했다면 이 바닥에서 살아남지도 못했을 거야. 또, 프로젝트가 성공할 때마다 나 혼자 독식한 적도 없어. 그때 그때 성과금을 참모들에게 철저히 배분했거든. 어때? 그 점에 대해서는 조 전무도 잘 알고 있잖아?"

"그야 여부가 있습니까."

"조 전무, 우리에게는 호박이 덩굴째 굴러 들어왔어. 천하의 이철수가 이 좋은 기회를 놓칠 수는 없지. 끝까지 멋지게 밀고 나가는 거야. 그리고 우리끼리 성공의 축배를 드는 거야. 그때를 위해서 우리 모두 분발하자구."

철수는 어금니를 굳게 다물면서 비장한 결의를 다졌다.

18

몇 차례 비가 내리더니 날씨가 부쩍 추워지고 있었다. 이제 본격적인 추위가 닥칠 모양이었다. 그날 오후, 철수는 영등포의 한 모텔에서 최 회장을 만났다. 최 회장은 본래 그런 인물이었다. 평소에는 주로 호텔을 선호했지만, 모텔이든 여관이든 여인숙이든, 그것도 아니라면 한적한 야산이라든가 아무튼 수시로 접선장소를 바꾸었다.

그것은 일종의 행동요령이었다. 이 업계의 고수들은 본래 여간해서 행동반경을 고정시키는 일이 없었다. 어디를 가든 행선지를 미리 밝히지도 않았을 뿐만 아니라 한 번 지나친 곳으로는 다시 되짚어 지나가지 않았다. 설령 멀리 돌아가는 한이 있더라도 남들의 눈에 잘 띄지 않는 호젓한 길을 선택했다.

도처에 폐쇄회로텔레비전 카메라(CCTV camera)가 설치돼 있었다. 그리하여 이 도시의 시민이라면 아침에 집을 나서서 돌아다니는 동안 자기도 모르는 사이 몇 군데에서 찍히게 되어 있었다. 고수들은 그런 카메라가 어디에 설치돼 있는지 속속들이 잘 알고 있었다. 그들은 가급적 카메라를 피해 다녔지만, 그러나 때로는 만일의 사태에 대비하여 일부러 카메라에 자신을 노출시키기도 했다.

만일의 사태란, 수사망에 걸렸을 때를 의미했다. 알리바이를 성립시킬 때에는 폐쇄회로텔레비전 이상 더 좋은 방증이 없었다. 그러니까 그들은 경우에 따라 폐쇄회로텔레비전을 역이용하는 기술까지 터득하고 있었다. 고수 중의 고수, 업계의 대부, 지존 중의 지존, 가위 입신(入神)의 경지에 이른 최 회장에게는 더 물어볼 필요조차 없었다. 최 회장이 물었다.

"일은 잘 돼가고 있겠지?"

"생각보다 훨씬 진도가 빨리 나가고 있습니다."

"거 좋은 현상이군."

"모두가 회장님 덕택입니다. 정말 좋은 상대를 소개해 주셨습니다. 그 은혜는 결코 잊지 않겠습니다."

"하지만 샴페인을 터뜨리기에는 아직 일러. 일을 성공적으로 마무리할 때까지 신중에 신중을 기하도록……."

"꼭 명심하겠습니다."

"접대는 했나."

"했습니다. 성북동 요정에서 한 번, 삼청동에서 한 번, 며칠 전에는 용인으로 골프 치러 갔다가 또 한 번……."

"골프는 몇 번이나 쳤길래?"

"두 번 쳤습니다."

"잘 했군. 그동안 사무실에도 다녀갔겠지?"

"그렇습니다. 서너 번 다녀갔습니다."

"표정이 어떻던가."

"제가 말끔한 사무실을 차려놓고 사업하는 것을 몹시 부럽게 여기는 눈치였습니다. 이제 저희 직원들과도 별 격의 없이 지내는 사이입니다."

"그래. 이제는 상대방의 내면에 웅크리고 있던 경계심이 모두 사라졌을 거야. 그리고 다른 한편으로는 새록새록 미안한 마음이 들겠지. 빈대도 낯짝이 있지 매번 접대를 받기만 했으니 저절로 미안한 마음이 들 것 아닌가. 그만하면 성공은 예약된 셈이군. 아무쪼록 축포를 쏘아 올릴 때까지 잘 해내리라 믿겠네."

바로 그때였다. 철수의 주머니 속에 들어 있는 휴대전화가 부르르 떤 것은. 철수는 재빨리 휴대전화를 꺼내 액정화면을 들여다보았다. 아니나 다를까, 전화를 걸어온 사람은 바로 대현이었다. 철수가 주머니에서 휴대전화를 꺼낼 때부터 최 회장은 입을 굳게 다물었고, 그들의 통화 내용을 엿듣기 위해 귀를 쫑긋 세우고 있었다. 철수가 말했다.

"아, 중대장님, 안녕하십니까."

"이 사장, 오늘 저녁에 시간 좀 있어?"

"잠깐만요……. 스케줄을 좀 살펴봐야겠는데요."

그는 저고리 안주머니에서 수첩을 꺼내 휴대전화에 대고 부시럭거렸다. 저쪽에 효과음을 확실히 전달하기 위해 그는 일부러 수첩 갈피를 난폭하게 넘겼다. 별로 바쁘지도 않으면서 몹시 바쁜 척 하는 것 또한 일종의 전략이었다. 대현이 물었다.

"바쁜 모양이지?"

"제가 하는 일이란 항상 그렇습니다. 스케줄을 살펴보니까 약속이 한 건 있기는 한데 별로 중요한 건 아닙니다. 제가 꼭 참석하지 않아도 되는 자리입니다."

"아, 그래? 그럼 잠시 얼굴이나 볼까?"

"그거 좋지요."

"어디서 만날까?"

"저희 회사로 오시지요 뭐."

"그래. 알았어. 18시쯤 그쪽으로 갈게."

18시라니, 대현에게는 아직도 군대에서의 습관이 그대로 남아 있었다. 그냥 오후 여섯 시라고 해도 좋을 것을, 굳이 18시라고 표현하는 그의 말투에는 아직도 군대 냄새가 풀풀 풍겨 나오고 있었다. 철수가 말했다.

"그렇게 하시죠. 기다리겠습니다."

언제나 그랬지만, 철수는 예의를 다 갖추어 정중히 통화했다. 철수가 통화를 모두 다 마치자 다시금 최 회장이 입을 열었다.

"통화하는 솜씨를 보니까 아주 노련하군. 그래. 사람을 낚을 때에는 그렇게 해야 돼. 언젠가도 말했지만, 상대방에게 확실한 신뢰를 주어야 하거든. 아무튼 나는 이 사장을 믿네."

"고맙습니다."

철수는 최 회장에게 머리를 조아렸다. 그동안 철수가 최 회장으로부터 입은 은덕은 이루 말할 수가 없었다. 최 회장이 아니었다면 철수는 이 바닥에서 이만큼 성장할 수가 없었다. 철수는 최 회장의 후광을 받아 지금까지 잘 살아왔고, 앞으로도 최 회장으로부터 계속 도움을 받아야 할 형편이었다. 최 회장이 말했다.

"그럼 오늘은 이만 헤어질까."

"그렇게 하시죠."

철수는 문간에서 최 회장을 배웅했다. 마음 같아서는 주차장까지 따라가 배웅하고 싶었지만 그것은 곤란한 일이 아닐 수 없었다. 함께 움직이는 것이 폐쇄회로텔레비전 카메라에 찍히거나 누군가의 눈에 띈다면 좋을 것이 없기 때문이었다.

철수는 10여 분 이상 더 지체했다가 방을 나섰다. 그런 다음 그는 엘리베이터를 타고 주차장으로 들어섰다. 그는 몸에 밴 습관대로 주변을 두리번거렸다. 아니나 다를까, 최 회장의 모습은 보이지 않았다. 그는 벌써 승용차를 타고 어디론가 바람처럼 종적을 감춘 것이었다.

젊은이 한 쌍이 승용차에서 내리고 있었다. 남친은 땅땅했고, 여친은 키가 훌쩍 커서 후리후리하였다. 그들은 섹스를 즐기려고 이 벌건 대낮에 모텔을 찾은 듯했다. 그들은 뒤를 돌아볼 겨를도 없이 팔짱을 낀 채 현관 쪽을 향해 성큼성큼 걸어갔다. 아마도 후끈 달아오른 욕정을 참기가 힘든 모양이었다.

철수는 곧 승용차를 몰고 주차장을 빠져나와 여의도 회사로 직행했다. 그가 유리문을 밀치고 들어서자 직원들이 벌떡 일어나 인사했다. 잘 훈련된 직원들. 철수는 그런 직원들을 대할 때마다 마음으로부터 뿌듯함을 느끼지 않을 수 없었다.

그는 자기 집무실로 들어서서 어떻게 하면 오늘 저녁 대현을 제대로 구워삶을 수 있을 것인가 궁리했다. 사실 답은 이미 나와 있었다. 최 회장의 가르침이 아니라 해도 이제 대현은 자기 수중에 들어와 있지 않은가.

철수는 소파에 앉았고, 리모컨으로 텔레비전 세트의 전원을 넣었다. 그러자 텔레비전에서는 마침 프로복싱 헤비급 세계 타이틀매치를 중계하고 있었다. 흑인들의 대결이었다. 치고받는, 유혈이 낭자한 난타전이었다. 그래. 바로 저거야. 인간이 산다는 것은 바로 황야의 혈전이야. 철수는 그런 생각과 함께 어떠한 난관이 있더라도 이 처절한 생존경쟁에서 반드시 최후의 승리자가 되리라 굳게 다짐했다.

그날 저녁, 좀 더 정확히 말하자면 17시 45분 대현이 찾아왔다. 그는 당초 약속시간인 18시보다 15분가량 먼저 도착한 셈이었다. 그가 도착했을 때 골드비전 직원들은 자리에서 일어나 정답게 인사했다.

군대에서 주로 거칠거칠한 사나이들만 상대해 왔던 대현. 물론 부하들 중에 여군이 있었고, 군무원 중에도 여성이 적지 않았지만, 그러나 이렇게 싹싹하고 부드러운 미모의 여직원들을 대하기는 쉽지 않았다. 그런 점에서 대현이 볼 때는 이 골드비전 사무실이야말로 이제까지 체험하지 못했던 또 다른 세계임이 분명했다.

그는 직원들에게 가벼운 목례를 보낸 뒤 사장실, 즉 철수의 집무실로 들어섰다. 휑뎅그렁하다 싶을 정도로 널찍한 그 집무실 안에는 꽃향기가 가득했다. 그것은 저쪽 회의용 탁자 위에 놓여 있는, 멋들어진 수반에 장식된 생화에서 번져 나오는 향기였다. 대현이 들어서자 철수가 텔레비전의 전원을 끄면서 반갑게 맞이해 주었다.

"어서 오십시오, 중대장님."

"잘 지냈어?"

"그야 물론이지요. 먼 길 오시느라 고생하셨습니다."

"고생은 무슨 고생. 집에서 여기 오는 데 한 시간이면 충분해. 역시 전철이 좋긴 좋군. 도로가 막히거나 신호대기에 걸려 고생할 일도 없고. 하여간 승용차보다도 몇 배 편리한 것 같아."

"그렇습니다. 그래서 저도 평소에는 승용차보다 전철을 더 선호하는 편입니다. 우선 시간약속을 지키는 데는 전동열차가 그만이거든요. 어떤 때는 승용차를 이용하다가 길이 막혀 낭패를 보는 수도 있습니다. 그에 비한다면 전동열차는 그럴 염려가 전혀 없는 셈입니다."

철수는 전철 예찬론을 폈다. 하기야 이 도시의 시민 치고 승용차를 탔다가 낭패를 보지 않은 사람이 어디 있을까. 가는 곳마다 길이 막혀 차안에 갇혀 있을 때의 그 심정이란 겪어본 사람만이 알 수 있었다. 항용 중요한 일이 있을 때에는 웬일인지 극심한 교통 정체로 더 애를 태워야 했다. 꽃향기에 취한 대현이 코를 벌름거리면서 말했다.

"흠, 흠……. 야, 꽃향기가 정말 대단한 걸."

"네, 아주 좋습니다."

"꽃꽂이는 누가 해주나?"

"저희 여직원들이 합니다."

"여직원들이……?"

"그렇습니다. 저희 여직원들은 꽃꽂이 전문가들입니다."

"여직원들이 모두 예쁘고 상냥한 데다 예절이 반듯하다 했더니만 그런 재주까지 가지고 있었군."

철수는 인터폰으로 미스 김을 불렀다. 그러자 이내 출입문에서 똑똑 노크 소리가 났고, 문이 열리면서 미스 김이 나타났다. 그녀는 나비처럼 사뿐사뿐 다가왔다. 철수는 그녀에게 차를 가져 오라 지시했고, 밖으로 나갔던 그녀는 잠시 후 김이 모락모락 피어오르는 차를 쟁반에 받쳐 들고 들어왔다.

미스 김은 응접세트의 낮은 탁자 위에 찻잔을 공손히 내려놓았다. 그녀가 찻잔을 내려놓기 위해 허리를 숙였을 때, 대현은 그녀의 몸에서 물씬 풍겨 나오는 여자 냄새를 맡았다. 만지면 터질 듯한 앞가슴이며, 무척럼 미끈하게 빠진 다리라든가 아무튼 대현은 미치고 환장할 지경이었다.

코끝에 묻어나는 달콤한 화장품 냄새. 시원하게 드러난 목덜미. 대현은 그런 미스 김의 목덜미를 확 물어뜯고 싶었다. 무서운 성적 충동이었다. 그동안 아내 민정과 잠자리를 멀리 해서 그런 것일까, 젊고 싱싱한 여성을 보자 수컷으로서의 본능이 벌컥 발동하는 것이었다.

어느 사이엔가 그의 거시기가 쭉 뻗쳐 벌떡거렸다. 난데없이 바지의 앞섶이 불룩해지고 있었다. 잠잠했던 거시기가 오늘따라 왜 이렇게 주책을 부리는지 참으로 낯 뜨거운 일이었다. 미스 김이 나간 뒤 철수가 말했다.

"우리 여직원들은 어디 내놓아도 손색없는 재원들입니다. 아마 앞으로 결혼하면 모두 현모양처가 될 겁니다. 그런 직원이 있는 한 우리 회사에는 언제든지 흑자가 납니다."

"그렇겠어. 정말 놀라워. 역시 잘 나가는 회사는 뭐가 달라도 다르다니까. 본래 인사는 만사라고 했어. 사람이 모든 일을 좌우하게 돼 있지. 군대만 해도 그래. 아무리 첨단 무기를 많이 보급한들 뭐하겠어? 그걸 다루는 주체는 궁극적으로 사람이란 말이지. 우수한 인력자원이 있을 때 첨단무기도 제대로 쓸 수 있는 것이지 무지렁이 같은 인간들에게는 아무리 좋은 무기를 쥐어줘도 소용이 없단 말이야. 인간이야말로 병기 중의 병기 아니고 무엇일까. 그래서 나는 항상 병력 중심, 인간 중심의 부대를 운영하려고 노력했었지."

"저도 잘 알고 있습니다. 제가 중대장님을 존경한 것도 그 때문입니다. 저도 지금 이 작은 회사를 운영하면서 딴에는 인간 중심의 경영을 하고 있습니다. 좋은 인재가 기업을 이끄는 원동력입니다. 우리 회사가 비록 규모는 작지만, 뛰어난 직원들이 있음으로 해서 큰 적자 없이 내실을 다지게 된 겁니다."

"그래. 아무튼 이 사장이 너무 대견해. 맨손으로 사업에 뛰어들어 탄탄한 기반을 닦았다니 그보다 더 훌륭한 일이 어디 있겠나."

"하지만 저는 아직 배고픕니다. 더 많은 일을 하고 싶습니다."

"그래야지."

대현은 고개를 주억거렸다. 군대만 아는, 아직도 군인이라고 착각하는 대현에게는 철수야말로 신화의 주역처럼 느껴졌다. 특별히 생산시설도 없으면서 사무실 하나만으로 짭짤한 재미를 보고 있다는 것은 분명 놀라운 수완이 아닐 수 없었다. 대현은 그동안 벤처기업이니, 첨단산업이니, 재테크니, 굴뚝 없는 산업이니, 부가가치 높은 산업이니 그런 말들은 수없이 들어왔다. 하지만 그는 그 실체를 정확히 이해하지 못하고 있었다.

솔직히 말해서 산업이라면 뭔가를 생산해야 하지 않을까. 심지어 성냥이든 라이터돌이든 뭔가를 생산해야 산업이 되는 줄만 알았는데, 철수처럼 이렇듯 아담한 사무실 하나만 내고서도 돈을 벌어 흑자 내는 알찬 사업이 있었다니 그저 놀라울 따름이었다.

벽시계는 어느덧 여섯 시를 가리키고 있었다. 철수는 밖으로 나가 직원들에게 퇴근을 지시했고, 이제 골드비전 사무실에는 사장인 철수와 방문객인 대현만 남게 되었다. 직원들이 전부 퇴근한 사무실은 절간만큼이나 조용했다. 철수가 대현에게 물었다.

"중대장님도 이제는 뭔가를 하실 때가 되었잖아요?"

그 질문을 던지면서 철수는 예리한 감각으로 대현의 눈치를 살폈다. 아니나 다를까, 철수의 눈에 비친 대현은 몸 둘 바를 모르고 있었다. 그는 아무래도 자신이 없는 듯했다. 대현이 말했다.

"글쎄. 뭔가 하기는 해야겠는데 마땅히 할 게 없군. 그렇다고 오라는 곳이 있는 것도 아니구. 이제는 빈둥빈둥 놀기도 지겨워 죽겠어. 집에 갇혀 있는 것도 하루 이틀이지 이제는 신물이 날 지경이야."

진실이었다. 대현의 그 말에는 눈곱만한 가식도 없었다. 철수는 그 기회를 놓칠 수가 없었다. 어떻게 보면 대현으로부터 그런 실토를 얻어내기 위해 지금까지 그토록 공을 들였다 해도 과언이 아니었다. 철수가 물었다.

"그렇게도 갈 데가 없어요?"

"없어. 군대 동기생들이나 선후배들한테 기댈 수도 없구. 아니, 기대고 싶다 한들 기댈 만한 곳도 없어. 그들에게는 귀찮은 짐이 될 뿐이지. 전역 직후에는 더러 군대에서 만난 선후배들을 찾아다녔었거든. 하지만 솔직히 말해서 그들은 별로 반가워하는 기색이 아니었어. 괜히 그런 사람들 찾아가서 신세를 지느니 차라리 집에 있는 게 훨씬 낫더군. 하지만 이제는 진력이 나서 견딜 수가 있어야지. 창살 없는 감옥. 정말 너무 지겨워."

"큰일이군요. 저엉 그러시다면 제 사무실에 나오십시오."

"뭐라구?"

대현은 혹여 철수의 말을 잘못 들었거니 귀를 의심했다. 듣던 중 가장 반가운 희소식이기 때문이었다. 철수가 말했다.

"그렇게 답답하고 오갈 데가 없으시다면 매일 우리 회사에 나와 소일하시면 될 것 아닙니까."

"이 사장, 지금 그 말 진담으로 하는 거야?"

"당연하죠. 제가 왜 중대장님께 농담하겠습니까. 저로서는 중대장님께 농담할 처지도 아니잖습니까. 중대장님께서 원하신다면 저희 회사 직함도 드리고 싶습니다."

"정말?"

대현은 이게 웬 횡재인가 싶어 사뭇 감격하고 있었다. 철수가 그런 제안을 하리라곤 꿈에도 생각하지 못한 탓이었다. 철수가 말했다.

"저는 결코 빈말을 하지 않습니다."

"말만 들어도 너무 고마워서 눈물이 날 지경이군."

"그렇게도 좋으세요?"

"말도 마. 어디라도 나갈 데만 있다면 더 바랄 나위가 없겠어. 지금은 찬 밥, 더운 밥 가릴 계제가 아니야. 집에만 틀어박혀 있으려니까 가족들한테도 미안해 죽겠어."

대현은 괴로운 속내를 화끈하게 털어놓았다. 대화가 여기까지 진전되고 있는 마당에 체면이니 뭐니 그런 것을 따질 필요도 없었다. 그는 내친 김에 뭔가 새로운 돌파구를 마련하고 싶어 조급증까지 드러내고 있었다. 철수가 말했다.

"중대장님, 아예 중대장님께 조용한 사무실을 따로 만들어 드릴까요?"

"사무실?"

"보시는 것처럼 이 사무실은 사실상 너무 넓습니다. 중대장님께서 우리 회사에 나오실 의향이 있으시다면 저쪽 회의실을 칸막이로 막아 따로 사무실을 만들어 드리겠습니다. 깔끔한 새 집기도 들여놓고 중대장님께서 전용으로 쓰실 수 있는 전화도 한 대 놓아 드릴까 합니다. 물론 전화 받고 잔심부름하는 여비서도 한 사람 붙여 드리겠습니다."

사무실에, 전화에, 여비서까지……. 대현으로서는 이게 정녕 꿈인지 생시인지 분간할 수조차 없었다. 이건 뭐 상상만 해도 황송하기 짝이 없었다. 대현이 되물었다.

"그게 현실적으로 가능할까."

"걱정하지 않으셔도 됩니다. 그 정도 여유는 있습니다. 그보다는 제게 다른 고민이 있습니다."

"무슨 고민?"

"중대장님 호칭에 관한 문제입니다."

"호칭?"

"그렇습니다. 중대장님께서 저희 회사에 매일 나오실 경우 우리 직원들 앞에서나 외부 손님이 오셨을 때 중대장님이라는 호칭을 쓸 수는 없잖습니까. 제게는 중대장님이야말로 영원한 중대장님이십니다. 지금처럼 중대장님과 독대할 때나 사석에서는 얼마든지 중대장님이라는 호칭을 쓸 수 있겠지요. 그게 제게는 편하기도 하구요. 하지만 저희 직원들이나 외부 손님 등 제3자가 있는 자리에서는 사정이 달라질 수밖에 없잖아요? 중대장님께서는 그보다 훨씬 높은 대대장, 연대장에다 군단 참모까지 지내셨는데, 남들 앞에서까지 중대장님이라고 부르면 그들이 중대장님을 한갓 예비역 대위쯤으로 여기지 않겠습니까. 제게는 그게 고민입니다. 제 생각으로는 '고문'이라는 직함을 드리고 싶은데 어떻게 생각하십니까."

"고문?"

"그렇습니다. 그러면 대내외적으로 모양이 괜찮을 것 같습니다. 저희 직원들도 고문님으로 깍듯이 예우해 드리겠지요. 그뿐 아니라 중대장님께서 외부에 나가 명함을 사용하실 때에도 좋지 않겠습니까."

대현은 문득 자신이 사용하게 될 명함을 상상했다. 골드비전(주) 고문 김대현. 모양이 그런 대로 괜찮았다. 대표이사 사장이나 회장은 아니지만, 그래도 고문이라는 직함을 달고 있으면 다른 사람들로부터 괄시받지는 않을 것 같았다. 대현이 말했다.

"이 사장이 그렇게만 해준다면 나로서야 뭘 더 바라겠는가. 하지만 과연 그렇게 신세를 져도 되는 걸까."

"신세는 무슨 신세입니까. 저로서는 천 분의 1이나 만 분의 1이라도 은혜를 갚아야 합니다. 제게 은혜 갚을 기회를 주신다면 더 없는 영광으로 알겠습니다."

철수는 몸을 낮추는 데까지 낮추었다. 그것은 저 밑으로 기어 들어가 기필코 소기의 목적을 달성하고야 말겠다는 의지의 발현이었다. 그때 대현은 뭐가 뭔지도 모르면서 철수의 제안에 선뜻 동의했다. 철수의 그 고마운 배려를 저버릴 수가 없었기 때문이었다. 그가 말했다.

"이 사장이 그런 선처만 해준다면 내가 뭘 더 바라겠나. 난 이 사장이 하라는 대로만 할 테니까 알아서 해."

그는 벌써부터 실업자가 아닌, 골드비전 고문으로 떳떳이 행세할 일에 기분이 들떠 구름 위를 걷는 듯한 환각을 불러일으켰다. 그는 너무 기뻐서 어쩔 줄 모르고 있었다.

19

"그럼 오늘부터 당장 고문님으로 모시겠습니다. 중대장님에 대한 호칭
도 고문님으로 바꾸겠습니다. 고문님으로 불러 드린다 해서 불편하신 건
없으시겠죠?"

"그야 물론……. 하지만 내게 과연 이 좋은 회사, 남달리 훌륭한 이 사
장의 고문 자격이 있을까."

"그런 건 걱정하지 않으셔도 됩니다. 제가 고문으로 모신다 한들 특별
히 담당하실 업무는 없습니다. 그냥 사무실에 나오셔서 심심풀이 소일
만 하시면 됩니다. 사실은 저도 외로울 때가 많거든요. 명색 사장이랍시
고 중요한 결단을 내릴 때에는 이만저만 고독한 것이 아닙니다. 그럴 때
고문님께 자문을 요청하겠습니다. 고문님은 본래 원칙주의자이시고, 거
대한 조직을 이끌었던 경험이 풍부하시니까 탁월한 자문을 해주시리라
믿습니다."

철수의 달변 앞에 녹아나지 않을 사람이 어디 있을까. 대현은 내심 흡
족해 하면서도 겉으로는 냉정해지려 애쓰고 있었다. 빈둥빈둥 놀다가 일
자리를, 그것도 남부럽지 않은 일자리를 잡게 되었으니 얼마나 기쁜 일인
가. 하지만 대현은 그런 속내를 원색적으로 드러낼 입장이 아니었다. 대
현이 말했다.

"내가 뭐 아는 것이 있어야지."

"그건 겸손의 말씀이십니다. 일찍이 육사를 나와 대령까지 올라갔던,
아니 별을 몇 개씩 달고도 남았을 분이 그런 말씀을 하신다는 것은 적절
치 않다고 생각합니다."

"아니야. 군대라면 무슨 일이든 할 수 있지만 민간사회에 대해서는 정

말 아는 게 없어."

"군대라는 조직과 민간사회가 다른 것은 분명합니다. 하지만 고문님은 금세 적응하실 수 있습니다. 더욱이 고문님께서는 특별히 하실 일도 없습니다. 제가 옳은 판단을 내릴 수 있도록 자문만 해주시면 됩니다. 사실 시이오(CEO)는 외로울 때가 많습니다. 그런 점에서는 제가 군대의 지휘관보다 훨씬 더 외롭습니다. 군대에서는 참모들의 의견을 종합하여 최종적으로 지휘관이 판단을 내리지만 저 같은 경우 지금까지 중요한 결단을 내릴 때마다 홀로 여간 고민한 것이 아니었습니다. 잘 아시는 것처럼 기업의 규모가 크든 작든 경영을 한다는 것은 마치 작두날 위를 맨발로 걷는 것과 같습니다. 아니, 교도소 담장 위를 걷는다 해도 빈말이 아닙니다. 그 담장 위에서 안으로 떨어지면 감옥살이를 해야 하고, 밖으로 떨어지면 감옥살이를 면하게 되는 겁니다. 그동안 언론 보도를 통해서 많이 보셨겠습니다만, 사업을 하다가 교도소 간 사람들은 한둘이 아닙니다. 누군들 교도소에 가고 싶어서 가겠습니까. 그렇지 않습니다. 교도소에 가는 사람들에게도 할 말이 많습니다. 하지만 기업 하는 사람들은 그런 위험 부담도 감수해야 합니다. 이렇게 볼 때, 최고경영인에게는 현명한 조언자가 있어야 합니다. 물론 우리 회사에는 조진호 전무 같은 탁월한 인재가 있습니다. 하지만 저나 조 전무는 큰 조직을 관리해 본 경험이 없습니다. 앞으로 우리 회사가 급성장할 경우, 그렇게 해서 조직 규모가 커질 경우 고문님 같은 분의 경륜이 필요합니다. 최소한 연대를 지휘했던 그 값진 경험이야말로 우리 회사에 얼마나 큰 활력을 불어넣게 될지 모릅니다. 저는 지금보다도 미래를 내다보고 이런 말씀을 드리는 겁니다. 저희 회사가 마음에 들지 않으십니까. 아니면 고문이라는 직함이 마음에 들지 않으십니까."

철수는 단도직입적으로 물었고, 그와 동시에 재빨리 대현의 눈치를 살폈다. 아니나 다를까, 대현은 매우 흡족해 하고 있었다. 대현이 말했다.

"내가 볼 때 골드비전은 무한한 가능성이 있는 회사야. 더욱이 적수공권으로 회사를 일으킨 이 사장의 그 능력을 믿어. 고문으로 앉혀 주기만 한다면 나로서는 아주 영광스런 일이지. 내 입장에서는 그런 호의를 어떻게 받아들여야 할지 난감할 뿐이군."

"전혀 부담 느끼지 마십시오. 문제는 급여입니다. 고문님께 과연 월급이든 연봉이든 보수를 얼마쯤 드려야 할지 그걸 고민하고 있습니다."

"그야 회사 형편대로 책정해야 되는 것 아닐까."

대현은 대폭 양보했다. 고문으로 추대해 주겠다는 것만도 감지덕지할 일인데 월급이니 연봉이니 그런 것을 가지고 초장부터 산통을 깰 일이 아니었다. 처음에는 회사에서 주는 대로 받다가 나중에 원하는 만큼 조건을 제시해도 늦지 않을 것이었다. 철수가 말했다.

"제가 육군 대령 봉급을 조사해 봤습니다. 그보다는 조금 낮게 마련해 드리겠습니다. 군대에서는 복지후생이 잘 되어 있잖습니까. 관사 제공에다 식사며 뭐며 직업군인들에는 여러 특혜가 있지요. 물론 일류 기업에서는 직원들에게 모든 편의를 제공합니다. 하지만 우리 골드비전의 경우 아직 그 단계에 이르지는 못했습니다. 다소 실망스러울지 모르지만 우리 회사로서는 최선을 다할 생각입니다. 고문님께는 법인카드를 드리겠습니다. 혹여 접대하실 일이 있으시면 법인카드를 쓰십시오. 고문님께서 얼마를 쓰시든 그것만은 제가 해결해 드리겠습니다."

철수는 '우리 골드비전', '우리 회사'라는 표현에 힘을 주었다. 대현을 처음 만났을 때만 해도 그는 겸손에 겸손을 덧씌워 '저희 골드비전', '저희 회사'라고 했지만 대현과의 연대의식을 주입하기 위해 의식적으로 '저희'

라는 표현 대신 '우리'라는 표현에 힘을 주고 있었다.

그러면서도 철수는 아직도 긴가민가하여 일말의 불안감을 지울 수가 없었다. 어느 모로 보나 대현의 마음이 솔깃해진 것은 분명한데, 이제까지의 약속을 뒤집고 언제 어떻게 돌변할지 모르기 때문이었다. 바로 그 점이 문제였다. 만약 대현 쪽에서 이리 재고 저리 재고 앞뒤를 재다가 발뺌을 해버린다면 어떻게 될까.

그것은 상상할 수도 없는, 아니 상상하기도 싫은 최악의 상황이 아닐 수 없었다. 일찍이 최 회장에게 건넨 착수금이 송두리째 날아가는 것은 물론 지금까지의 모든 노력이 수포로 돌아갈 것 아닌가. 만약 그렇게 될 경우 다 잡은 고기 놓치는 것은 두 말할 나위도 없거니와 이제까지 공 들인 모든 노력이 수포로 돌아가게 되지 않을까.

더군다나 이번 프로젝트의 성패 여부는 자존심과 직결된 문제이기도 했다. 지금까지 업계에서 쌓아온 골드비전의 명성은 어떻게 될까. 그리고 장차 최 회장을 무슨 낯으로 대할까. 만일 이번 프로젝트가 실패한다면 골드비전이 재기불능의 절벽으로 추락하는 것은 물론 이제까지 철수가 쌓아올린 명성도 물거품으로 돌아갈 것이었다.

그동안 이 업계의 종사자들은 얼마나 큰 대가를 지불해 왔던가. 먹으려다 먹힌 바보가 한둘이 아니었고, 괜히 침만 발라 놓고 교도소에 들어간 머저리들도 지천으로 널려 있었다. 그런가 하면 죽 쒀서 개 주는 얼간이들도 수두룩하였다.

하늘이 두 쪽 나도 그런 바보와 머저리와 얼간이가 될 수는 없었다. 혓바닥을 빼물고 죽으면 죽었지 그건 있을 수 없는 일이었다. 먹느냐, 먹히느냐. 죽느냐, 사느냐……. 철수 입장에서는 대현을 요리하는 일이야말로 사활이 걸린 문제가 아닐 수 없었다.

본래 모든 일이란 시작이 반이라고 말할 수 있었다. 하지만 철수의 이 사업이야말로 애당초 절반의 성공, 절반의 실패 같은 것은 존재할 수가 없었다. 대박과 쪽박. 성공하면 대박이지만 실패하면 쪽박을 찰 수밖에 없는 사업. 따라서 프로젝트의 진도가 나가면 나갈수록 위험 부담도 더 커지게 마련이었다.

오죽하면 『육도삼략』이며 『손자병법』같은 병서를 좔좔 외울 정도로 통달했을까. 더욱이 이번 일을 성공으로 이끌 경우 이 업계에서 철수의 끗발은 더욱 높아지게 되어 있었다. 그 반면, 만약 이번 일이 실패로 돌아갈 경우에는 그 파장이 어디까지 미칠지 예측을 불허하는 상황이었다.

이렇게 볼 때, 이제 철수는 성공과 실패의 변곡점에 와 있었다. 이대로 잘 나가면 성공확률이 높아지지만, 만일 이쯤에서 삐끗하는 날이면 그야말로 지뢰를 밟고 무참히 나가떨어질 수밖에 없었다. 따라서 철수는 더욱 일이 진행되면 될수록 신경을 곤두세운 채 조심조심 대현을 코너로 몰면서 달착지근한 미끼를 던졌던 것이다.

참으로 좋은 그 미끼 앞에 대현은 따로 할 말이 없었다. 사무실에, 여비서에, 급여는 물론 법인카드에 이르기까지 모든 조건이 흡족할 따름이었다. 대현이 말했다.

"그렇다고 너무 무리할 수는 없잖은가."

"괜찮습니다. 고문님께서 업무추진비를 쓰신다 한들 한 달에 1억을 쓰시겠습니까, 2억을 쓰시겠습니까. 더욱이 고문님은 원리원칙을 생명처럼 여기며 살아오셨잖습니까. 저는 고문님께서 옳은 길로 잘 인도해 주시리라 믿습니다."

"이 사장, 정말 고마워."

"그렇지 않습니다. 저는 몸 둘 바를 모르겠습니다. 제가 고문직을 제안할 때만 해도 여간 고민한 것이 아닙니다. 만일 고문님께 누가 되지나 않을까, 또 고문님께서 거부하시지나 않을까 무척 걱정했습니다. 다행히도 고문님께서 저의 제안을 수락해 주심으로써 저희 골드비전은 이제 날개를 달게 되었습니다. 우리 회사는 이제 더욱 발전할 일만 남았습니다. 회사의 번영은 고문님의 몫입니다. 만약 중장기 계획에 차질이 올 경우 그건 순전히 제 몫이 될 겁니다. 앞으로 명예가 될 일은 고문님께, 책임질 일은 제가 감당하겠습니다."

"그건 호혜평등의 원칙에 어긋나는 것 같은데……."

"호혜평등의 원칙이라니요?"

"책임질 일이 있으면 함께 책임져야지 왜 이 사장 혼자 떠맡으려고 그래?"

"그렇지 않습니다. 책임질 일이 발생하면 당연히 제가 책임져야죠. 골드비전은 제가 설립한 회사이니까요. 그뿐 아니라 저는 대표이사 사장입니다. 회사가 만일 잘못될 경우 사장이 책임지는 것은 너무 당연한 일 아닙니까."

"그래도 그렇지, 그건 있을 수 없는 일이야. 나에게도 의리가 있어. 내가 고문으로 참여한 이상 우리는 공동운명체라고 말할 수 있겠지. 먹어도 같이 먹고, 굶어도 같이 굶은 공동운명체 말일세. 난 지금까지 그렇게 살아왔어. 나 한 사람 잘 먹자고 부하들을 굶긴다는 것은 있을 수 없는 일이야. 아니, 내가 굶는 한이 있더라도 부하들만은 잘 먹여야 한다는 생각. 나는 군대에 몸담고 있는 동안 최소한 그런 자세를 잃지 않으려고 노력했지."

"잘 압니다. 고문님은 본래 그런 분이었어요. 중대장 시절, 중대원들을 위해 얼마나 헌신하셨습니까. 저는 고문님의 그런 숭고한 정신을 믿습니다."

　대현과 철수의 관계, 즉 왕년의 중대장과 부하 사병의 관계는 바야흐로 움직일 수 없는 기정사실이 되어 있었다. 철수는 혹여 부지불식간에 삐끗 비밀이 탄로 날까 봐 끊임없이 자기최면을 걸었고, 대현은 대현대로 철수의 빈틈없는 정보와 깍듯한 예의로 말미암아 철수가 왕년의 충직한 부하사병이었다는 사실에 대해 눈곱만큼도 의심을 갖지 않았다. 말하자면 철석같은 확신이었다. 대현이 말했다.

　"노력이야 많이 했지."

　"그렇습니다. 저는 고문님께서 현역으로 계실 때 당연히 최고의 장군이 되실 줄 믿었습니다. 역사에 길이 빛나는 군인 중의 군인, 참군인, 두고 두고 많은 사람들이 존경하는 그런 영원한 군인이 되실 것을 믿어 의심치 않았습니다. 고문님께서 대령까지 올라갔으면서도 별을 달지 못한 것은 소위 정치적 끗발이 문제였던 것 같습니다."

　철수는 입에 침도 바르지 않고 계속 대현을 추켜세웠다. 그랬다. 대현은 구름 위를 걷는 듯한 착각을 불러일으켰다. 일찍이 이런 극찬을 들어본 적이 없기 때문이었다. 과거 각급 부대장 표창은 물론 대통령표창까지 받았지만 그때에도 이런 찬사를 받아본 적이 없었다. 대현이 말했다.

　"모든 게 운명인 걸 뭐."

　"저는 압니다. 고문님처럼 훌륭한 분이 장성으로 진급했더라면 육군의 발전, 더 나아가 전군의 발전에 얼마나 큰 역할을 하셨겠습니까. 투철한 국가관, 치밀한 계획성, 부하들을 내 살붙이처럼 아끼시는 그 덕망, 타의 추종을 불허하는 그 용맹에 이르기까지 고문님께서는 지장에다 덕장에다 용장으로서 우리 국군의 역사를 새로 썼을 것입니다. 물론 지금까지 군에 남기신 그 발자국이 큰 업적으로 남겠습니다만, 고문님의 계급이 대령으로 멈추었다는 것은 참으로 안타까운 일이 아닐 수 없습니다."

철수는 줄기차게 대현을 비행기 태우면서 다른 한편으로는 말끝마다 일부러 '고문님'이라는 호칭을 깍듯이 붙였다. 그것은 고문으로 쐐기를 박기 위한, 다시 말해서 고문직을 수행하지 않을 수 없도록 꼼짝 못하게 붙들어 매기 위한 고도의 계책이었다.

철수는 잘 알고 있었다. 자신의 말이 너무 많다는 것을. 하지만 그것 또한 철저한 계산에서 나온 화술이었다. 이를테면 그는 누구보다도 반복효과라는 것을 잘 알고 있었다. 그런 점에서 군대에서의 선창과 복창은 정신교육의 백미라고 말할 수 있었다.

설령 검은 것을 놓고서도 계속 희다고 선창과 복창을 반복하면 나중에는 그게 흰 것으로 보이게 마련이었다. 그러니까 철수는 지금 상대방을 길들이기 위해 똑같은 말을 되풀이하면서 정신교육을 시키고 있었다. 아니나 다를까, 대현은 군대라는 조직 안에서 외곬으로 살아온 터라 철수의 말을 잘 따르고 있었다.

더군다나 대현은 천성적으로 심성이 착한 사람이었다. 그런 만큼 그는 왕년의 부하임을 자처하는 철수의 선처에 그저 감읍할 따름이었다. 철수는 이미 대현의 멱살을 거머쥔 셈이었고, 내친 김에 그의 숨통을 더 조이기 위해 계속 같은 말을 되풀이하면서 그의 의중을 거듭 확인하고 있었다. 대현이 긴 한숨을 내쉬었다.

"후……."

"웬 한숨이세요?"

"나, 담배 한 대 피워도 될까."

"그야 여부가 있습니까. 어서 태우십시오."

대현이 담배 한 개비를 뽑아 물자 철수는 재빨리 라이터를 켜서 조심스럽게 불을 붙여 주었다. 그런 다음 그는 잽싸게 탁자 밑에 있던 재떨이를 꺼내 대현 앞에 놓았다. 역시 일은 잘 돌아가고 있었다. 대현은 담배 연기를 푸우, 하고 내뱉었다. 그가 말했다.

"난 전역 후 담배만 늘었어."

"피우셔야죠. 언제부턴가 우리 사회에 금연운동이 벌어지기 시작했죠. 어디 그뿐인가요. 담배 피우는 것을 죄악시하는 경향이 없지 않습니다만, 저는 애연가들의 심정을 이해하고도 남습니다. 더군다나 고문님 같은 경우 담배라도 없었더라면 무엇으로 위안을 삼겠습니까. 고문님의 그 심정은 아마 사모님께서도 이해하지 못하실 겁니다. 제가 너무 시건방진 말씀을 드렸나요?"

"아, 아냐. 잘 봤어. 그동안 담배는 내게 큰 위로가 됐어. 나는 담배를 피우지 않을 수 없었어. 우리 집사람은 계속 바가지를 긁어대더군. 그렇지만 어떡해? 울화통이 치밀 때에는 담배라도 피워야 할 것 아닌가."

"그렇죠. 하지만 그렇다고 사모님을 야속하게 생각하셔서는 안 됩니다. 사모님께서는 어디까지나 고문님의 건강을 생각해서 담배를 절제하라고 말씀하셨을 테니까요."

"그야 두 말할 나위도 없지. 그럼에도 불구하고 담배를 피울 때마다 잔소리를 늘어놓는 데는 이만저만 야속한 것이 아니더군."

"하지만 이제 사무실에 나오시기 시작하면 사모님 마음도 달라질 겁니다."

"그렇겠지. 우리 집사람은 내가 집에 틀어박혀 있는 것을 가장 답답하게 여기더군."

"고문님, 다시 한 번 여쭤 보겠습니다."

"뭔데?"

"제가 제시한 고문직을 꼭 수락하시는 거죠?"

"나한테는 과분해. 이 사장에게 짐이나 되지 않을까 그게 걱정이야."

"고문님. 저는 아직 치매에 걸리지 않았습니다. 그러면서도 똑같은 말을 되풀이하는 것은 고문님께서 제 간청을 고사하실까 봐 걱정돼서 그러는 겁니다. 만약 고문님 마음이 변해서 제 간청을 받아 주시지 않는다면 저는 인생을 헛살았다고 자탄하지 않을 수 없습니다. 사병 시절부터 그토록 존경했던, 인생의 스승이나 다름없는 그런 어른으로부터 버림을 받는다면 제 인생은 뭐가 되겠습니까."

"하하하……. 너무 걱정하지 마. 이 사장이 좋은 자리를 마련해 줘서 그저 고마울 따름이야. 나야말로 전역 이후 그동안 얼마나 힘든 나날을 보냈는지 알아? 이 사장, 나는 한다면 하는 사람이야. 사나이 대장부가, 그것도 대령까지 지낸 고위 장교 출신이 함부로 말을 뒤집겠나? 말을 뒤집는 것은 정치꾼들이나 하는 짓이야."

"잘 알고 있습니다. 하지만 제 심정도 이해해 주셔야 합니다. 군대에서는 명령과 복종이 있을 뿐입니다. 더욱이 명령은 어느 누구도 거역할 수가 없죠. 그러나 이 민간사회에는 너무 변수가 많습니다. 앞날이 불투명한 것은 두 말할 나위도 없습니다. 저는 고문님을 믿고 또 믿습니다. 그렇건만 이 험난한 사회에 나와 산전수전에다 공중전까지 겪다 보니 제 내면에는 돌다리도 두들겨 보고 건넌다는 신념 같은 것이 자리 잡게 되었습니다. 죄송합니다."

"괜찮아. 확인, 또 확인……. 군대에서도 지휘관들이 중요한 결정을 내릴 때 얼마나 확인하는지 알아? 말단 사병들이 볼 때에는 지휘관이 기분 내키는 대로 명령을 내리는 줄 알겠지만 천만의 말씀이야. 각종 보고와 회의를 통해 검토하고 또 검토한 뒤에 명령을 내리는 거야. 군대에서의 명령이란 군대 자체의 승패는 물론 국가의 존망까지 좌우하게 되기 때문이지."

대현은 자기도 모르게 군대 시절을 회상하고 있었다. 그랬다. 군대생활을 하는 동안 그는 매사를 확인하고 또 확인했다. 그렇지 않으면 어디에선가 반드시 예기치 못한 사고가 터질 수 있기 때문이었다.

20

그래. 대현의 입에서 '확인'이라는 말이 나오자 철수는 더욱 자신감을 얻었다. 그것은 자기의 계책이 그대로 먹혀들고 있다는 반증이기도 했다. 사실 대현은 철수야말로 아주 꼼꼼한, 그래서 어떤 경우에라도 실수를 하지 않을 빈틈없는 사람으로 신뢰했다. 철수가 말했다.

"우리 골드비전이 비록 작은 회사이긴 합니다만, 판단 한 번 잘못 내리면 언제 어떻게 될지 모릅니다. 고문님께만 은밀히 드리는 말씀입니다만, 지난 세월 저는 늘 불안했습니다. 그래서 오래 전부터 고문님 같은 분을 추대하려고 구상하고 있었습니다. 특히 회사가 어느 정도 기반을 잡았고, 앞으로는 점점 커질 추세에 있습니다. 이런 때일수록 사회적으로 명망 있는 분을 추대하여 자문을 받으면 회사가 더욱 안전한 성장할 수 있으리라는 믿음 때문이었지요. 그렇습니다. 저는 사회에 나와 사업이랍시고 시작해 이 바닥에서 잔뼈가 굵었습니다. 하지만 대외적 위상은 별것 아닙니다. 다른 사람들은 그저 닳고 닳은 장사꾼 정도로 취급하거든요. 따라서 제가 경영하는 우리 골드비전도 그런 대우를 받을 뿐입니다. 그러나 우리 골드비전이 고문님처럼 훌륭한 분을 영입한 사실이 대외적으로 알려질 경우 회사의 위상이 그만큼 높아지게 될 겁니다."

철수는 계속 꿈과 희망에 넘치는 골드비전의 청사진을 펼쳐 보였다. 그것 역시 대현의 간덩이에 바람을 불어넣기 위한 고도의 전술이었다. 아니나 다를까, 대현의 내면은 풍선처럼 잔뜩 부풀어 오르고 있었다. 그렇다고 왕년의 부하, 그것도 일개 사병 출신 부하 앞에서 채신머리없게 우쭐댈 수는 없었다. 그가 의연하게 말했다.

"나는 그다지 대단한 인물도 못 되잖아. 그저 평범한 예비역 육군 대령일 뿐인데 뭐."

"그렇지 않습니다. 고문님의 리더십은 아무도 따르지 못할 겁니다. 저는 고문님의 실력을 알 만큼 알고 있습니다. 고문님 말씀대로 사실 우리 사회에서는 예비역 대령을 우습게 아는 경향이 있습니다. 하긴 군대에서의 계급이 사회에서의 계급으로 연장되는 것은 아닙니다. 하지만 대령도 대령 나름입니다. 고문님은 3성 장군, 4성 장군을 찜 쪄 먹고도 남을 인품을 가지고 계십니다. 그동안 민간 기업인들을 몇 사람이나 만나 보셨습니까?"

"뭐 별로⋯⋯."

철수는 대현의 움직임을 잘 알고 있었다. 철수가 파악하기로, 대현은 그동안 몇몇 군대 선후배들을 만나고 돌아다녔을 뿐 사실상 민간 기업인들과는 별로 접촉하지 못했다. 과거 군사정권 시절 같으면 여기저기 다리를 놓아 이 사람 저 사람 만났겠지만 지금은 그럴 계제가 아니었다. 철수가 대현에게 말했다.

"고문님, 고문님께서도 잘 아시겠습니다만 군대 시절에 거래했던 납품업자들을 조심해야 합니다. 그들은 각종 감언이설로 고문님을 영입하려고 덤빌 겁니다. 하지만 그들의 속셈은 총알받이로 이용하자는 데 있습니다. 고문님, 총알받이가 뭔지 아시죠?"

"글쎄⋯⋯."

"고문님을 앞세워 군납 영업을 하는 겁니다. 가능한 일이죠. 고문님의 옛 부하들이 요직에 앉아 있을 테니까요. 하지만 그건 위험천만한 일입니다. 첫째 고문님 체면은 뭐가 되겠습니까. 새카만 후배들 앞에 가서 물건을 사 달라고 애걸해야 될 것 아닙니까. 또, 설령 일이 잘 풀려 몇 차례 군납에 성공했다 하더라도 장사꾼들은 고문님을 내치게 되어 있습니다. 토사구팽(兎死狗烹)이란 말이 있습니다. 지금까지 그런 식으로 토사구 팽 당한 예비역 장교들은 한둘이 아닙니다. 그렇게 되면 그 명예와 자존 심에 먹칠만 하게 됩니다. 그럴 바에는 차라리 푹 쉬는 편이 훨씬 낫습니 다. 아이들 말로 쪽 팔리는 일을 할 수는 없잖습니까.”

“그건 그래.”

“이 사회에는 선량한 사람을 등쳐먹는 사기꾼이 얼마나 많은지 모릅니 다. 그놈들에게는 피도 눈물도 없습니다. 더욱이 그놈들은 군 고위 장교 출신, 경찰 고위 간부 출신, 교육자 출신들을 노립니다. 그분들이야말로 사회 물정에 어둡고 고지식하기 때문이죠. 정말 조심하셔야 합니다. 우리 회사에 나오시면 최소한 그놈들의 마수에서 벗어날 수 있습니다.”

“사실은 나도 그렇게 생각해. 그래서 이 사장이 더욱 고마워. 그동안 나 는 이래저래 고민을 많이 했어. 심적 갈등도 많았고……”

고민과 갈등. 대현은 그 지긋지긋한 고민과 갈등의 틈바구니에서 혼돈 의 시간을 보내지 않을 수 없었다. 펀펀 놀고 지낸다는 것은 있을 수 없 는 노릇이었다. 그렇다고 처가 쪽에 기댈 수도 없었다. 물론 처남에게 빌 붙으면 일자리 하나쯤 쉽게 챙길 수 있겠지만 그럴 마음이 없었다. 문제 는 체면과 자존심이었다.

이런 판국에 철수가 고문 자리를 마련해 주겠다니 그건 하늘이 베풀 어준 행운이라 해도 과언이 아니었다. 호박이 덩굴째 굴러들어온 형국이 라고나 할까, 대현은 가만히 앉아서 뜻하지 않은 행운을 잡은 셈이었다.

그날 밤이었다. 대현은 집으로 돌아가면서 실실 휘파람을 불었다. 발걸 음도 가벼웠다. 그는 아파트단지 앞 편의점에서 이것저것 가족들에게 줄 선물을 한 보따리 샀다. 이제야 비로소 살 길이 트인 셈이었다. 그는 엘리 베이터에서 내려 곧 아파트의 초인종 단추를 눌렀다.

하지만 안에서는 아무런 반응이 없었다. 가족들이 모두 집을 비운 모양이었다. 정말 김새는 노릇이 아닐 수 없었다. 모처럼 큰 행운을 잡아 이렇듯 가족들에게 줄 선물까지 한 보따리 사가지고 귀가했건만 가족들이 집을 비운 채 어디 갔단 말인가. 대현은 내심 실망을 감추지 못하면서 주머니 속의 열쇠를 꺼내 출입문을 열었다.

그는 현관으로 들어섰다. 아니나 다를까, 집은 비어 있었다. 가족들이 기다리고 있었더라면 얼마나 좋았을까. 그런데 아내며 아이들은 그림자조차 찾아볼 수가 없었다. 언제부턴가 그의 가정은 그런 식이었다. 가족 구성원 모두가 톱니바퀴처럼 서로 물고 돌아가면서 조직적으로 움직여도 시원찮을 마당에 가족들은 모래알처럼 제각각 따로따로 놀고 있었다.

대현은 선물 보따리를 식탁 위에 풀썩 던져 놓고 안방으로 들어가 옷을 갈아입었다. 다른 때 같으면 아내 민정이 이 시간까지 집을 비움으로써 머리끝까지 화가 날 법도 했지만 철수로부터 워낙 좋은 제안을 받은 터라 그 정도 울화는 녹일 수가 있었다.

유쾌와 불쾌는 밀접한 상관관계에 있다고 말할 수 있었다. 유쾌한 일이 있으면 불쾌한 감정도 그럭저럭 녹일 수 있지만, 불쾌한 일이 있으면 아무리 유쾌한 일이라도 유쾌하게 느껴지지 않는 것이었다. 감정이라는 것, 그건 참으로 묘한 속성을 지니고 있었다. 누군가가 인간은 감정의 동물이라고 했지만, 인간의 감정이란 주어진 상황에 따라 수시로 변하게 마련이었다.

대현은 전역 이후 지금까지 불쾌한 감정 속에서 살아왔다 해도 과언이 아니었다. 아무리 좋은 일을 봐도 뭔가 꿀꿀하고 께름칙했다. 다른 사람들, 특히 처가 쪽 사람들의 눈치가 영 마땅치 않았다. 그들은 장성으로 진급하지 못한 대현에게 은연 중 실망의 눈길을 보내곤 했다. 불난 집에 부채질하는 형국이라고나 할까, 그들은 정확한 내막도 모르면서 남의 염장을 지르는 것이었다.

쳇, 별은 아무나 따나. 사관학교를 나왔다고 해서 모두 장성이 되는 것은 아니었다. 사실 대령까지 진급하기도 쉬운 일이 아니었다. 그런데도 처가 쪽 사람들은 사관학교만 나오면, 그리고 대령까지 순탄하게 진급하면 무조건 별을 따는 줄 알고 있었다.

사실 결혼할 당시만 해도 처가 쪽 사람들은 대현의 현실보다 미래에 더 큰 기대를 걸고 있었다. 그들은 장차 별을 달고 뻑적지근하게 나타날 사위, 매부를 연상하면서 행복감에 젖어 있었다. 군대에 대해서 잘 모르는 사람들일수록 사관학교 출신이면 모두가 별을 다는 줄 알고 있었다.

처가 쪽 사람들은 아직도 군사정권 시절의 미망에서 헤어나지 못하고 있었다. 육사를 나와 별을 몇 개씩 달고 그것도 모자라 정권을 틀어쥐었던 별들의 행진. 그리고 그 휘하에서 호가호위하며 막강한 권세를 농단하던 정치군인들. 처가 쪽 사람들은 대현으로 하여금 장차 무소불위의 권력을 휘두르는 그런 군인이 되기를 기대했던 것이다.

하지만 대현은 결코 그런 사람이 아니었다. 그는 사관학교 시절에 배웠던 그대로, 즉 국가와 민족을 위해 목숨을 거는 군인이 되고자 최선을 다했다. 아니, 그는 군인의 본분을 잊고 정치적으로 노는 군인들을 경멸했다. 정치군인들은 눈을 부릅뜨고 적을 노려보는 것이 아니라, 언제나 게슴츠레한 눈으로 정치권을 향해 줄곧 추파를 던지는 것이었다.

대현은 그런 군인들을 볼 때마다 구역질을 느꼈다. 그는 하늘을 우러러 한 점 부끄러움도 없는, 영광의 군인, 군인 중의 군인, 후배들로부터 두고두고 존경받는 참 군인으로 남기를 소망했다. 만약 군대에 근무하는 동안 깨끗하지 않았다면 어떻게 되었을까. 사실 동기생 중에는 명예롭지 못한 사건에 연루되어 구속된 녀석들까지 있었다. 그들은 사관학교의 명예와 전통에 먹칠을 하는 것은 물론 동기생들의 자긍심을 짓밟고 말았다. 개중에는 억울하게 당한 경우도 없지 않았지만, 대부분 투명하지 못한 행동으로 그런 불명예를 짊어진 것이었다.

그들에 비한다면 대현이야말로 깨끗하게 살아온 군인이었다. 그는 어디를 가나 비리치근한 일에는 전혀 관심을 두지 않았다. 황금 보기를 돌같이 하라. 그는 최영 장군의 말씀을 가슴 깊이 새기며 언제나 원리원칙에 충실하고자 최선을 다했다.

예로부터 공은 닦은 데로 가고 죄는 지은 데로 간다고 했다. 그런 점에서 대현은 어느 누구 앞에서나 떳떳했다. 예나 지금이나 장성 진급심사가 끝나고 나면 뒷말이 무성했다. 누구는 어떻고, 누구는 또 어떻고……. 하지만 대현은 그런 뒷말에 연연하지 않았다. 그는 진급을 위해 전전긍긍하지 않았을 뿐만 아니라 도리어 진급심사 때가 되면 괜히 남의 구설에 휘말리지 않으려고 여간 조심한 것이 아니었다.

하지만 개중에는 각종 추문을 뿌리고 다니는 동기생들도 적지 않았다. 누구는 누구에게 줄을 섰고, 누구는 누구에게 죽었다가 되살아났다는 둥 별 희한한 말들이 흘러 다녔다. 하지만 대현은 그런 구설에 휘말린 적이 없었다. 장성으로 진급한 동기생 중 이충길 같은 친구는 대현에게 우정 어린 충고를 한 적도 있었다.

"대현아. 너는 진급심사 때마다 너무 소극적이잖아?"

"그게 무슨 말이야?"

"다른 동기생들은 진급심사 때마다 얼마나 뛰는 줄 알아?"

"뛰다니?"

동문서답이 따로 없었다. 이충길은 대현에게 뭔가 자극을 주기 위해 그런 충고를 하는 것이었지만, 대현은 그의 우정을 확인하면서도 굳이 진급을 위해 애걸복걸하고 싶은 마음이 없었다. 물론 장성으로 진급할 수만 있다면 얼마나 좋을까. 하지만 대현은 결코 진급을 위해 추문을 뿌리고 싶지 않았다.

동기생들의 대부분은 대현을 진급에 무심한 사람으로 여겼다. 다른 사람들은 진급을 위해 수단과 방법을 가리지 않건만 진급심사 때마다 도리어 잔뜩 몸을 도사렸던 대현. 동기생들은 그런 대현을 라이벌로 생각하지 않았고, 어떤 동기생들은 아예 바보 취급을 하기도 했다.

사실 군대에 몸담고 있는 동안 전역 후 민간사회에 자연스럽게 합류하기 위해 일찌감치 기반을 닦는 부류도 없지 않았다. 특히 대민부서에 근무하는 녀석들은 어떤 형태로든 민간인들과 좋은 인연을 만들어 두기 위해 안간힘을 쓰고 있었다. 그들은 전역 후 그들 민간인에게 은근히 줄을 대보려고 미리부터 그런 잔꾀를 쓰는 것이었다.

하기야 모래알처럼 많은 인간들 사회에는 다양한 군상들이 상존하게 마련이었다. 하지만 장교로서의 명예와 긍지는 물론 최소한의 품위까지 저버린 채 세속에 물든 그런 부류들을 대할라치면 이만저만 불쾌한 것이 아니었다.

그래. 나만은 그럴 수 없어. 대현은 다른 장교들이 세속에 물든다 해도 끝까지 장교로서의 명예와 긍지를 지키리라 골백번도 더 다짐했다. 그에게는 명예와 긍지야말로 생명이나 다름없었다. 그는 전역하는 그날까지 한 점 흐트러짐 없이 꼿꼿하게 살아왔다.

그러나 이제는 시위 떠난 화살이요 엎질러진 물이었다. 자꾸 지난 세월을 되돌아본들 무슨 유익이 있을 것인가. 그것은 죽은 자식 나이 세기나 다를 바 없었다. 아쉬움 많은 과거에 연연하기보다는, 그리고 그 아픈 과거를 되씹기보다는 앞으로 나아갈 길을 생각하는 것이 훨씬 유익하지 않을까. 그는 진급 탈락을 그저 인생의 운명으로 받아들이려 애쓰고 있었다.

그랬다. 하늘이 무너져도 솟아날 구멍이 있다더니, 철수와의 만남은 분명 일찍이 하느님께서 점지해준 특별한 인연인 듯했다. 그렇지 않고서야 어찌 이렇게 다시 만날 수가 있을까. 대현은 또다시 운명이라는 것을 생각하지 않을 수 없었다. 장성으로 진급하지 못한 것이 운명이었다면, 철수와의 재회 역시 또 다른 운명이 아닐 수 없었다.

그래. 그건 분명 운명이었어. 이제 철수의 회사에서 내 인생의 후반전을 멋지게 장식하는 거야. 일찍 전역해 엉터리 같은 직장에서 겨우 밥벌이나 하는 동기생들은 물론 현역에 남아 있는 동기생들까지 부러워하겠지. 왕년에 똑똑한 부하를 잘 두었던 덕택에, 아니 부하에게 깊은 인상을 심어 주었던 덕택에 인생의 후반을 멋지게 장식한다고 얼마나 부러워할까.

비록 군대에서는 별을 달지 못했지만, 민간사회에서 골드비전의 고문이 되었다면 어느 누구라도 부러워할 것이 틀림없었다. 성장 잠재력이 무궁무진한 골드비전. 아직까지는 널리 알려지지 않았지만, 골드비전의 발전 가능성은 끝이 없어 보였다. 대현은 자기도 모르게 혹여 철수의 마음이 돌변할까 봐 두려워하고 있었다. 만약 철수의 마음이 돌변한다면 닭 쫓던 개 하늘 쳐다보는 형국이 될지도 모르기 때문이었다.

대현이 가족들을 기다리며 이런저런 상념에 잠겨 있을 때 철수와 진호는 영등포의 한 호텔에서 은밀한 대화를 나누고 있었다. 그들은 벌써부터 이번 프로젝트의 완벽한 성공을 예견하고 있었지만, 그러나 다른 한편으로는 행여 대현의 마음이 표변하지나 않을까 노심초사하고 있었다. 대현은 철수의 변심을 의심하고, 철수는 철수대로 대현의 변심을 의심하는 셈이었다. 철수가 진호에게 말했다.

"조 전무. 일은 잘 풀리고 있는데 왜 이렇게 불안할까."

"사장님. 우리 일이란 늘 불안 속에서 진행돼 왔잖아요. 너무 걱정하지 마십시오. 잘 풀릴 겁니다."

"그래야지. 김대현이라는 그 사람, 아니 우리 회사 고문님이 괜히 능청 떠는 건 아닐까."

"능청이라니요?"

"우리의 계획을 다 알면서 내숭을 떨 수도 있잖아?"

"설마 그럴 리가 있겠습니까."

"설마가 사람 잡는다는 말이 있어. 고문님이 아무런 의심 없이 우리 계획에 동참해 주니까 도리어 이상한 생각이 드는군."

"그건 사장님 신경이 날카로워진 탓일 겁니다. 저는 그렇게 생각하지 않습니다. 그동안 제가 본 고문님은 세상 물정에 어둡습니다. 그만큼 때가 안 묻었다고나 할까요. 그렇기 때문에 우리를 전혀 의심하지 않는 겁니다."

"과연 그럴까."

"사장님. 제 분석을 믿어 주십시오. 사장님 밑에서 일하는 동안 저도 사람 보는 눈이 부쩍 늘었습니다. 최 회장님께서 정말 좋은 상대를 골라 주셨습니다. 달리 말씀드리자면 최 회장님께서 우리 골드비전과 사장님을 그만큼 신뢰한다는 뜻이기도 하겠지요. 만약 골드비전과 사장님을 신뢰하지 않는다면 그렇게 좋은 인물을 소개해 줄 리가 없지요."

"그건 그래. 최 회장님은 우리에게 정말 좋은 인물을 소개해 주셨어."

철수는 혼잣말처럼 중얼거렸다. 그러나 뭔지 모를 불안감은 지울 수 없었다. 상대를 요리할 때에는 한껏 자신감에 부풀어 있다가도 일이 진척

되면 진척될수록 점점 더 증폭되는 불안감. 지금까지의 관록을 돌아본다면 불안감으로부터 해방되고도 남을 연조가 훨씬 더 되었건만 왜 이렇게도 불안한지 알 수가 없었다.

그동안 각종 병법에도 통달했고, 실전도 겪을 만큼 겪었건만 불안으로부터 자유로울 수 없다는 것은 불가사의가 아닐 수 없었다. 정말 묘한 일이었다. 그만큼 경력을 쌓았으면 이제는 두려움을 뛰어넘어 일을 좀 더여유 있게 즐길 단계가 되었을 법도 하련만 그의 내면에는 이루 말할 수없는 불안감이 떠나지 않고 있었다. 진호가 말했다.

"사장님. 우리도 언젠가는 업종을 바꿔야 하는 것 아닙니까."

"업종을 바꾸다니?"

"불안하지 않은 업종, 안정된 업종으로 방향을 전환하는 것이 좋을 것같습니다."

"배운 도둑질이란 말도 있잖은가. 우리가 업종을 전환하면 어떻게 전환하겠나. 이제 와서 공장을 지을 수도 없구……. 어디 그뿐인가. 최 회장님과의 의리는 어떻게 하구? 어느 누구라도 최 회장님을 배신하는 날에는살아남을 수가 없잖아. 우린 이미 강을 건넜어. 아무튼 이번 프로젝트를깔끔하게 성공시키고 보는 거야."

철수는 내면에서 부글거리는 불안감을 감추며 비장한 결의를 다졌다. 이제 와서 다 잡은 고기를 놓칠 수는 없기 때문이었다. 이제 그의 앞에는과거 어느 때보다도 큰 성공이 기다리고 있었다.

21

　인테리어 공사는 의외로 쉬웠다. 전문 업자를 불러 사무실 구조변경 공사를 맡기자 그들은 모든 작업을 뚝딱 해치웠다. 종전의 사장실 앞 회의실 공간은 번듯한 고문실로 다시 태어났고, 그 넓은 공간 입구에는 부속실까지 설치했다. 안쪽의 넓은 공간은 김대현 고문을 위한 집무실이었고, 입구의 작은 부속실은 여비서가 근무할 방이었다.

　철수와 진호는 그 사무실에 책상이며 소파 같은 각종 집기를 들여놓았다. 비까번쩍하는 새 집기들. 그뿐 아니라 그 사무실 입구에는 '고문실'이라는 표지판을 내걸었다. 어디 그뿐인가. 철수는 벌써 '골드비전(주) 고문 김대현'이라 명패까지 제작해 대현이 사용하게 될 테이블 머리맡에 올려놓았다. 그뿐 아니라 그는 대현의 출근에 대비하여 명함까지 장만해 두었다. 이제 김대현 고문을 모실 만반의 준비가 끝난 셈이었다. 철수가 사무실을 휘휘 둘러보면서 진호에게 말했다.

　"조 전무. 혹시 빠진 것 없나."

　"없습니다. 이 정도면 완벽하다고 생각합니다."

　"좋아. 그러면 고문님께서 내일부터 당장 일하실 수 있도록 조치해야겠군."

　"그게 좋겠습니다."

　철수와 진호는 빈틈이 없었다. 두 사람이 머리를 맞대고 일을 하다 보면 손발이 척척 맞았다. 그들은 이번 프로젝트를 성공으로 이끌기 위해 필승의 신념을 다지고 있었다. 철수가 소파에 앉자 진호도 그 맞은편에 앉았다. 철수가 일단 숨고르기를 한 뒤 휴대전화로 대현에게 전화를 걸었다.

아니나 다를까, 대현은 기다렸다는 듯 전화를 받았다. 그는 군대에서의 근무수칙이 몸에 배어 전화를 받는데도 동작이 무척 기민했다. 그와 연락을 취할 때마다 최소한 통신이 두절된 적은 없었다. 철수가 느긋하게 말했다.

"고문님. 사무실 인테리어 공사를 마쳤습니다."

"오, 그래? 벌써? 공사가 그렇게 쉽게 끝났단 말이야?"

"당초 예정보다 초과달성한 셈이죠. 이틀이나 사흘쯤 더 걸릴 줄 알았는데 의외로 쉽게 마무리되었습니다."

그 말을 하면서 철수는 진호에게 눈을 찡긋해 보였다. 일이 순조롭게 잘 풀려 나간다는 신호인 셈이었다. 진호는 흡족한 미소를 머금은 채 철수의 통화 내용에 촉각을 곤두세우고 있었다. 그의 귀에는 철수의 휴대전화를 통해 대현의 목소리가 들려오고 있었다.

"야, 대단한데!"

"그야 뭐 보통이죠. 고문님께서 나오셔서 직접 한 번 살펴봐 주셨으면 합니다. 시간이 어떠신지요?"

"남아도는 게 시간인데 뭐. 내가 지금 곧 그쪽으로 갈까? 이 사장 일정은 어때?"

"고문님께서 나오시겠다면 다른 일 다 제쳐놓고 기다리겠습니다."

"알았어. 서둘러서 나갈게."

사실 대현은 사무실이 어떻게 꾸며졌는지 무척 궁금했다. 철수는 바로 그의 궁금증에 불을 질렀고, 대현은 그의 계책에 여지없이 걸려든 것이었다. 통화를 마치자마자 대현은 허둥지둥 집을 나선 뒤 택시를 잡아 타고 여의도로 향했다. 말하자면 군대에서의 비상출동과 같은 셈이었다.

대현이 택시를 타고 달리는 바로 그 시간, 철수와 진호는 누가 먼저랄 것도 없이 실실 회심의 미소를 흘리고 있었다. 말이야 바로 하지만 번듯한 사무실까지 마련해 놓았다는데 마다할 사람이 어디 있겠는가. 언제나 그랬지만 이번 일 역시 철수가 써놓은 각본대로 척척 진행되고 있었다.

얼마 후 대현이 여의도 골드비전 사무실로 들어섰다. 철수와 진호는 깍듯한 예의를 갖추어 그를 반갑게 맞이했다. 물론 다른 직원들도 자리에서 벌떡벌떡 일어나 대현에게 머리를 조아렸다. 철수가 대현을 새로 꾸민 고문실로 안내하면서 말했다.

"바로 이 방입니다. 고문님께서는 앞으로 이 방을 쓰시면 됩니다."

"야, 회사 사무실이 확 달라졌네."

대현은 탄복을 아끼지 않았다. 말끔히 단장된, 그리하여 몰라보게 달라진 사무실. 더욱이 테이블 머리맡에 놓인 명패를 보았을 때 대현은 너무 흡족하여 떡 벌어진 입을 다물지 못했다. 그는 아까부터 계속 싱글벙글 만족감에 넘쳐 있었다. 사실 사무실만 놓고 본다면 장성 집무실보다 나으면 나았지 못할 것이 없었다.

지난 시절 그는 육군본부나 국방부의 장성들 집무실을 자주 드나들었다. 야전에 나가 있을 때에도 사단장이나 군단장, 더 나아가 군사령관 집무실도 종종 출입했다. 물론 장성들 집무실에는 휘황찬란한 깃발, 명패 등등 여기저기 별이 번쩍거리고 있었다. 하지만 사무실 자체가 그렇게 으리으리한 것은 아니었다.

군대가 날로 좋아지는 것은 사실이지만, 눈에 보이는 치장이라고 할까 인테리어 차원에서는 민간 부문을 따라갈 수가 없었다. 모름지기 군대는 전쟁을 억지함으로써 평화를 담보하는, 백 년이나 천 년에 한 번 쓰기 위해서 육성되는, 그리하여 전투력 극대화에 역점을 두는 집단이지만 민간 회사는 하루도 빼지 않고 매일매일 돈을 벌어 이윤을 극대화하기 위해 진력하는 조직이 아닌가. 따라서 민간 부문에서는 고객 만족, 대외적으로 좋은 인상을 주어 신뢰와 연결시키려고 투자를 아끼지 않고 있었다.

철수가 마련해 놓은 고문실은 매우 세련된 분위기를 자아내고 있었다. 벽지, 집기 따위가 최고급이라고는 말할 수 없지만 어디 내놓아도 손색이 없는 품위가 넘쳐나고 있었다. 대현은 장차 자기가 일하게 될 그런 사무실을 둘러보면서 참으로 많은 것을 느꼈다. 특히 정성 가득한 공력과 적지 않은 예산을 들여 이처럼 좋은 사무실을 마련해준 철수의 특별한 배려에 탄복을 아끼지 않았다. 철수가 말했다.

"각종 집기가 마음에 드실지 모르겠습니다. 제 딴에는 고문님을 잘 모시려고 제법 신경을 썼습니다. 아직은 정리가 덜 돼 다소 어수선하게 느껴질 수도 있겠습니다만 직접 쓰시다 보면 점점 분위기가 살아나게 될 겁니다."

"아주 멋져. 이 정도 사무실이라면 내게는 너무 과분해."

대현은 아주 솔직하게 속내를 드러냈다. 그러면 그렇지. 철수는 마음속으로 쾌재를 부르고 있었다. 자신의 계책이 그대로 척척 먹혀들고 있기 때문이었다. 간밤까지만 해도 그렇게 불안하고 초조했었는데 대현이 아주 흡족해 하는 것을 보면서 다시금 자신감을 확인했다.

혼자 있을 때에는 한없이 불안해도 일단 대현을 만나면 자신감이 솟구쳤다. 그러니까 대현은 바로 철수의 사업을 도와주는 최고의 협력자라고 말할 수 있었다. 좀 다른 각도에서 말하자면 철수의 사업은 대현처럼 몰랑몰랑한 사람이 존재함으로써 성립되는 셈이었다.

철수는 문득 액션영화의 공식을 생각했다. 때리는 사람이 멋지게 부각되려면 맞는 사람이 멋지게 맞아줘야 하는 공식. 즉, 맞는 사람이 멋지게 나가떨어져야 때리는 사람이 더 돋보이게 마련이었다. 그런 점에서 대현이라는 인물이야말로 가장 멋지게 맞아줄, 그리하여 이번 프로젝트를 가장 확실하게 보장해줄 아주 기막힌 상대임에 틀림없었다. 철수가 말했다.

"우선 의자에 앉아 보십시오."

"그럴까."

대현은 테이블 뒤쪽으로 돌아가 큼지막한 회전의자에 앉았다. 엉덩이와 등짝에 닿는 감촉이 여간 푹신하지 않았다. 더군다나 아직 번쩍번쩍하는 레테르가 그대로 붙어 있는 테이블과 의자에서는 향기로운 냄새가 물씬 묻어나고 있었다. 철수가 말했다.

"마음에 안 드시면 교체할 수도 있습니다."

"아, 아냐. 아주 마음에 들어. 내가 쓰기에는 너무 고급인 걸."

"네에? 무슨 말씀을 그렇게 하십니까. 고문님께는 고문님다운 집기가 필요합니다. 만약 외부 방문객이 왔다가 고문님 방을 보고 실망하면 어떻게 합니까. 그럴 수는 없죠. 화려하지는 못할지라도 최소한 초라하게 보여서는 안 되겠죠. 장차 회사 규모가 더 커지면 그때 가서 사무실도 더 넓힐 계획입니다. 당분간 이 사무실을 쓰십시오. 그리고 부족한 것이 있으면 언제든지 말씀하십시오. 아, 참……. 고문님께서 쓰실 승용차도 주문해 놓았습니다."

"승용차?"

"네, 다음 주에는 새 차가 나올 겁니다."

"아니, 승용차까지 준단 말이야?"

"고문님께 승용차 한 대 마련해 드리지 않는다면 제 체면은 뭐가 되겠습니까. 아니, 우리 골드비전의 위상과도 관련된 문제입니다. 어디 그뿐입니까. 고문님께서는 종종 외부 손님을 만나고 운동도 하셔야 할 텐데 그때에도 대중교통을 이용한단 말씀이십니까. 그건 안 되죠. 조금도 부담 느끼지 마십시오. 벌써 운전기사와 비서도 발령을 내놨습니다. 그 사람들은 당장 내일부터 출근하기로 돼 있습니다. 고문님은 언제부터 나오실 수 있겠습니까?"

"나도…… 내일부터 나오지 뭐."

"네에? 아직 승용차도 나오기 전인데 출근하실 수 있다구요?"

"집에 있어 봤자 재미있는 일도 없구 뭐……."

대현은 어물어물 말끝을 흐렸다. 집에 틀어박혀 있는 동안 답답해서 미칠 지경이었는데 이런 사무실이 마련됐다니 이건 뭐 천당인지 극락인지 실감이 되지 않았다. 철수가 그에게 말했다.

"아무튼 고문님 좋으실 대로 하십시오. 앞으로도 나오시고 싶을 때는 나오시고, 쉬시고 싶을 때는 쉬시고……. 고문님께서 하시는 일에는 전혀 간섭하지 않겠습니다. 다만, 중요한 일이 있을 때에는 반드시 보고를 드리고, 거기에 합당한 지침을 받도록 하겠습니다."

철수는 일부러 '보고'니 '지침'이니 대현의 귀에 친숙한 어휘들을 늘어놓았다. 그것 역시 대현을 사로잡기 위한 고도의 전략이었다. 하지만 대현은 뭐가 어떻게 돌아가는지도 잘 모르면서 사무실 분위기에 도취해 있을 따름이었다. 대현이 말했다.

"정말 고마워. 이 사장이 나를 위해서 이렇게까지 배려해 주다니 너무 고마워서 뭐라 할 말이 없군."

"그렇지 않습니다. 저는 반드시 은혜를 갚아야 할 입장입니다. 이렇게라도 고문님을 모실 수 있어서 저는 얼마나 가슴 뿌듯한지 모릅니다. 여기 명함도 준비해 두었습니다. 필요하실 때 사용하십시오. 자, 이 법인카드를 드리겠습니다. 손님들을 접대할 때 접대비가 필요하실 테니까요. 이 카드로 골프를 치셔도 좋습니다."

철수는 법인카드를 내밀었다. 카드에서는 번쩍번쩍 금빛 광채가 일어나고 있었다. 대현이 주저주저하면서 말했다.

"이건 좀……."

"받으십시오."

대현은 어색해 하면서, 그러나 다른 한편으로는 이게 웬 떡인가 하면서 그 카드를 받아 넣었다. 아무튼 시간이 흐를수록 철수는 대현을 살살 녹이고 있었다. 그가 달콤한 미끼를 던지면 던질수록 대현은 흡족하다 못해 나중에는 황홀해지는 것이었다. 며칠 전 아내 민정에게 한바탕 자랑을 늘어놓기도 했지만, 살다 보니 이렇듯 꿈에도 생각하지 못했던 일이 생기는 것이었다. 대현이 철수에게 말했다.

"나를 위해서 과용하는 것 아닌가."

"그렇지 않다니까요. 앞으로는 두 번 다시 그런 말씀 하지 마십시오. 저도 명색 대표이사 사장입니다. 고문님을 위해 써야 할 예산 정도는 충분히 계산하고 있습니다. 제가 뭐 아무런 계획이나 대책도 없이 주먹구구로 일할 사람은 아니잖아요. 이제 정식으로 우리 회사 고문님으로 들어오신 이상 그런 의례적인 말씀은 안하셨으면 좋겠습니다."

철수는 대현의 입을 틀어막았고, 그렇게 해서 대현은 결국 골드비전의 정식 고문이 되었다. 회사 규모가 컸더라면 취임식도 했겠지만, 직원이라야 몇 사람 안 되는 터라 그런 절차는 생략했다. 아무튼 그날 이후 대현은 행복이 무엇인가를 몸 전체로 체험하기 시작했다. 군대에 있을 때에는 이것저것 신경 써야 할 일이 끊이지 않았지만, 골드비전에 나와 보니 고문이라는 보직이야말로 놀고먹는 자리 바로 그것이었다.

이런 세계도 있었구나. 사람들은 흔히 공무원을 철밥통, 정부 산하 기관을 '신(神)의 직장', '신이 다니는 직장'이라 했다. 거기에 비한다면, 골드비전 고문이라는 직책이야말로 가위 신이 부러워하고도 남을 자리임에 틀림없었다.

　사무실에, 승용차에, 비서에, 운전기사에…….　그에게는 어느 것 하나 부족함이 없었다. 아침에 집을 나서면 메기 잔등처럼 미끈한 승용차가 대기하고 있었다. 운전기사는 김 대리였다. 그는 인물도 번듯한 데다 매너까지 세련될 대로 세련돼 있었다. 철수는 대현을 위해 특별히 그런 인재를 채용한 것이었다.

　대현이 승용차에 올라 여의도 골드비전 사무실로 출근하면 아리따운 여비서 미스 박이 원하는 대로 척척 수발을 들어 주었다. 여비서 미스 박은 미스코리아를 뺨치고도 남을 미인 중의 미인이었다. 대현은 그런 미스 박과 눈빛이 마주칠 때마다 은밀히 솟구치는 욕정을 느끼곤 했다.

　그날도 대현은 아침 일찍 집을 나서면서 김 대리에게 휴대전화로 연락을 취했다. 그러자 김 대리가 즉각 전화를 받았다. 김 대리는 잘 훈련된 경호원이 무색할 만큼 민첩했다. 대현이 물었다.

　"김 대리, 지금 어디 있나."

　"고문님 댁 앞 주차장에 있습니다."

　"나 지금 나갈 건데……."

　"네, 곧바로 엘리베이터 앞 현관에서 대기하겠습니다."

　"응. 그렇게 해줘."

　통화를 마치고, 대현은 아내 민정의 배웅을 받으며 곧 엘리베이터에 올라 아래층으로 내려왔다. 그러자 대기하고 있던 김 대리가 운전석에서 용수철처럼 튀어나와 허리를 직각으로 꺾으며 인사한 뒤 승용차의 뒷문을 열어 주었다. 대현은 빨려 들어가듯 시트에 앉았고, 김 대리는 살짝 문을 닫아 주었다. 그런 다음 김 대리는 운전석에 올라 노련하게 차를 몰아 나갔다. 김 대리가 물었다.

"고문님, 회사로 모실까요?"

"그야 물론이지."

"그럼 회사로 모시겠습니다."

그러고 나서 김 대리는 입을 굳게 다문 채 전방을 응시했다. 도로에는 크고 작은 자동차들이 달리기 경주라도 하듯 줄기차게 내달리고 있었다. 대현이 김 대리에게 말했다.

"김 대리. 운전 경력은 얼마나 됐나?"

"10년 넘었습니다."

"어쩐지 아주 노련해. 차를 다루는 솜씨가 보통이 아니야. 집은 어디지?"

"현재 망원동에 살고 있습니다."

"가족은?"

"아내와 두 아들이 있습니다."

"오, 그렇군. 운전기사 봉급으로 가족들 부양하는 데 지장 없나?"

"없습니다. 사장님께서 워낙 잘 챙겨 주시니까요. 골드비전은 아주 좋은 회사거든요."

그 말을 듣는 순간, 대현은 이상한 느낌을 받았다. 아마도 김 대리는 그전부터 철수를 잘 알고 있는 듯했다. 대현이 다시 물었다.

"그럼 이철수 사장을 잘 알고 있나?"

"물론이죠. 그 전에도 골드비전에 근무한 적이 있었어요. 얼마 전 집안 일도 있고 해서 서너 달 쉬었거든요. 그런데 다시 사장님께서 불러 주셨습니다. 그래서 이렇게 고문님을 모시게 되었습니다. 사장님은 한 번 맺은 인연을 소중히 여기시는 분입니다. 제가 알기로 사장님 같은 분은 흔치 않을 거예요. 의리를 헌신짝처럼 저버리는 시대에 사장님 같은 분이 계시다는 것만으로도 놀라운 일입니다. 그래서 저는 사장님을 진심으로 존경합니다."

김 대리는 막힘없이 말했다. 아무튼 골드비전 직원들은 한결같이 말을 잘 했다. 입을 열었다 하면 술술 풀려 나오는 말. 과거 군대에 몸담고 있는 동안 반벙어리처럼 버벅거리는 몇몇 덜 떨어진 부하들 때문에 스트레스를 받은 적도 한두 번이 아니었다. 골드비전 직원들은 모두가 똑똑 부러질 정도로 말을 잘 했다. 그뿐 아니라 그들의 행동 또한 이만저만 날렵한 것이 아니었다. 대현이 말했다.

"이 사장은 역시 대대한 인물이야."

대현이 그 말을 하는 동안 김 대리는 속으로 피식 웃었다. 김 대리가 볼 때, 대현이야말로 바보와 다를 바 없기 때문이었다. 이 세상에 점심 한 끼라도 공짜는 없다. 그렇건만 대현은 뭐가 뭔지도 모르면서 철수의 의리와 인간성에 매료돼 있었다.

아무리 단순한 사람이라고 하지만 세상을 몰라도 너무 모르는 사람. 김 대리의 눈에는 그런 대현이 참으로 숙맥처럼 보일 따름이었다. 하지만 김 대리는 속내를 깊숙이 감춘 채 재빨리 말했다.

"그렇습니다. 사장님한테서는 배울 점이 참 많습니다."

김 대리는 이 기회를 놓칠세라 철수를 한껏 추어올렸고, 대현은 그 사장에 그 부하라는 확실한 믿음을 더욱 다졌다. 사장이 워낙 똑똑하고 의리가 있으니까 운전기사에 지나지 않는 말단사원까지 이렇게 부족함이 없겠지.

어느덧 승용차는 골드비전 사무실이 들어 있는 여의도의 한 빌딩 앞으로 들어서고 있었다. 김 대리는 현관 앞에 차를 세웠고, 핸드브레이크를 척 올린 뒤 밖으로 나와 문을 열어 주었다. 대현은 고문답게 제법 무게를 잡으며 승용차에서 내렸다. 그러자 김 대리는 그를 향해 다시금 허리를 거의 직각으로 꺾었고, 대현은 현관 쪽으로 유유히 들어서서 엘리베이터를 탔다.

그가 사무실에 들어섰을 때, 사장을 제외한 모든 직원들이 일제히 일어나 깍듯이 인사하였다. 그들은 그 어떤 군대, 그 어떤 비서, 그 어떤 조폭들보다도 잘 훈련돼 있었다. 비록 몇 사람 되지는 않지만 그들은 조직적으로 움직이고 있었다. 그것은 어쩌면 사장인 철수의 인복(人福)인지도 몰랐다. 대현은 그런 생각을 하면서 고문실로 들어섰다.

그는 자리에 앉았다. 정말이지 그 어떤 장성, 아니 대통령까지도 부럽지 않았다. 마음이 편안했다. 집에 있을 때에는 숨이 막힐 듯 답답했고, 담배 끊어라 뭐하라 아내의 바가지 긁는 소리에 소름이 끼칠 지경이었지만, 그러나 골드비전에 고문으로 취임한 뒤로는 거칠 것이 없었다. 오히려 하는 일 없이 골프다 뭐다 해서 회사 공금만 축내는 터라 철수와 진호와 다른 직원들에게 미안할 따름이었다.

잠시 후 대현이 소파로 내려앉아 신문을 펼쳐들자마자 기다렸다는 듯 미스 박이 커피를 가져왔다. 미스 박의 몸에서는 야한 향기가 풍겨왔다. 젊은 여성 특유의 이상한 냄새. 대현은 순간적으로 몸이 움찔하는 것을 느끼면서 신문으로 눈길을 가져갔다. 그는 신문 갈피를 넘기면서 짤막짤막한 단신까지 샅샅이 읽어 나갔다. 특별히 할 일도 없는 데다 무료한 시간을 죽이는 데는 그래도 신문을 읽는 것이 그만이기 때문이었다. 그가 신문 읽기에 골몰해 있을 때 문에서 똑똑똑 노크 소리가 들려왔다. 대현이 거의 건성으로 인기척을 냈다.

"네."

그러자 문이 열리면서 미스 박이 사뿐사뿐 들어왔다. 그녀가 머리를 조아리며 대현에게 물었다.

"고문님, 뭐 필요한 거 없으세요?"

"없는데……."

"그럼 오늘 스케줄은 어떻게 되세요?"

"뭐 특별한 거 없어."

"점심 약속도 없으세요?"

"아직은 없는데……."

대현은 고개를 가로저었다. 그러면서 미스 박이야말로 참 성실한 비서라고 생각했다. 윗사람의 스케줄까지 챙겨 주는 친절한 여비서. 운전기사인 김 대리도 그렇지만, 미스 박도 똑 소리 나는 비서가 아닐 수 없었다. 그게 대현의 판단이었다. 하지만 미스 박은 대현의 동태를 면밀히 파악하기 위해 일정을 알아본 것이었다. 미스 박이 말했다.

"고문님, 잘 알겠습니다. 제가 도와 드릴 일 있으면 언제든지 불러 주십시오."

"물론이지."

미스 박은 대현의 집무실을 나오면서 내심 코웃음을 흘렸다. 어쩌면 저렇게 어리석을 수가 있을까. 고문이라는 직함을 붙여 주고 사무실과 승용차를 마련해준 데다 비서에 운전기사까지 붙여 주니까 마냥 행복한 모양인데 천만의 말씀이었다. 비록 나이는 어렸지만, 미스 박은 이 세상이 얼마나 험악한지를 너무 잘 알고 있었다.

그런 그녀에 비해 대현은 세상 돌아가는 이치에 관해 모르는 것이 너무 많았다. 그는 그저 검증되지 않은 철수와의 인간관계만을 철석같이 믿고 있었다. 딱한 사람. 미스 박은 그런 대현에게 인간적 연민의 정을 느끼지 않을 수 없었다.

더군다나 운전기사 김 대리와 비서 미스 박은 철수의 손발이나 다름없는 1급 일꾼들이었다. 그들이야말로 *끄나풀* 중의 *끄나풀*이었고, 대현은 완벽하게 포위된 형국이었다. 하지만 대현은 일이 어떻게 돌아가는지도 모르면서 괜히 행복감에 젖어 신문 읽기에만 정신을 팔고 있었다.

그때였다. 바로 등 뒤에 있는 사장실 쪽에서 난데없이 왁자지껄한 소리가 들려왔다. 아마 철수가 누군가와 다투는 모양이었다. 회사 전체가 언제나 절간처럼 조용했고, 이따금 직원들 통화하는 소리만 들려왔을 뿐인데 별안간 큰소리가 들려왔으므로 대현은 촉각을 곤두세우지 않을 수 없었다.

22

잠시 후 와장창 유리그릇 깨지는 소리가 들려왔다. 그 소리가 얼마나 컸던지 마치 수류탄이 터지는 폭발음을 연상케 했다. 대현은 반사적으로 몸을 움찔했다. 철수가 버럭버럭 고함을 지르면서 누군가를 풀 먹은 개 나무라듯 잡아 족치고 있었다. 더군다나 뭔가를 사정없이 두들겨 부수기까지 하는 것으로 미루어 미상불 수습하기 어려운 큰 사고가 터진 모양이었다.

"어떻게 됐어? 어떻게 됐느냐구?"

철수의 고함소리가 계속 들려오고 있었다. 하지만 철수한테 질책을 당하는 사람이 과연 누구인지 알 수가 없었다. 철수가 고래고래 소리를 지르는데도 상대방의 반응이 전혀 없기 때문이었다. 대현은 테이블 밑에 있는 초인종 단추를 눌렀다. 그러자 부속실에 있던 비서 미스 박이 들어왔다.

"부르셨습니까."

"응, 사장실에 무슨 일이 있나?"

"사장님께서 화나시는 일이 있나 봐요."

"뭔데?"

"잘 모르겠어요. 워낙 웃어른들이 하시는 일이라서……."

미스 박은 모든 걸 다 알고 있었다. 하지만 그는 내숭을 떨고 있을 뿐이었다. 대현이 그녀에게 말했다.

"알았어."

"혹시 필요한 것 없으세요?"

"없어. 나가 봐."

"네, 알겠습니다. 나가 있겠습니다."

미스 박은 공손히 인사한 뒤 물러났다. 그녀는 역시 깜찍한, 눈에 넣어도 아프지 않을 만큼 아리따운 여성이었다. 대현은 얼마 전부터 그녀를 잘 꼬드겨 어떻게 해보고 싶은 흑심을 품고 있었다. 시간이 지나면 잘 되겠지. 그는 은근히 그런 기대를 가지고 있었지만, 사장실로부터 철수의 고함이 계속 터져 나오는지라 지금은 결코 그런 것을 생각할 계제가 아니었다.

대현은 궁금증을 증폭시키다 못해 슬그머니 자리에서 일어났고, 고문실에 나와 사장실 앞에서 잠시 머뭇거리다가 똑똑똑 노크했다. 안에서는 아무런 응답이 없었지만, 대현은 조심스럽게 문을 열었다. 아니나 다를까, 사무실 바닥에는 유리조각이 산지사방으로 흩어져 있었고, 철수는 화가 나서 붉으락푸르락 식식거리고 있었다. 그 앞의 소파에는 진호가 코를 쑥 빠뜨린 채 숨을 죽이고 있었다. 대현이 볼 때 진호는 거의 사색이 되어 있었다. 대현이 철수에게 물었다.

"도대체 무슨 일이야?"

"말도 마십시오. 아, 참, 보다보다 이런 꼴은 처음입니다."

"뭔데 그래? 내가 알면 안 되나."

"뭐 대단한 것 아닙니다. 고문님을 걱정하지 않으시도록 잘 모셔야 하는데 이런 추태를 보여드려서 죄송합니다."

철수는 뭔가를 숨기려는 듯 우물쭈물하였고, 대현은 힐끗 진호를 쳐다보았다. 언제나 밝고 활달했던 진호. 하지만 철수의 호령 앞에서 그는 너무 무기력해 보였다. 오죽하면 가슴 짠한 측은지심이 들 정도였다.

진호는 누가 뭐래도 철수의 오른팔이나 다름없었고, 직급이나 서열로 따지더라도 실질적인 제2인자임에 틀림없었다. 그런데도 철수가 그렇게 잡아 족치는 것을 본다면 심각한 문제가 아닐 수 없었다. 대현이 말했다.

"어허, 무슨 일인지 속 시원히 말해 봐. 내가 도울 일이 있으면 도와줄 수도 있잖아."

"차마 낯 뜨거워서 말씀 드릴 수가 없습니다."

대현이 진호에게 물었다.

"조 전무, 어떻게 된 일이야?"

"죄송합니다. 제가 다 무능해서 빚어진 일입니다."

"도대체 뭔데 그래?"

대현은 사태가 여기까지 오게 된 내막을 알려고 귀를 쫑긋 곤두세웠다. 하지만 철수와 진호는 입을 열지 않았다. 그것은 고도의 계산에서 나온 전략이었다. 철수와 진호는 자작극의 명수인지라 대현의 궁금증을 증폭시키기 위해 일부러 뜸을 들이는 것이었다. 하지만 순진하기 짝이 없는 대현이 그런 사정을 알 까닭이 없었다. 얼마 후 철수가 혼잣말처럼 중얼거렸다.

"아, 참, 그러나저러나 이 일을 어떻게 수습한다……?"

그러고 나서 그는 여기저기 전화를 걸었다. 전화의 내용은 자금 융통으로 초점이 모아지고 있었다. 하지만 저쪽 상대방은 거의 예외 없이 난색을 표하고 있었다. 그런 전화 역시 철수와 진호가 꾸며낸 일종의 연극이었다. 그러나 대현은 그들의 속사정도 모르면서 괜히 혼자 긴장하고 있었다. 그가 철수에게 물었다.

"이 사장, 자금이 얼마나 필요해서 그래?"

"얼마 안 됩니다. 한 3천만 원 정도만 있으면 되거든요. 그 몇 푼 안 되는 것 때문에 은행에 대출을 신청할 수는 없잖아요? 물론 제2금융권에 부탁하면 당장 돈이 나오겠지만 회사 위신이나 제 체면상 그럴 수도 없고……. 모레면 돈이 3억 원쯤 들어옵니다. 하루나 이틀만 쓰면 되는 돈인데 전무라는 사람이 그걸 마련하지 못했다니 말이나 됩니까. 조 전무도 회사 돌아가는 사정을 잘 압니다. 언제 무슨 돈이 필요하고, 언제 무슨 돈이 어디에서 들어온다는 것을 뻔히 알고 있으면서 자금을 준비해 놓지 않았다니 얼마나 속 터집니까. 참, 그까짓 얼마 되지도 않는 푼돈으로 큰소리를 내보기는 처음이군요."

철수는 진호를 슬쩍 곁눈질했다. 닳고 닳은 진호의 연기는 역시 노련했다. 그는 아까부터 줄곧 고개를 들지 못하고 있었다. 대현이 철수에게 물었다.

"그 자금은 언제 필요한데 그래?"

"늦어도 내일 오전까지는 필요합니다. 그래서 조 전무에게 오늘 오전까지 3천만 원만 마련해 놓으라고 했거든요. 그런데……."

철수는 진호를 원망하는 투로 말했다. 말하자면 진호만 믿고 있다가 일을 그르쳤다는 듯이 그를 닦달하는 것이었다. 그때 대현이 시원시원하게 말했다.

"알았어. 그 정도 돈이라면 내가 마련해 볼게."

"어떻게요?"

"그건 알 필요 없구……. 내가 30분 내로 즉각 입금시킬 테니까 걱정하지 말라구."

"그러지 마십시오. 저희들도 돈을 마련할 수 있습니다. 제가 조 전무에게 화를 냈던 건 돈도 돈이지만 전혀 대비책이 없었다는 점 때문이었습니다. 제가 직접 나서서 뛰면 그까짓 3천만 원 정도야 오늘 중으로 얼마든지 마련할 수 있습니다."

"아, 아니야. 나도 명색이 회사의 고문 아닌가. 어려운 때일수록 서로

도와야지."

대현은 일단 사장실에서 나왔다. 그는 고문실로 되돌아와 미스 박을 불렀다. 그러자 미스 박은 공손하게 다가왔다. 그녀가 물었다.

"부르셨습니까."

"응, 다름이 아니고 회사 계좌번호 좀 적어 줘."

"네, 알겠습니다. 제가 그걸 머릿속으로 외우지는 못하거든요. 경리 담당자에게 알아보겠습니다."

"그래. 어서 알아봐."

"네, 그렇게 하겠습니다."

미스 박은 갓 깎아놓은 신선한 꿀배처럼 사근사근했다. 가슴을 향해 미끈하게 흘러내린 목덜미를 보았을 때 대현은 자기도 모르게 거시기가 불끈거림을 느꼈다. 여자 냄새. 대현은 지난 몇 달 동안 아내 아닌 다른 여자를 품어 보지 못했다. 그전에는 더러 오다가다 잔재미를 보았는데 이 근래 들어와 너무 굶은 셈이었다.

잠시 후 미스 박이 메모지에 회사 계좌번호를 적어 가지고 들어왔다. 그는 물어볼 필요도 없이 인터넷 뱅킹을 통해 3천만 원을 입금했다. 그건 아내도 모르는, 그전부터 따로 꿍쳐 놓은 비자금이었다.

그는 다시 사장실로 자리를 옮겨 철수를 만났다. 철수는 아직도 화가 덜 풀려 식식거리고 있었다. 물론 진호는 여전히 몸 둘 바를 모르는 채 쩔쩔 매고 있었다. 대현이 철수에게 기세 좋게 말했다.

"이 사장, 내가 방금 전에 회사 계좌로 돈을 넣었어."

"네에?"

"3천만 원 넣었어."

"어떻게 그 돈을 마련했단 말씀입니까."

"내가 여편네 모르게 꼬불쳐 둔 돈이 있었어. 그게 전부야. 더는 없어."

"아이구, 감사합니다. 죽어도 고문님께 신세 지고 싶은 마음은 없었는데……."

철수는 연극배우처럼 일부러 큰 제스처를 취하고 있었다. 그때쯤 해서는 진호도 죽었다 살아났다는 듯 푸우, 하고 큰 한숨을 내쉬었다. 진호가 대현에게 말했다.

"고문님, 고맙습니다. 이 은혜는 평생 잊지 않겠습니다."

"은혜는 무슨 은혜. 같은 배를 탄 사람으로서 도울 일이 있으면 서로 도와야 하는 것 아닌가."

"모든 것은 제 능력 부족에서 비롯되었습니다. 사장님께서 며칠 전부터 충분히 자금을 마련해 놓으라고 말씀하셨더랬는데 미처 제가 그걸 마련하지 못했습니다. 고문님 덕택에 저는 살았습니다."

진호는 대현에게 허리를 굽혔다. 그때쯤 해서는 철수의 얼굴에서도 서서히 노기가 가라앉고 있었다. 철수가 대현에게 말했다.

"요긴하게 잘 쓰겠습니다. 사실 회사를 운영하다 보면 예기치 못한 이상한 일도 있게 마련입니다. 이번에도 조 전무가 애를 많이 썼습니다. 몇억 원을 확보해 놓았거든요. 하지만 딱 3천만 원이 모자라지 뭡니까. 그래서 아귀를 채워 놓으라고 했던 겁니다. 아무튼 고문님 덕택에 급한 불을 끄게 되었습니다."

철수는 대현을 계속 추켜세웠다. 그러다가 그는 진호와 함께 어디론가 나가 버렸고, 대현은 고문실로 돌아와 인터넷에 들어가 이것저것 언론보도를 보았다. 그래도 시간을 죽이는 데는 인터넷만큼 좋은 것도 없었다. 그는 인터넷에 올라온 이런저런 기사들을 읽으면서 다른 한편으로는 가슴 뿌듯함을 느꼈다. 철수에게 좋은 일을 했다는 자긍심이라고나 할까 자부심 같은 것을 맛보았기 때문이었다.

사실 대현의 입장에서 3천만 원이란 결코 적은 돈이 아니었다. 그러나 지금까지 철수가 베풀어준 호의에 비한다면 아무것도 아니었다. 더욱이 앞으로 그에게 얼마나 더 신세를 지게 될지 모르는 형편이었다. 그렇다면 그를 적극 돕지 않을 수 없었다. 대현은 그게 바로 사나이 대장부의 의리라고 믿었던 것이다.

그 이튿날이었다. 그날도 대현은 아침 일찍 출근해서 여기저기 전화를 걸거나 신문을 읽으면서 시간을 죽였다. 정말 이만저만 좋은 것이 아니었다. 군대에 있을 때에는 상관들 눈치 보랴, 부하들 비위 맞춰 주랴, 골치 아픈 문제로 여간 스트레스를 받은 것이 아니었다.

전역 이후에도 고민은 꼬리를 물고 따라왔다. 아내 민정이 이것저것 바가지를 긁어댈 때에는 솔직히 살고 싶은 마음까지 싹 달아나 여간 괴로운 것이 아니었다. 하지만 철수를 만난 뒤로는 모든 것이 확 풀렸다.

더욱이 그는 철수에게 3천만 원을 융통해 줌으로써 적지 않은 보람과 긍지를 느끼고 있었다. 영광스런 자리를 마련해준 철수에게 작으나마 보답을 했다는 가슴 뿌듯한 보람. 그가 이런저런 상념에 사로잡혀 있을 때 출입문에서 똑똑똑 노크 소리가 났다.

"네, 들어오세요."

대현은 당당했다. 문이 열리면서 철수가 들어왔다. 어제와는 달리 그의 얼굴에는 화색이 돌고 있었다. 그가 물었다.

"고문님, 시간 있으십니까."

"그야 물론……."

대현은 의자에서 일어나 소파로 자리를 옮기면서 철수를 반갑게 맞이했다. 그들은 서로 마주 보고 앉았다. 그때 기다리기라도 했다는 듯 미스 박이 음료를 가지고 들어와 그들 앞에 놓아 주었다. 그녀가 음료 잔을 놓기 위해 살짝 허리를 굽히는 사이 대현은 다시금 여자 냄새를 맡았다.

목덜미 아래로 물어뜯고 싶을 만큼 하얀 젖가슴이 보일락 말락 하였고, 그 순간 대현은 다시금 주책없이 거시기가 벌떡거림을 느꼈다. 참으로 이상했다. 미스 박은 분명 그가 비서로 데리고 있는 여직원이었다. 그런데도 그녀만 보면 시도 때도 없이 수컷으로서의 성적 충동이 발동하는 것이었다. 그녀가 나간 뒤 철수가 대현에게 말했다.

"고문님, 어제 급히 돈을 융통해 주셔서 감사합니다. 그 돈을 갚아야 하겠는데 계좌번호 좀 알려 주십시오."

"벌써 다른 돈이 생겼단 말인가."

"그렇습니다. 아침에 통장을 확인해 보니까 5억 원이 들어와 있지 뭡니까."

새빨간 거짓말이었다. 어제 진호를 잡아 족친 것도 사실은 대현의 코를 꿰기 위한 자작극일 따름이었다. 그런데도 대현은 감쪽같이 속아 넘어가고 있었다. 철수와 진호 입장에서 본다면 그런 대현이야말로 가지고 놀기 좋은 먹잇감이 아닐 수 없었다. 대현이 물었다.

"5억 원?"

대현은 내심 놀라지 않을 수 없었다. 어제까지만 해도 돈 3천만 원이 모자라 쩔쩔 매면서 진호를 무자비하게 닦아세웠는데 한몫에 5억 원이 들어왔다니 도저히 믿겨지지 않았다. 철수가 말했다.

"어제 여기저기 돈을 부탁했었거든요. 그런데 한몫에 대뜸 5억 원이 들어와 자금이 남아돌게 되었습니다. 어제는 다들 난색을 표하더니 제 체면을 보아 그렇게 돈을 장만해 입금시킨 모양입니다. 내일이면 또 3억 원이 들어오니까 당분간 자금 걱정은 안 해도 될 것 같습니다."

"아무튼 놀랍군. 이 사장의 능력은 알아줘야 한다니까."

"저도 다른 친구들을 도울 때는 화끈하게 도와주니까요. 말하자면 품 앗이라고 말할 수 있지요. 그래도 우리 골드비전이 신용 하나는 끝내줍 니다. 지금까지 어쩌다 남의 돈을 써도 약속 날짜를 어겨 본 적이 없으니 까요. 잘 아시는 것처럼 우리 회사 업종은 제조업이 아닙니다. 제조업 같 으면 공장이다 뭐다 담보가 많아 금융권에서 자금을 융통하는 데 훨씬 유리합니다. 하지만 우리 회사는 순전히 이 사무실과 인력만으로 운영 하는 기업이다 보니 은행에서 돈을 빌리는 데 그만큼 불리합니다. 사실 그동안 저는 은행에서 돈을 빌려 본 적이 없습니다. 자금이 있으면 있는 대로 없으면 없는 대로 회사를 경영하는 데는 큰 문제가 없었으니까요."

"그게 다 이 사장 능력 아닌가."

"그 뭐 능력이랄 것까지야 있나요. 이 바닥에서 잔뼈가 굵다 보니 그렇 게 된 거죠. 고문님, 어서 계좌번호 좀 적어 주십시오."

"그럴까."

대현은 메모지에 자신의 거래 은행 계좌번호를 적어 철수에게 내밀었 다. 그러면서도 다른 한편으로는 은연중 미안한 마음이 들었다. 철수가 그 돈을 며칠 더 써도 좋으련만 당장 갚겠다고 함으로써 마치 주었던 돈 을 도로 빼앗는 듯한 기분이었다. 철수가 말했다.

"앞으로는 고문님 앞에 그런 다급한 사정을 보여 드리지 않겠습니다. 어제 일은 모두 제 불찰이었습니다. 이래저래 마음이 편치 않으셨을 텐데 너그럽게 풀어 주십시오. 또, 고문님께서 자발적으로 도움을 주시겠다고 하심으로써 저나 조 전무는 큰 힘을 얻었습니다."

"오, 그랬군. 하지만 실질적으로는 아무런 도움도 주지 못했잖아."

"아, 아닙니다. 자진해서 저희들을 보살펴 주시려는 고문님의 그 따뜻한 마음만으로도 저희들은 큰 위안을 얻었습니다. 고문님의 그 의리 앞에 머리를 조아리지 않을 수 없습니다. 그저 감사드릴 따름입니다."

철수는 초인종 단추를 눌러 미스 박을 호출했다. 그러자 미스 박은 생글생글 웃으면서 사뿐사뿐 나비처럼 들어왔다. 대현은 거의 습관적으로 그녀의 앞가슴을 바라보았다. 빵빵한, 그래서 만지면 물컹 터질 듯한 젖가슴이 사뭇 풍만했다. 미스 박이 대현과 철수를 번갈아 보면서 물었다.

"부르셨습니까."

철수가 방금 대현으로부터 받은 메모지를 그녀에게 건네면서 말했다.

"미스 박, 이건 고문님 계좌번호야. 경리 담당 미스 김에게 얘기해서 이 계좌로 즉각 3천만 원 입금시키라고 해. 출금전표는 이미 결재했어. 알았지? 그리고 이 계좌번호는 컴퓨터에 잘 입력해 두라고 해."

"네, 알겠습니다."

미스 박은 메모지를 들고 나갔다. 그로부터 한 2, 3분이나 지났을까, 미스 박이 다시 들어와 집행 결과를 보고했다. 아무튼 골드비전 구성원들은 군대를 뺨칠 정도로 정확했다. 미스 박만 하더라도 업무보고에 관한 한 사관생도를 뺨칠 정도로 똑똑 부러지고 있었다. 그녀가 나간 뒤 철수가 목청을 한껏 낮추면서 말했다.

"고문님, 통장을 확인해 보시지요."

"그거야……."

대현은 어물어물 얼버무렸다. 철수의 면전에서 확인한다는 것도 채신머리없는 짓일 뿐 아니라 굳이 통장을 확인해 보지 않는다 해도 정확히 입금되었을 것이기 때문이었다. 철수가 말했다.

"고문님, 어제 제가 왜 조 전무에게 듣기 싫은 소리를 했는지 아십니까. 더 큰일을 하기 위해 사전에 기합을 준 겁니다. 이제 곧 계열회사를 설립하게 됩니다. 그래서 미리 조 전무를 사정없이 다잡은 겁니다. 계열회사가 설립되면 조 전무를 대표이사 사장으로 앉힐까 생각하고 있거든요. 그런데 그까짓 3천만 원을 마련하지 못했다니 그게 말이나 됩니까."

철수는 일부러 '대표이사 사장'이라는 말에 힘을 주었다. 그것은 대현의 적극적인 관심을 유도하기 위한 철저한 전략이었다. 대현이 혼잣말처럼 중얼거렸다.

"아, 그랬었군."

"계열회사 명칭은 골든월드와 월드비전을 놓고 고심하다가 결국 월드비전으로 결정했습니다. 회사 설립을 위해 변호사까지 선임해 놓은 상태입니다."

"변호사?"

"네, 정관이다 뭐다 준비 과정이 좀 복잡하거든요. 나중에 법인 등기까지 하려면 변호사에게 일괄적으로 맡기는 것이 훨씬 편합니다."

철수는 군대에서 쓰지 않는 용어들을 동원해 가며 대현을 현혹했다. 사실 대현의 입장에서는 계열회사니, 정관이니, 법인 등기니 하는 일련의 용어들이 생소하기만 했다. 군사 용어라면 모르는 것이 없었겠지만, 이 민간 분야의 사업 경험이 전무했기 때문이었다. 대현은 무슨 말인지조차 제대로 이해하지 못하면서도 철수에게 추임새 같은 맞장구를 쳐주었다.

"그렇군."

"자, 그럼……."

철수는 자리에서 일어나 사장실로 이동했다. 그가 나간 뒤 대현은 인터넷으로 통장을 조회해 보았다. 아니나 다를까, 3천만 원이 정확하게 입금되어 있었다. 하지만 다른 한편으로는 여간 꿀꿀한 것이 아니었다. 철수에게 뭔가 작은 도움을 주기 위해 기꺼이 3천만 원을 융통해 주었던 것인데 아무런 도움도 주지 못한 채 그냥 되돌려 받은 셈이었다.

그는 회사를 위해 뭔가를 하고 싶었다. 그동안 철수에게 해준 것도 없이 일방적으로 신세만 진다는 것이 사뭇 부담스럽기 때문이었다. 앞으로 끝까지 이 자리를 보전하려면 무늬만 고문이 아닌, 실질적인 고문으로서 뭔가를 하지 않으면 안 된다는 사명감 같은 것이 그의 내면에 용출하고 있었다.

사실 골드비전은 철수와 진호가 다 이끌어 가고 있었다. 대현은 고문이라는 직책으로 매일 사무실에 나오기는 하지만 회사가 어떻게 돌아가는지 전혀 알지 못했다. 문서에 결재를 할 일도 없었다. 실권이라곤 전혀 없는, 문자 그대로 핫바지나 다름없는 고문일 따름이어서 어떤 때는 심심하기까지 했다.

23

두어 달 후였다. 그날도 대현은 특별히 하는 일도 없으면서 골드비전 사무실에 일찍 출근했다. 일찍이 투철한 군인정신으로 무장된 그는 누구보다도 책임감이 강했다. 전역 이후 일자리를 찾아다닐 때에는 풀이 죽었던 것도 사실이지만, 이 좋은 회사에서 고문이라는 직책을 맡게 된 이후로는 사정이 확 달라져 있었다.

그는 그동안 일찍 전역한, 백수 시절에 찾아가 만났던 군대 선후배와 동료, 즉 윤형진과 박건식과 최병택 같은 사람들을 불러 골프도 치고 술도 샀다. 그런가 하면 장성으로 진급해 잘 나가는 육사 동기생 이충길과 백성남과 차동칠과도 몇 번 어울렸다.

그때마다 대현은 철수가 만들어준 법인카드를 썼다. 공짜로 회사 돈을 쓰려니까 부담스럽기도 했지만, 그러나 그는 선후배들을 만날 때마다 꿈에도 생각하지 못했던 옛 부하를 만나 호강하게 되었다면서 큰소리를 꽝꽝 쳤다.

선후배들과 동기생들은 여간 부러워하는 것이 아니었다. 사실 그들의 부러운 눈길과 칭사가 아니라고 해도 대현은 일단 팔자를 고친 셈이었다. 연금 나오겠다, 회사에서 급여에 품위유지비까지 나오겠다, 수입이라는 측면에서도 군대에 있을 때보다 훨씬 더 많았다.

하지만 그에게도 고민이 없는 것은 아니었다. 그의 내면에는 철수와 회사 직원들에 대한 미안함이 똬리를 틀고 있었다. 과분할 정도로 대우를 받고 있으면서도 회사에 기여할 일이 별로 없는 탓이었다. 빈대도 낯짝이 있다는데 명색이 고문이라는 타이틀을 달고 있으면서 회사 예산만 축낸다 생각하면 마음이 무거워지는 것이었다.

며칠 전의 3천만 원 융통 문제는 더욱 큰 부담으로 남게 되었다. 그 돈을 한두 달이라도 지난 뒤에 돌려받았더라면 덜 미안했을 텐데 만 24시간도 안 되어 전액 돌려받게 되자 우스운 꼴이 되고 말았다.

그래. 철수는 역시 대단한 사람이야. 전화 몇 통화로 한몫에 5억 원을 동원하다니 놀라운 실력이야. 그만한 수완이 있으니까 적수공권으로 사업에 뛰어들어 지금처럼 성공했겠지. 대현은 철수의 신용에도 깊은 경탄을 보내지 않을 수 없었다.

그동안 철수는 어느 자리에서나 입만 열었다 하면 신용을 강조해 왔다. 사업에서는 규모가 크든 작든 신용이 곧 생명이라고 했다. 3천만 원의 경우만 해도 철수의 신용을 엿볼 수 있는 대표적 사례였다. 그는 돈이 생기자마자 즉각 3천만 원을 대현에게 변제했다. 결과적으로 철수는 대현에게 신용이 어떤 것인가를 보여준 셈이었다. 철수는 역시 신용의 화신이었다.

그가 이런저런 상념에 사로잡혀 있을 때 문에서 똑똑똑 노크 소리가 나더니 철수가 들어왔다. 그는 동에 번쩍, 서에 번쩍, 여간 바쁜 것이 아니었는데 시간이 났다 하면 잠시 대현의 방에 들어와 용기를 북돋아 주곤 하였다. 소파에 앉으면서 철수가 말했다.

"고문님, 시간 있으십니까."

"나야 뭐 언제나 자유로운 몸 아닌가. 남아도는 게 시간이야. 이 모든 것이 이 사장 덕택이지."

"사실은 고문님께 긴밀히 상의 드릴 일이 있는데요……."

"뭔가?"

대현이 소파에 앉자 철수도 맞은편에 앉았다.

"며칠 전에 말씀 드렸던 계열회사 월드비전 설립 문제를 놓고 그동안

고심을 많이 했습니다. 당초 제 생각에는 조 전무를 대표이사 사장으로 선임하려고 했습니다. 하지만 조 전무가 뭐라는지 아십니까. 고문님을 그 자리로 모셔야 한다는 겁니다."

대현은 '대표이사 사장'이라는 말에 귀가 번쩍 뜨임을 느끼고 있었다. 그렇다면 단순히 놀고 지내는 고문이 아닌, 뭔가 실질적인 결재권을 행사할 수 있는 자리를 마련해 준다는 뜻일까. 그는 지금처럼 한직으로 지내는 것보다 그런 자리에 앉을 수만 있다면 더 바랄 나위가 없을 듯했다. 대현이 말했다.

"나야 뭐 아는 것이 있어야지."

"그건 괘념치 않으셔도 됩니다. 저희들이 있으니까요. 고문님께서도 느끼셨으리라 믿습니다만 우리 골드비전에는 인재가 많습니다. 저희들은 모두가 한 마음 한뜻으로 뭉쳐 있습니다. 우리 골드비전은 작지만 강한 회사입니다."

대현은 지난번에 그랬던 것처럼 '골드비전'이라는 상호 앞에 '우리'라는 수식어를 넣어 연대의식에 기름을 붓고 있었다. 그러면서 그는 재빨리 대현의 표정을 살피고 있었다. 아니나 다를까, 대현은 솔깃해 하는 눈치였다. 대현이 말했다.

"정말 회사 직원들을 보면 대단하다는 생각이 들어. 아마 우리 골드비전처럼 잘 결속된 조직도 없을 거야."

대현도 자연스럽게 '우리 골드비전'이라 했다. 그의 경우 얼마 전까지만 해도 꾸어다 놓은 보릿자루나 외계인 같았던 그였지만, 그러나 이제는 골드비전의 한 구성원이라는 끈끈한 연대의식을 갖게 되었다.

하지만 그건 어림도 없는 착각이었다. 그는 어디까지나 물 위에 둥둥 뜨는 기름일 뿐이었다. 물과 기름은 화학적으로 결합할 수가 없었다. 사실 그의 운전기사인 김 대리와 여비서 미스 박도 철수의 수족일 뿐 대현과는 합쳐지려야 합쳐질 수 없는 사람들이었다.

특히 김 대리와 미스 박은 대현의 움직임을 수시로 철수와 진호에게 자세히 보고하고 있었다. 따라서 철수는 대현의 일거수일투족을 낱낱이 파악할 수 있었지만, 그러나 대현 입장에서는 철수와 진호가 밖에 나가 무슨 일을 하고 돌아다니는지 전혀 눈치조차 못 채고 있었다. 철수가 말했다.

"그렇습니다. 만약 우리나라 군대 조직이 우리 회사 직원들처럼 일심동체로 뭉친다면 남북통일뿐만 아니라 천하통일도 가능할 것입니다. 우리 골드비전 직원들은 일당 백, 일당 천이라도 거뜬히 감당할 수 있는 인재들입니다. 말하자면 특공대라고나 할까요. 그런 인재들이 고문님을 잘 보좌해 드리면 금세 업무파악을 하실 수 있을 것입니다."

"하긴⋯⋯."

대현은 군대에서의 유능한 지휘관을 떠올렸다. 사실 유능한 지휘관이란 참모를 잘 만난 사람이라고 말할 수 있었다. 지휘관 자신의 최종 판단이야 더 말할 나위가 없지만, 그에 앞서 옳은 판단을 내릴 수 있도록 도와주는 참모들의 역할이 얼마나 중요한가. 대현은 그런 생각을 하면서 내친 김에 대표이사 사장이 돼 볼까 하는 충동을 느끼고 있었다. 철수가 말했다.

"기회는 자주 오지 않습니다. 한 번 법인 등기를 하면 비록 형식적이라 할지라도 다음 주주총회 때까지는 그대로 가야 합니다. 물론 언제라도 임원 개선을 할 수 있습니다만, 회사를 창립한 지 얼마 안 되어 자꾸 법인 등기부를 정정하는 것도 좋지는 않다고 생각합니다. 그렇게 하려면 얼마 되지는 않지만 법무사에게 따로 수수료를 주고 일을 시켜야 하거든요."

그 말도 사실은 별 진정성이 없었다. 하지만 사회 물정을 알지 못하는 대현의 입장에서는 그런가 보다 생각할 수밖에 없었다. 아무튼 그는 철수의 말이라면 콩이 아닌 팥으로 메주를 쑨다 해도 그대로 믿는 것이었다. 대현이 말했다.

"만약 내가 대표이사 사장으로 취임한다면 다른 직원들이 협조해 줄까?"

"그야 여부가 있습니까. 우리 직원들은 진심으로 고문님을 존경하고 있습니다. 사장으로 취임하실 경우 충성을 다할 것입니다."

대현은 '충성'이라는 말에 신선한 자극을 받고 있었다. 군대에서 자주 듣던 말인지라 그만큼 성큼 가슴에 와 닿았다.

"그렇다면 내가 할 일은 뭔가."

"별로 없습니다. 우선 월드비전 설립계획을 개략적으로 말씀드리자면, 자본금은 약 10억 원 정도로 할까 합니다. 가능하시다면 일부를 부담해 주시는 것도 좋지요. 그렇게 되면 명실상부한 주주로서 경영권을 행사하게 되니까 고문님께 더 막강한 힘이 실릴 것입니다. 물론 형편이 허락하지 않는다면 출자는 하지 않으셔도 됩니다. 현재 우리 골드비전의 자금 사정은 괜찮은 편이니까요."

하지만 대현의 마음속에서는 예전에는 미처 생각하지 못했던 새로운 욕망이 꿈틀거리고 있었다. 새로운 욕망이란, 차제에 새로 발족되는 월드비전의 지분을 갖고 싶다는 소박한 바람이었다. 그렇게 되면 이제까지의 미안한 감정도 완전히 상쇄시킬 수 있을 뿐만 아니라 명실상부한 실권을 장악할 수 있으리라는 기대가 그의 마음을 들뜨게 했다. 대현이 말했다.

"이 사장이 막대한 자금을 동원하는 이 마당에 내가 '열중쉬어' 하고 있을 수는 없지. 나도 일정 부분 투자를 해야겠지. 그래야 내 체통도 살아날 수 있지 않을까."

"반드시 그런 것은 아닙니다만……."

"아, 아니야. 나도 투자하고 싶어."

대현은 단호히 말했다. 그렇게 해서 그는 월드비전 설립에 5억 원을 투자했다. 그는 아내도 모르게 아파트를 담보로 제공하고 은행에서 대출을 받았다. 아내와 상의해 봤자 반대할 것이 뻔했기 때문이었다.

그 대신 대현은 새로 설립되는 월드비전의 이사로 아내 민정을 비롯하여 처남 박호동 등 친인척들을 끌어들였다. 적지 않은 자금을 출연한 만큼 법인, 즉 월드비전이라는 회사를 확실하게 소유하기 위하여 가급적 가까운 친인척을 끌어들인 것이었다. 그것은 철수의 권장사항이기도 했다.

월드비전 설립이 순조롭게 진행되던 어느 날이었다. 그날도 철수는 고문실에서 대현을 만났다. 철수와 진호는 본래 사무실에 머무는 시간보다 밖으로 나도는 시간이 더 많았지만, 시간이 날 때에는 꼭꼭 고문실에 들러 대현에게 달착지근한 소식을 전해 주곤 하였다.

"고문님. 월드비전은 전적으로 고문님 회사입니다. 어느 누구도 월드비전의 경영권을 넘볼 수 없습니다. 이사, 감사가 모두 고문님 인맥으로 구성돼 있으니까요. 그러니까 저희들은 그저 고문님께 회사를 설립해 드린 셈입니다. 이제 남은 과제가 있다면 어떻게 흑자를 낼 것이냐 하는 문제입니다. 하지만 그 문제에 관한 한 크게 걱정하지 않으셔도 됩니다. 저희들이 있으니까요. 월드비전이 확실하게 기반을 잡을 때까지 저희들이 적극 도와 드리겠습니다."

"아무튼 고마울 따름이야."

"그런데 월드비전 공식 출범에 앞서 꼭 상의 드릴 말씀이 있습니다."

"뭔데?"

"이제 우리 회사는 골드비전과 월드비전이라는 두 회사 체제로 나아가게 되었습니다. 말하자면 그룹 체제의 출발점이라 할 수 있습니다. 그렇다면 대내외적으로 두 회사를 대표하는 회장이 필요합니다. 국내 대재벌들을 보십시오. 회장 밑에 각 사장들이 있잖습니까. 고문님을 회장님으로 모실까 합니다. 두 회사의 대표이사 회장…… 어떻습니까."

"나를 회장으로……?"

"그렇습니다. 제가 골드비전 사장인데 고문님께서 월드비전 사장직을 맡는다면 격에 어울리지 않습니다. 서열상 저와 동격이 되니까요. 저는 골드비전 사장으로 남고, 고문님께서 두 회사를 아우르는 회장직을 맡아 주십시오. 물론 법적으로는 월드비전의 대표이사 사장입니다만, 회사 내외에서 회장님으로 예우해 드리는 것이 옳다고 생각합니다."

"글쎄……."

대현은 대표이사 사장과 회장의 역할이 어떻게 다른지도 잘 모르고 있었다. 더군다나 등기부 상에 직위가 어떻게 등재되는지도 알 까닭이 없었다. 법인이니 뭐니 말은 많이 들었어도 그 분야에 관한 한 전혀 아는 것이 없기 때문이었다. 하지만 회장이 사장보다 상위 개념이라는 것은 잘 알고 있었다. 철수가 말했다.

"그렇게 해주셔야 됩니다. 저는 앞으로 골드비전 경영에 전념하겠습니다. 고문님께서는 월드비전을 경영하시면서 골드비전의 업무까지 챙겨 주십시오. 지금까지 해 오신 대로만 하시면 됩니다. 실질적인 업무는 저와 조 전무가 다 맡아서 처리하겠습니다. 고문님께서는 뒤에서 지도만 해주시면 됩니다. 월드비전이 공식적으로 발족되어도 고문님께서 밖에 나가 비즈니스를 하실 일은 없습니다. 하지만 사장 직분만 맡고 계신다면 밖에 나가서 직접 뛰셔야 하는데 그렇게 되면 저희들이 고문님을 지휘하는 꼴이 됩니다. 그건 말도 안 됩니다. 더군다나 고문님께서는 아직 우리 업계 사정을 잘 모르십니다. 설령 월드비전 사장이라는 명함을 가지고 현장에 나가신들 알아 모시는 사람도 없습니다. 이런 여러 가지 현실을 고려해서 고문님을 회장님으로 모실까 합니다."

대현은 마른침을 꿀꺽 집어삼켰다. 지금까지도 아주 잘 지냈고, 이제 곧 월드비전의 사장이 될 마당인데 철수가 대뜸 회장직을 제의하는 터라 너무 흡족해서 어안이 벙벙할 따름이었다. 그가 슬쩍 양보할 뜻을 밝혔다.

"회장으로 말하자면 이 사장이 맡아야 하는 것 아닌가. 이 회사의 창업주이니까. 나야 뭐 아는 게 있어야지."

"그렇지 않습니다. 고문님의 그 리더십이라면 두 회사를 잘 이끌어 주실 수 있습니다. 그뿐 아니라 저희들이 고문님으로 모시던 분을 사장님으로 모시는 것도 모양이 좋지 않습니다. 하지만 고문님을 회장님으로 추대했다면 어느 누가 보더라도 모양이 좋습니다. 예컨대 참모총장이 합참의장 되는 것은 아주 자연스럽고 당연한 일이지만, 합참의장이 참모총장으로 간다면 어떻게 되겠습니까. 바로 그런 겁니다. 이 모든 것을 감안해서 고문님을 회장님으로 추대하려는 것입니다."

철수의 달변은 막힘이 없었다. 거미 꽁무니에서 거미줄 나오듯 말이 줄줄 나오는데 달리 이의를 제기할 틈새가 없었다. 그뿐 아니라 사장보다도 훨씬 서열이 높은 회장으로 추대하겠다는 데 굳이 반대할 이유도 없었다. 대현이 말했다.

"그럼 월드비전 사장 자리는 어떻게 하구……?"

"고문님께서 당분간 겸직하신다고 생각하면 됩니다. 나중에 업무가 많아지면 조 전무를 사장으로 발령 낼 수도 있겠지요. 그 문제는 월드비전

발족 이후 따로 보고 드릴 기회가 있을 것입니다. 조 전무가 이번 회사 설립에 출자한 것은 없습니다. 하지만 사장 역할은 충분히 할 수 있는 사람입니다. 무엇보다도 경험이 풍부하니까요. 하지만 그 문제는 회사가 돌아가는 것을 봐 가면서 결정해도 늦지 않습니다."

"무슨 뜻인지 이 사장 말을 잘 알겠네."

결국 월드비전은 성공적으로 설립되었다. 철수와 진호는 이 회사 설립을 위해 박개남 변호사와 긴밀히 협의하였고, 마침내 김대현을 대표이사로 하여 등기까지 마쳤다. 그 직후 철수는 월드비전의 등기부 등본을 대현에게 보여 주었다. 아니나 다를까, 그 서류에는 대표이사 김대현과 이사로 참여한 친인척들의 이름이 정확하게 등재돼 있었다.

이제 대현의 위상도 달라졌다. 지금까지는 철수에게 빌붙어 고문이라는 직함을 달고 회사 돈을 거저먹는 건달 같은 느낌이었지만, 이제는 자금까지 출자한 대표이사로서 일등공신이 된 기분이었다. 따라서 다른 직원들을 대할 때에도 훨씬 떳떳했다.

철수는 골드비전 현판과 똑같은 크기로 월드비전 현판을 제작했다. 그러고는 사무실 입구에 골드비전 현판과 나란히 월드비전 현판을 내걸었다. 그날, 골드비전 임직원들은 조촐한 현판식을 가졌고, 회사의 실질적 오너인 철수가 그 자리에 모인 직원들에게 말했다.

"여러분, 감사합니다. 우리 골드비전은 새로운 전기를 맞고 있습니다. 마침내 계열회사인 월드비전을 새로 탄생시켰기 때문입니다. 오늘부터 고문님을 회장님으로 모십니다. 지금까지는 명목상 고문님으로 모셔 왔습니다만 이제 두 회사가 양립하게 되었고, 이에 따라 회장님께서 두 회사의 경영을 실질적으로 총괄하시게 됩니다. 저 자신 골드비전의 창업자이기는 합니다만, 회장님의 인품과 경륜을 따라갈 수가 없습니다. 여러분,

우리 회장님을 위하여 큰 박수 한 번 보내드립시다."

그 말이 떨어지기가 바쁘게 전 임직원들이 일제히 박수를 쳤다. 전 임직원이라야 열 명도 안 되었지만, 그들은 어떤 군대나 조폭보다도 더 철저하게 결속된 사람들이었다. 철수의 표현처럼 그들은 잘 훈련된 특공대나 다름없었다. 난데없는 박수를 받게 되자 대현은 여간 흡족한 것이 아니었다. 간단한 훈시를 마친 철수가 대현에게 말했다.

"회장님, 한 말씀 하시죠."

대현은 잠시 머뭇거리다가 앞으로 나섰다. 조직의 규모로 본다면 1개 분대 정도에도 못 미쳤지만 그의 눈에는 전 임직원들이 지휘부의 유능한 참모들로 다가왔다. 대현이 직원들에게 말했다.

"여러분, 나는 이철수 사장의 특별한 배려로 우리 골드비전에 와서 회장이라는 과분한 직함까지 받게 되었습니다. 여러분께서도 잘 아시리라 믿습니다만 나는 군대에서 오래 근무했습니다. 이제 사회에 나와 많은 것을 새로 배우고 있습니다. 하지만 아는 것보다 모르는 것이 더 많습니다. 앞으로 잘 도와주시기 바랍니다."

대현이 말을 마치자 임직원들이 뜨거운 박수를 보냈다. 그는 이렇듯 임직원들의 축복 속에 회장으로 취임했다. 그러고 나서 그들은 사무실 안에 있는 각자의 위치로 돌아갔다. 복도에서 현판식을 마친 그들이 안으로 들어왔을 때 철수가 대현에게 말했다.

"회장님, 제가 벌써 이 표지판도 바꿔 놓았습니다."

아니나 다를까, 대현의 집무실 앞에는 종래의 '고문실'이라는 표지판 대신 '회장실'이라는 표지판이 부착돼 있었다. 그뿐이 아니었다. 대현의 테이블 위에 놓여 있던 명패도 종래의 '고문'이라는 직함 대신 '회장'이라는 직함이 새겨져 있었다. 사실 대현은 아침 일찍 출근했으면서도 표지판과 명패가 그렇게 교체된 사실을 까마득히 모르고 있었다. 평소 출입하던 그대로 그는 아무런 생각 없이 사무실을 드나들었기 때문에 미처 발견하지 못한 것이었다.

아무튼 철수의 주도면밀함에는 혀를 내두르지 않을 수 없었다. 그래. 그러니까 이렇게 성공할 수 있었지. 아무나 성공하는 것이 아니야. 역시 성공한 사람은 뭐가 달라도 달라. 만약 철수가 장교였다면 틀림없이 별을 달고도 남았을 거야. 대현은 마음속으로 그렇게 생각했다. 대현이 철수에게 물었다.

"언제 이렇게 바꿔 놓았어?"

"어젯밤에 다 교체했습니다. 며칠 전 월드비전 현판을 발주하면서 한몫에 일괄 주문했거든요. 테이블 위에 새 명함도 갖다 놓았습니다. 군대에서의 선후배는 물론 친지, 지인들을 만날 때 쓰십시오. 종래의 고문에서 회장으로 직함을 바꾸었다면 다른 분들도 모두 기뻐하실 것입니다. 우리 회사의 규모가 지금보다 더 컸더라면 화환과 화분이 답지하고도 남을 크나큰 경사가 아닐 수 없습니다."

사실 대현은 월드비전 현판식을 앞두고 몇몇 지인들을 초대할까도 생각했었다. 하지만 아직은 좀 이르다는 생각이 들었다. 월드비전이 주식회사로 시작해 간판을 걸게 된 것은 사실이지만, 상당 기간 철수의 골드비전에 빌붙어 곁방살이를 해야 할 형편이었다.

월드비전에는 따로 사무실이나 사원이 있는 것도 아니었다. 월드비전이 독립 법인이긴 하지만 당분간은 골드비전 안에서 한 부서처럼 운영될 수밖에 없었다. 빌딩 관리사무소에 내는 사무실 월세와 관리비도 순전히 골드비전에서 부담하고 있었다. 그렇다면 철수의 눈치를 보지 않을 수 없었다. 만약 지인들을 부를 경우 자칫 잘못하면 철수의 비위를 건드려 초장부터 일을 그르칠 수도 있었다.

사실 월드비전 설립과 관련해 철수도 개업식이니 뭐니 그 문제에 대해서는 전혀 언급한 적이 없었다. 하다못해 구멍가게를 내더라도 개업식이라는 것을 하게 마련인데 어엿한 법인이 출범하는데도 그런 절차가 없다는 것은 이상한 일이기도 했다. 하지만 대현은 그게 뭐 대수랴 싶어 그냥 조촐하게 직원들끼리 현판식을 갖은 것만으로 만족할 따름이었다.

그런데 그날 이후 철수와 진호의 행보가 훨씬 빨라지고 있었다. 평소에도 그들은 눈코 뜰 새 없이 바빴지만, 월드비전이 정식으로 발족한 이후 대현은 그들의 얼굴을 보기가 힘들었다. 그러던 어느 날이었다. 아침 일찍 철수가 회장실에 들어와 대현 앞에 앉았다. 대현이 말했다.

"이 사장. 얼굴 본 지 오래 됐군."

"그렇습니다, 회장님. 지난 며칠 동안 무척 바빴습니다. 이제 월드비전이 정식으로 발족한 이상 종전보다 일을 두 배 이상 감당해야 할 입장입니다. 너무 걱정하지 마십시오. 모든 일은 다 잘 되고 있습니다. 언젠가도 말씀드렸습니다만, 저희들은 에스키모에게 얼음을 팔아먹을 수도 있습니다. 아프리카에 모피코트도 수출할 수 있습니다. 사막에 가서 모래 장사도 할 수 있습니다. 곧 무슨 일이 성사될 것입니다."

철수는 입에 침도 바르지 않고 타고난 언변을 구사했다. 만약 그가 무성영화 시대에 태어났더라면 변사를 했어도 크게 성공하지 않았을까. 대현은 그런 생각을 하면서 싱긋이 웃었다. 아무튼 철수와 마주 앉아 대화를 나누다 보면 말만 들어도 시원시원했다. 말하자면 밥을 먹지 않아도 저절로 배가 불러지는 그런 느낌이었다. 대현이 그에게 말했다.

"아무튼 이 사장만 믿겠네."

"그동안 지인들과 자주 만나셨습니까."

철수는 일부러 그렇게 능치고 있었다. 그는, 대현이 어디에서 누구를 만나 무슨 일을 하고 다녔는지 손바닥 들여다보듯 하고 있었다. 좀 과장해서 말하자면 그가 화장실에서 무슨 똥을 쌌는지까지 훤히 꿰뚫고 있었다. 성실한 심복인 김 대리와 미스 박이 사실상 대현의 움직임을 낱낱이 파악해 정확히 보고해 주고 있기 때문이었다. 그런데도 철수는 내숭을 떨면서 대현의 가려운 데를 살살 긁어 주고 있었다. 대현이 말했다.

"응. 몇 사람들과는 운동도 했지. 내가 회장이 되었다니까 다들 기뻐하더군."

"하하하……. 좋은 현상입니다. 이제 곧 아주 멋진 일이 생길 것입니다."

철수는 목젖이 보일 정도로 호탕하게 웃었다. 그러나 대현은 바보 천치처럼 그 웃음이 무엇을 의미하는지 전혀 눈치 채지 못하고 있었다.

24

계절은 어느덧 여름의 한복판을 가로지르고 있었다. 밖에는 무더위가 기승을 부리고 있었지만 호텔 방은 시원했다. 철수와 진호는 냉방이 잘 된 호텔 방에서 뭔가를 열심히 계산하고 있었다. 그들 앞에는 고액권 뭉치가 그들먹하게 쌓여 있었다.

90억 원 이상은 이미 안전하게 트럭으로 빼돌렸고, 여기 남아 있는 돈은 10억 원 미만의 자투리 돈에 지나지 않았다. 철수는 먼저 최 회장 몫의 돈뭉치를 서류 가방에 담았다. 이번에 대현을 엮어 재미를 본 것도 사실은 최 회장 덕택이었다. 철수와 진호는 그의 탁월한 지도 아래 이번 프로젝트 역시 완벽한 성공으로 이끌어낸 것이었다.

철수는 지난번 최 회장에게 착수금을 건넨 데 이어 이번에는 성공사례금 명목으로 돈을 건네기 위해 별도의 서류 가방을 준비했다. 서류 가방이야말로 현찰을 넣어 다른 소지품으로 위장하기에 가장 좋기 때문이었다. 철수가 최 회장에게 전할 서류 가방을 탁자 곁으로 밀어놓으며 진호에게 물었다.

"조 전무, 직원들 몫은 잘 분배했겠지?"

"네. 완벽하게 처리했습니다."

진호는 어제 오후 대현이 퇴근한 뒤 골드비전 직원들을 한 자리에 모아 놓고 그동안 수고한 대가로 현금이 들어 있는 봉투를 차례차례 나눠 주었다. 말하자면 성과급이자 특별상여금인 셈이었다. 진호는 당초 직원들의 본봉 기준 100%에 해당하는 상여금을 지불했다. 그래 봤자 푼돈에 지나지 않았는데, 직원들은 이게 웬 떡인가 싶어 이만저만 좋아하는 것이 아니었다.

뒤집어서 말하자면 그 상여금은 일종의 해고수당이었다. 직원들의 역할은 이제 모두 끝나 있었다. 그러니까 그들은 이번 프로젝트의 완성을 위하여 약간의 출연료를 받고 동원된 일종의 엑스트라인 셈이었다. 철수가 진호에게 물었다.

"직원들 반응은 어떻던가."

"매우 만족해 하더군요."

"다행이군. 이번에는 직원들도 다 손발이 잘 맞았어."

"그렇습니다. 문제는 교육입니다. 철저히 교육을 시켰더니 조직이 잘 돌아가더군요."

"직원들은 우리가 한 일을 모르겠지?"

"그럼요. 직원들이야 내막을 전혀 모르죠. 그 사람들은 제가 하라는 대로 기계적으로만 움직였을 뿐이니까요. 휴대전화도 전부 반납 받아 오늘 밤 안으로 전화번호를 일제히 죽일 겁니다."

"아무튼 잘 됐어. 아무튼 조 전무가 수고 많이 했어."

"사장님께서 수고 많으셨죠. 저야 뭐 한 일이 없잖아요."

"아니야. 조 전무는 너무 큰일을 했어. 우리 앞으로도 계속 좋은 관계를 유지하자구."

"물론입니다. 잠시 쉰 뒤 또 새 프로젝트에 착수해야죠. 사장님이 부르시기만 하면 저는 언제든지 달려오겠습니다."

철수는 돈뭉치를 주섬주섬 진호에게 건네주었다. 그건 진호의 몫이었다. 진호는 그 돈을 가방에 차곡차곡 챙겨 넣었고, 철수도 나머지 돈을 조금 전 뭉칫돈을 담았던 자루에 뭉텅뭉텅 집어넣었다. 이제 배분이 모두 끝난 셈이었다. 철수가 말했다.

"조 전무. 당분간 몸조심 해."

'몸조심'이란 경찰의 추적을 잘 피해야 한다는 뜻이었다. 이번 프로젝트는 완전무결하게 마무리되었지만 내심 뒷일이 걱정되는 것도 사실이었다. 대현이 곧 경찰에 신고할 것이고, 그렇게 되면 경찰의 추적이 시작될 것이기 때문이었다. 진호가 말했다.

"사장님. 쥐도 새도 모르게 홍콩이나 일본에 가서 좀 쉬다 오면 어떻겠어요?"

"그건 좀 더 생각해 보기로 하지. 그런데 말이야, 일을 다 끝내 놓고 나니까 좀 허전하군."

"저도 그렇습니다. 긴장할 때에는 사는 맛이 났는데 이제는 허탈한 느낌이 드는군요."

"그래. 그러니까 잠깐 쉰 뒤 또다시 다른 일을 착수해야 돼."

철수는 담담하게 말했다. 돈이야 왕창 챙겼지만 어딘지 찝찝한 감정을 떨칠 길이 없었다. 그만큼 긴장이 풀린 탓일까, 마음 한 구석에는 뭔지 알 수 없는 불안과 허탈과 허무와 허전함이 뒤엉키고 있었다. 진호가 어물어물 말했다.

"사장님, 저어 사실은……."

"무슨 말을 하려는 거야?"

"어쩐지 기분이 이상합니다."

"기분이 이상하다니 그건 또 무슨 말이야?"

"뭐 항상 느끼는 일입니다만 과연 이래도 되는 건지 모르겠습니다."

"지금 무슨 말을 하려는 거야?"

"김대현이라는 그 사람이 너무 불쌍합니다."

"어허, 조 전무답지 않게 무슨 말을 그렇게 하나. 값싼 동정은 금물이야. 우린 지금 위험 부담을 무릅쓰고 사업을 하는 거라구."

철수는 혹여 진호가 엉뚱한 짓이나 하지 않을까 바짝 긴장하고 있었다. 만일 진호가 딴 마음을 품고 경찰에 자수를 하거나 슬쩍 정보라도 제공한다면 그 결과는 험악하게 돌아갈 것이었다. 진호가 혼잣말처럼 중얼거렸다.

"김대현은 지금까지 나라를 지키느라 고생한 사람인데……."

"어허, 오늘따라 조 전무가 왜 그래? 그놈이야 나라를 지켰든 뭘 했든 우리 일만 잘 하면 되잖아. 우린 감쪽같이 성공했어. 마음을 강하게 가져. 우리도 지난 몇 달 동안 마음을 졸이면서 얼마나 고생했나. 자, 힘을 내라구."

철수는 일부러 어깨를 으쓱해 보였다. 마침 오디오 세트의 시계가 '20:26'을 나타내고 있었다. 철수는 창문 저 아래로 힐끗 눈길을 던졌다. 하늘은 컴컴했지만, 이 도시에서는 무수한 불빛들이 너울너울 춤을 추고 있었다. 저 많은 불빛 속에 행복한 사람들, 불행한 사람들이 뒤엉켜 있겠지.

이윽고 출입문의 초인종이 울렸다. 철수는 득달같이 달려 나가 문을 열었다. 아니나 다를까, 최 회장이 바람처럼 나타났다. 시계는 1분의 오차도 없이 정확하게 '20:30'으로 나와 있었다. 철수와 진호는 누가 먼저랄 것도 없이 그 앞에 허리를 직각으로 꺾었다. 최 회장이 두 사람에게 물었다.

"식사는 했나."

"네, 했습니다."

"자, 앉지."

최 회장은 창가의 의자에 앉았고, 철수와 진호도 그 앞에 머리를 조아리고 앉았다. 언제 보아도 최 회장의 기품은 변함이 없었다. 철수가 말했다.

"회장님. 저녁식사는 어떻게 하셨습니까."

"먹었어. 그동안 수고 많았지?"

"회장님 덕택에 모든 일을 성공적으로 완수했습니다."

"아주 잘 했어. 성과물은 얼마나 되던가."

"백억 쯤 됩니다. 더 뽑으려고 했지만 여의치 않았습니다."

철수는 사실 그대로 보고했다. 대현을 낚아챈 이후 이것저것 긁어모아 손에 쥔 돈은 전부 백억 원이었다. 지난번 월드비전 설립 자본금 10억 원을 포함해 제2금융권에서 현찰 90억 원을 마련할 수 있었다. 최 회장이 말했다.

"생각보다 많은 편은 아니군."

"그렇습니다. 하지만 저희들에게는 적은 돈이 아닙니다."

철수와 진호는 월드비전 명의로 시중의 제2금융권에서 90억 원을 대출받느라 이만저만 공을 들인 것이 아니었다. 그곳에 박혀 있는 동업자들의 도움이 아니라면 받아낼 수 없는 금액이었다. 여기저기 최 회장의 심복들이 박혀 있었던 터라 껍데기뿐인 회사에 그만한 돈을 선뜻 내준 것이었다.

채무자는 당연히 월드비전의 대표이사 김대현이었다. 철수와 진호는 그동안 대현을 따돌린 채 감쪽같이 각종 서류를 작성하느라 여간 피를 말린 것이 아니었다. 만약 대현이 철수와 진호의 작전을 조금이라도 눈치챘다면 애당초 불발로 끝날 수도 있는 위험천만한 일이었다.

하지만 대현은 회사를 설립할 때부터 모든 서류를 철수에게 맡겼고, 철수와 진호는 대현으로부터 전혀 의심 받지 않는 가운데 뒷마무리까지 말끔하게 처리할 수 있었다. 말하자면 완벽한 작전이었다. 최 회장이 철수에게 말했다.

"잘 했어. 성과물 배분은 잘 했겠지?"

"네, 섭섭잖게 골고루 배분했습니다."

"그래. 진짜 고수가 되려면 그걸 잘 해야 돼. 그렇지 않으면 조직 안에서 배신자가 나타날 수도 있으니까."

그는 '배신자'라는 대목에 힘을 주었다. 그의 말에는 특유의 권위와 위엄이 실려 있었다. 그건 배신자에게는 용서가 있을 수 없다는 선언이기도 했다. 철수가 최 회장에게 탁자 곁의 서류 가방을 정중히 건네주었다.

"회장님. 여기 사례금을 준비했습니다."

"잠깐 거기 놔. 나갈 때 가지고 나가면 되니까. 아무튼 앞으로 몸조심하게. 좋은 상대가 나타나면 또 소개해 줄게."

"고맙습니다. 다시 뵐 올 때까지 항상 건강하십시오."

"그래. 이 사장과 조 전무도 당분간 쉬어."

"잘 알겠습니다."

"자, 그럼 난 이만 가봐야겠군. 두 사람도 나가지 그래. 이런 곳에 오래 있어 봤자 좋은 일이 없으니까."

그들은 각자 현찰이 가득 든 가방과 자루를 잘 챙겼다. 그런 다음 객실을 나와 몸에 밴 습관대로 주위에 대한 경계를 늦추지 않으면서 재빨리 엘리베이터에 올랐다.

엘리베이터는 15, 14, 13, 12, 11, 10…… 각 층 숫자를 알려 주면서 아래층으로 부드럽게 하강했다. 철수와 진호는 예의를 다 갖추어 최 회장을 배웅했다. 그를 태운 승용차가 호텔을 벗어난 것을 확인한 뒤 철수와 진호도 어둠 속으로 유유히 사라졌다.

바로 그 시간, 대현은 강남의 한 단란주점에서 육사 동기생인 최병택과 기분 좋게 술을 마시고 있었다. 그는 대현보다 일찍 전역했지만 부모로부터 물려받은 유산이 많아 놀고먹어도 끄떡없는 친구였다.

그들 곁에는 늘씬한 아가씨들이 바짝 붙어 앉아서 아양을 떨고 있었다. 그 여자들은 손님이 원하기만 하면 2차까지 갈 용의가 있다는 듯 온갖 친절을 다 베풀고 있었다. 취기가 도도해진 대현이 거들먹거리면서 최병택에게 호방하게 말했다.

"하하하……. 내가 회장까지 될 줄이야……. 사회에 나오면 이렇게 좋은 일이 있는 것을 젠장 무엇 때문에 전역하지 않으려고 몸부림쳤는지 모르겠어. 군대에 있을 때에는 군복 벗는 그날 곧 굶어죽게 되는 줄 알았잖아."

"그래도 넌 부하를 잘 뒀지 뭐냐. 이철수라는 그 사람, 정말 괜찮은 사람이군 그래. 사기꾼 천지인 이 삭막한 세상에 그런 사람이 어디 또 있겠냐. 의리 하나는 끝내 주는 사람이구나."

"말도 마. 그 사람은 나 때문에 인간이 됐다는 거야. 군대에 입대하기 전에는 개망나니였다나."

대현은 철수가 한 말을 곧이곧대로 인용하고 있었다. 말하자면 생색이라고나 할까, 중대장 시절 부대 지휘를 잘해 그런 부하를 잘 인도해 새사람을 만들었다는 암시였다. 그러니까 현역 지휘관 시절 그만큼 좋은 일을 했기 때문에 뜻하지 않은 복을 누리게 됐다는 뜻이기도 했다. 병택이가 말했다.

"아무튼 축하해. 우리 동기생들 중에서 대현이가 가장 잘 풀린 것 같군. 사기 당해 알거지 된 친구도 한둘이 아니잖아. 그런데 너는 회장 자리를 꿰차게 되었으니 얼마나 잘 된 일이냐. 역시 되는 사람은 뭐가 달라도 다르다니까. 호박이 덩굴째 굴러들어온 거야."

"하여간 앞으로는 돈 버는 일만 남았어. 이제는 처갓집에 가서도 큰소리칠 수 있게 됐다니까. 그전에는 설움 깨나 받았거든."

대현은 우쭐했다. 사실 지난 세월 처가 쪽에서 받은 설움을 털어놓자면 한이 없었다. 처가 쪽 사람들은 이 시대의 전형적인 졸부들이었다. 그들은 육사 출신의 엘리트도 안중에 없는 듯했다. 그들은 입만 열었다 하면 돈, 돈, 돈…… 숫제 돈 노래를 부르다시피 하였다.

하지만 이제는 사정이 달라졌다. 월드비전을 통해 본격적으로 돈을 벌기 시작하면 그들의 콧대를 납작하게 꺾어 놓을 수 있지 않을까. 아니, 언젠가는 처가 쪽 사람들이 돈 좀 꿔달라고 사정할 날이 있을지도 몰랐다. 대현은 머지않아 그런 날이 올 수 있으리라 확신하면서 크나큰 기대에 부풀어 있었다. 병택이가 말했다.

"그런 의미에서 우리 노래 한곡 부를까."

"거 좋지."

그 말이 떨어지기가 바쁘게 곁에 있던 아가씨가 가요 목록을 꺼내 애창곡을 선곡하라고 졸라댔다. 아가씨들도 두 사람의 지루한 대화를 듣는 것보다 노래를 부르는 것이 훨씬 더 재미있을 거라고 판단한 모양이었다.

그때 대현은 아무런 망설임도 없이 「전선야곡」을 신청했고, 아가씨는 노래방 기기에 그 곡번을 입력시켰다. 그러자 이윽고 전주곡이 흘러나왔다. 대현은 마이크를 잡고 일어나 반주에 맞추어 노래를 부르기 시작했다.

그의 열창이 끝나자 병택과 아가씨들도 번갈아가며 신바람 나게 노래를 불렀다. 즐거운 밤이었다. 참 좋은 세상이었다. 훌륭한 옛 부하를 만나 이처럼 영화를 누릴 수 있다는 그 자체가 그야말로 천운이었다. 그들은 시간 가는 줄도 모르는 채 재미있게 놀다가 자정이 가까워졌을 무렵에야 헤어졌다.

그 이튿날이었다. 대현은 평소처럼 출근하기 위해 아파트에서 나와 현관 쪽으로 내려왔다. 마땅히 대기하고 있어야 할 승용차가 보이지 않았다. 그는 휴대전화의 단축키를 눌러 김 대리를 호출했다. 그런데 웬걸 신호가 가나 했더니 김 대리의 응답 대신 '고객님, 지금 거신 번호는 없는 번호입니다' 라는 안내 멘트가 흘러나왔다.

　대현은 이게 어쩐 일인가 싶어 다시 단축키를 눌렀다. 하지만 이번에도 똑같은 안내 멘트가 흘러나왔다. 그 순간, 대현은 동물적 육감으로 사태의 심각성을 직감했다. 아, 이게 어쩐 일일까. 그는 승용차가 나타나 주기를 기다리는 동안 궁금증을 증폭시키다 못해 철수에게 전화를 걸었다.

　하지만 철수의 휴대전화에서도 '고객님, 지금 거신 번호는 없는 번호입니다' 라는 안내 멘트가 흘러나왔다. 어제까지만 해도 아무런 일이 없었는데 도대체 무슨 일인지 알 수가 없었다. 그는 또다시 진호에게 전화를 걸었다. 그 역시 연결되지 않았고, 역시 '고객님, 지금 거신 번호는 없는 번호입니다' 라는 안내 멘트만 흘러나왔다.

　대현은 다시 미스 박에게 전화를 걸었다. 하지만 이번에도 똑같은 안내 멘트만 흘러나왔다. 그렇다면 회사 직원들이 일제히 휴대전화 번호를 바꾸었단 말인가. 지금까지 전혀 그런 보고를 받은 바가 없었는데, 이게 무슨 까닭인지 알다가도 모를 일이었다. 그는 똥마려운 강아지처럼 안절부절못하다가 얼른 택시를 잡아탔다. 기사가 물었다.

　"어디로 모실까요?"

　"여의도 국회의사당 근처로 갑시다."

　택시는 복잡한 도로를 뚫고 여의도로 방향을 잡았다. 마음은 급한데 길은 왜 그렇게도 막히는지 여간 짜증나는 것이 아니었다. 대현은 아까부터 부글부글 끓어오르는 울화통을 가라앉히느라 무진 애를 먹고 있었다. 회사 직원들 손발이 잘 맞는다 했더니, 그리하여 오너인 철수에게 입에 침이 마르도록 직원들 칭찬을 해주었더니 어쩌다 이런 상황이 벌어졌는지 도대체 알 수가 없었다.

이윽고 택시가 여의도 사무실 앞 도로에 도착했다. 대현은 택시에서 내리자마자 총알같이 빌딩 현관으로 달려 들어갔다. 그런데 엘리베이터에서 내려 사무실 앞에 이르렀을 때, 썰렁한 냉기가 복도까지 흘러넘치고 있었다. 다른 때 같으면 직원들이 출근해 열심히 일을 하고 있었을 시간인데 사무실 문은 굳게 잠겨 있었다.

대현은 출입문의 손잡이를 잡아 흔들었다. 하지만 꽉 잠긴 문이 열릴 리 만무했다. 그는 귀신이나 도깨비에 홀린 듯한 기분으로 여기저기 두리번거렸다. 그렇지만 언제나 상냥하게 인사하던 직원들의 모습은 눈에 들어오지 않았다. 그는 김 대리, 철수, 진호, 미스 박과 계속 통화를 시도했다. 하지만 휴대전화에서 흘러나오는 안내 멘트는 똑같았다.

'고객님, 지금 거신 번호는 없는 번호입니다……'

빌어먹을. 회사에 긴급한 사정이 생겼으면 급히 연락이라도 해 줘야 할 것 아닌가. 대현은 아직도 철수와 진호를 비롯한 모든 직원이 어디론가 잠적했다는 사실을 믿지 않으려 했다. 하지만 그것은 움직일 수 없는 현실이었다.

대현은 회사 설립 자금 이외에 자기도 모르는 사이 원금에 이자까지 합쳐 모두 90억 원 이상의 빚을 떠안고 있었다. 더군다나 월드비전 설립에 아내와 친인척들을 끌어들인 터라 일은 더 복잡하게 꼬일 수밖에 없었다. 하지만 그는 아직도 앞으로 벌어질 험악한 사태를 전혀 실감하지 못하고 있었다.

　그는 텅 빈 복도에서 오락가락하였다. 이 일을 어떻게 해야 하나. 그는 골드비전 직원들이 사기꾼 일당이었다는 것을 현실로 받아들이고 싶지 않았다. 그는 사무실을 노리는 도둑처럼 복도에서 얼쩡얼쩡 오락가락하고 있었다.

　그러는 사이 그의 몸은 진땀으로 흠뻑 젖어들고 있었다. 어느 사이엔가 그의 귀에는 어젯밤에 불렀던 「전선야곡」의 비장한 멜로디가 쿵쾅거리고 있었다. 🐟